Corazones

en el balcón

Corazones en el balcón

Dona Ter

A María,
nos vemos en el Siete mares.

Nunca ames a nadie que te trate como si fueras alguien normal,
Oscar Wilde

Estamos irresistiblemente atraídos por quien nos traerá los problemas
necesarios para nuestra propia evolución,
Alejandro Jodorowsky

En Spotify encontrarás una lista de reproducción
(Corazones en el balcón)
con las canciones que se citan en el libro.

1 NO ES LO QUE PARECE

La vida es un cúmulo de decisiones tomadas, algunas escogidas conscientemente y otras por una carambola del destino, que nos han llevado a este punto exacto de nuestra existencia. A veces da un poco de vértigo hacer ese balance; yo últimamente lo evito todo lo posible. Solo me permito hacerlo acompañada de una botella de algún brebaje de esos que aturden hasta el alma y que al día siguiente solo deja como testigo un detestable dolor de cabeza.

Dicen por ahí que cuando nos despertamos y no recordamos lo que hemos soñado es porque el sueño era demasiado bonito y lo olvidamos antes de que duela darnos cuenta de que era eso, solo un sueño. Creo que pasa lo mismo con las noches ebrias. Es mejor olvidar las conclusiones a las que se llega haciendo una introspección en esas condiciones.

Y todo esto no es para justificar mi resaca, ni mucho menos, es solo para intentar explicar por qué he acabado en este piso y compartiendo mi vida con un tipo como Oliver, pero dame tiempo, que me da miedo que te lo suelte todo de golpe y cierres el libro, huyendo de mis calamidades.

Es un cálido miércoles de principios de agosto, me acabo de levantar y estoy en el balcón, mi sitio favorito de esta casa, tomándome un café mientras saludo a mis geranios, mis niños bonitos, que cuido como me enseñó mi madre, es decir: con agua y canciones de Nino Bravo.

«Más allá del mar habrá un lugar,
donde el sol cada mañana brille más…».

En el cielo, algunas nubes se divierten haciendo formas para quien se detenga a observarlas. El zureo de las palomas se mezcla con el de la ciudad. Bienvenidos a una mañana cualquiera en este barrio. Un buen reflejo de cómo es un barrio es su horario de máxima actividad. Los hay que hablan de nuevas familias, de risas y voces aniñadas yendo al cole, con parques llenos a partir de las cinco. En otros, su actividad empieza a partir de las nueve de la noche, con la música que se expande a través de las ventanas abiertas, las motos de entrega a domicilio, los reflejos de luz que lanzan los maratones de series y los *findes* de silencio hasta bien entrada la tarde… Y luego está este, donde la mayoría de sus vecinos son ancianos, por lo que suele despertarte el ruido de persianas que se alzan perezosas sin esperar ni el canto del gallo, sin fuerza por quien las sube, con el ruido que hacen las malditas ruedecitas de los carritos de las abuelas más madrugadoras. Y aunque poco a poco va llegando una nueva generación, las siestas, sobre todo en verano, van acompañadas por las telenovelas.

La risa que se oye de fondo es la de Oliver. Sus pasos dejan atrás el pasillo para llegar al comedor —por ende al balcón donde estoy yo— y entonces me doy cuenta de que son cuatro pisadas. Cuando me doy la vuelta, solo con mirarlo sé lo que va a pasar a continuación y lo odio.

Mierda, otra vez no…

Le lanzo una mirada digna de Nicholson en *El Resplandor*, pero ni por esas.

—Buenos días, *cariño* —me saluda el cabrón, alargando la última vocal.

Oh, sí. Otra vez, sí.

—Te advertí de que no lo hicieras nunca más. —Lo señalo, acusatorio.

Suspiro fuerte y recuerdo porque estoy dispuesta a aceptarlo de nuevo. «Él estuvo ahí cuando lo mandé todo a la mierda».

—Te dije que era mejor que te fueras. Ahora —le apremia a la chica que va colgada de su cuello como un koala.

La susodicha, al oírme, se ha separado de su cuello y ahora nos mira a uno y al otro sin entender nada. No me fijo en ella, la verdad. No sé si es rubia, morena, baja, guapa. No me importa en absoluto. Solo quiero que se vaya.

—¿Y tú eres? —Su voz suena algo chirriante. Son las nueve de la mañana, por Dios, a esta hora solo apetecen susurros.

—Mi prometida —le contesta Oli, escueto.

Chasqueo la lengua.

—¿Ah… sí? Pues quién lo diría —espeto, resignada.

—Será mejor que me vaya… —sisea ella cuando paso por delante de ellos para ir a la cocina.

Es inteligente. La última se puso a llorar y así pasó media hora antes de irse.

Le arrebata los zapatos —de esos que parecen más unos zancos por la altura del tacón— que Oliver lleva en la mano y se los pone.

—Disculpa nuestros modales si no te acompañamos hasta la puerta —digo.

Yo estoy que trino por tener que hacer esto; él…, aunque tenga el ceño fruncido, sé que está conteniéndose la risa.

Lo siguiente que escuchamos es el sonido de sus tacones repiquetear fuerte sobre el parqué y como se va con un portazo, contenido, pero un portazo al fin y al cabo. La señora Genara, nuestra vecina, ya debe estar refunfuñando y acordándose de todos nuestros tatarabuelos. Está sorda como una tapia, pero solo para lo que le interesa.

Oliver viene hacia mí, contento por haberse salido con la suya.

—¡Te dije que nunca más! —Le doy un golpe en el hombro.

—Has estado genial. —Me da un pico y me arrebata la taza para terminarse mi café.

—No vuelvas a besarme, odio comerme las babas de otras —le recrimino limpiándome la boca con el bajo de su camiseta.

No sé de dónde viene esa manía de darnos un beso como saludo; seguro que la culpa es de su madre y eso de criarlos desde el amor, ya dice la mía que Isabel es desmesurada en todo. Esto es exactamente lo que entiendo por «la confianza da asco».

—Lo recordaré para la próxima vez. ¿Tortilla de queso y tostadas? —pregunta sagaz, sabiendo cómo hacer que se me olvide el enfado.

—Por favor. —Será un capullo pero le gusta cocinar, todo lo contrario que a mí; y eso quieras o no es un punto a su favor—. Me dan pena.

Lo sigo hasta la cocina y lo primero que hago es conectar el viejo Ipod que tenemos sobre una base de altavoces, empiezan a sonar los primeros acordes de banjo de *Agape* de Bear's Den.

El piso es de dos habitaciones, algo anticuado pero nada que un manitas como Oliver no haya solucionado dando su toque con un estilo industrial y demasiado masculino que ya me estoy encargando de resolver. Su padre, Miguel, es ebanista y ha utilizado todo lo que aprendió durante los veranos que trabajó con él. Empezó con trece, según él para ganarse algún dinero, su madre te dirá que lo único que quería era no verlo vaguear por casa. Es un primero y, como ya he dicho antes, para mí lo mejor que tiene es el balcón, que aunque es estrecho, rodea la vivienda por dos fachadas. Desde mi habitación, si saco medio cuerpo fuera de la ventana y me pongo de puntillas puedo ver el mar. Oli dice que solo es el cielo, pero no le hago caso. Llevarme la contraria y contradecirme es su deporte favorito.

—Que no te la dé, te prometo que se va a casa de lo más satisfecha.

Me siento en uno de los taburetes de acero rojo que hay frente a una plancha alta de madera que utilizamos de mesa mientras lo veo sacar de la nevera los huevos, queso, tomate, naranjas… Creo que vas pillando por qué tengo tanta paciencia con él.

—Eres repugnante. Te dije que no me utilizaras más.

Me gusta verlo moverse con esa soltura y tener la capacidad, sobre todo a estas horas de la mañana, para estar pendiente de las tostadas, la cafetera, el exprimidor y la sartén. Todo ello mientras mantiene una conversación. Da igual que sea bombero, eso sí es una hazaña digna de un héroe.

Oliver es demasiado guapo para su propio ego. Tiene el pelo muy corto, castaño clarito y unos ojos muy expresivos, de un azul grisáceo, que sabe combinar perfectamente con su sonrisa de niño travieso para engatusarte a su antojo. Esa es su mejor arma, porque sabes que en el fondo de niño no tiene nada. Una barba corta que dibuja su rostro octogonal y un labio inferior más mullido que el superior. Y el cuerpo de un bombero que pasa más de cuatro horas diarias entrenando, creo que no hace falta que entre en más detalles.

—Lo siento, pero no puedo prometerte que sea la última vez.

Gruño y él suelta una carcajada, creo que esto sería una definición exacta de nuestra relación. Salta otra canción en este caso es *Cough Syrup* de Young the Giant. «La vida es demasiado corta para preocuparse por todo...».

—¿Es que no puedes ser sincero con ellas? Le sueltas un: «lo hemos pasado genial, pero ha sido solo una noche. No quiero saber nada más de ti». Ves, es sencillo.

—No lo pillan, te prometo que lo intento siempre, pero o hacen que no lo han oído o que no lo han entendido. Por eso acabo recurriendo a ti, *cariño*. —Termina de nuevo la frase utilizando su voz más pastelosa y por mucho que intento que no pase, acabo sonriendo.

Me lo creo, no hay nadie más idiota que el que no quiere escuchar. No estamos acostumbrados a la franqueza y Oliver si se caracteriza por algo es por ser directo.

—Pues búscate otra excusa, estoy harta de que me utilices. No soy tu novia, soy la hermana pequeña de tu mejor amigo.

Deja delante de mí un vaso de zumo de naranja recién exprimido y me revuelve el pelo.

—Y mi amiga y compañera de piso.

2 MACARIA, LA RAZÓN POR LA QUE NUNCA LLEGO TARDE

Érase una vez, en la primavera del año noventa… Para los Ríos fue una época de grandes acontecimientos. El primero fue el fallecimiento de la matriarca, que a sus cincuenta y seis años se fue a hacer la siesta como cada día, pero ya no se despertó nunca más. Fue un duro golpe para toda la familia, sobre todo para sus dos nueras que estaban embarazadas. Dicen que fue tal la pena que las dos se pusieron de parto.

Puri, dio a luz a primera hora de la mañana del día siguiente a una niña ochomesina y muy pelona a la que le pusieron el nombre de Eulalia, en honor a la difunta abuela.

Belén, a pesar de que tenía la fecha de parto para finales de marzo, no lo hizo hasta que ya caía el sol de aquel ocho de abril. Como el nombre que tenían pensado se lo habían "cogido" tiraron del santoral. Así es como me inscribieron en el registro como Macaria Ríos Cobos.

Ma-ca-ria.

Si es que aún no entiendo cómo se les ocurrió. Puedo entender a mi madre, que con el subidón de hormonas y harta de empujar y sentir semejante dolor tuviera ganas de desahogarse, pero joder, papá... te tenía por un hombre más bueno y cabal.

Todo el mundo me conoce como Maca, evito dar mi nombre siempre que puedo y me da igual si se presta a confusión, como me ha pasado muchas veces, y crean que me llamo Macarena. Es que mira que hay nombres bonitos en este mundo... Pero no, Macaria.

Acabo de confesarte uno de mis mayores secretos. Así que ya puestos te hablo un poco más de mí. Tengo un hermano cinco años mayor, Hilario, los dos somos periodistas. Siempre nos hemos llevado muy bien. Soy bajita, Hilario me llama *tapón*. No tengo complejo, entiendo que hay de todo en este mundo, y algunos sirven para ver el horizonte y otros estamos para encontrar las monedas de cinco céntimos que hay perdidas en la acera; solo una vez me topé con un billete de cinco euros, todo arrugado, pero me hizo la misma ilusión que si me hubiera tocado la lotería. Tengo el pelo castaño oscuro y largo, los ojos azules, igual que mi madre, y la nariz respingona. Todo en mí es pequeñito, desde los pies, la boca o los pechos. Toda mi esencia concentrada en metro y medio. Me gusta el chocolate y el vino tinto. Juntos y por separado. Me gusta el mar y odio el viento. Me da dolor de cabeza.

Soy curiosa, me fijo en los detalles más tontos y recuerdo siempre las caras. Tengo buena memoria fotográfica y soy malísima con los trabajos manuales. Donde incluyo cocinar. Soy un peligro con un cuchillo en las manos y ya ni te cuento con unas tijeras. O sino pregúntale a mi hermano el "bonito flequillo" que le hice a los quince y por el cual acudió a su salvamento su colega Oliver que lo solucionó pasándole la maquinilla y dejándolo *pelao* al 3.

Soy ecléctica en lo que se refiere a libros, pelis o música. Tanto puedo leer romántica como thriller o la historia de una banquera que pasó seis años en un monasterio en el Tíbet. Solo hay un tema sobre el que no puedo leer porque lo paso francamente mal, puedo pasarme noches con pesadillas, y es sobre la guerra. En películas más de lo mismo, no tengo un género favorito, aunque siento predilección por Woody Allen —siempre he deseado que me hagan esa pregunta de: ¿con qué famoso cenarías? Sería con este cineasta, dialogar con él debe ser la hostia de entretenido (hablar de pelis, de su vida privada ni mentarla)—. En la lista de música que me llevaría a una isla desierta hay un par de esas canciones que nunca, jamás, admitiré que me gusten. Adoro las melodías que me conmueven hasta el punto de desgarrarme por dentro. Igual que esas que tienen ese qué se yo que te llena de buen rollo, que son como cafeína entrando por el oído. Creo que la mayor virtud del arte es la de acompañar sea cual sea tu estado de ánimo.

No sé dónde leí: «no estoy segura de que se me dé bien algo, salvo soñar». Es una definición con la que últimamente me siento bastante representada y como dijo Amélie, son tiempos difíciles para los soñadores. Los conformistas van a todos sitios en línea recta y los idealistas nos perdemos por las curvas y nos la pegamos en cada esquina.

Me gusta el color verde en toda su gama: desde el fosforito del césped, al *mint* o al oscuro de una botella o húmedo del musgo. Es un color que me da vidilla.

Me gustan las culturas en las que en los entierros se baila y canta celebrando la vida.

Si fuera por mí me alimentaría de chocolate y fruta. Ya te he contado que no me gusta cocinar y soy una adicta al café.

Esta soy yo… Macaria.

Mi nombre, la razón por la que nunca llego tarde. Hace muchos años decidí que iba a llegar temprano a todos los sitios porque si no las consecuencias las puedes acarrear toda la vida. Soy puntual. Prefiero esperarme diez minutos o media hora sin ningún problema antes que llegar tarde. A veces, hasta prefiero no llegar que asumir las consecuencias.

3 EL FANTASMA BLANCO

10 de agosto. Noche de perseidas.

En algún mundo paralelo hay una versión muy distinta de hoy; y de mí. En él estoy vistiéndome en una de las habitaciones del parador preparándome para el día más bonito de mi vida.

En él hay cincuenta y seis invitados poniéndose las galas escogidas para tal acontecimiento.

En él hay gente decorando la terraza sobre el acantilado con ramos de gerberas blancas y paniculata y encendiendo los farolillos que marcarán el pasillo por el que caminaré hacia el ocaso. En el mismo sitio donde hace un año Edu me pidió que me casara con él y sentí que no merecía ser tan feliz.

Cuando llegue allí, del brazo de mi padre, me esperará Edu. Él, con su traje blanco, con el pelo rubio engominado para intentar domar esos rizos que tanto me gustan. Allí me encontraré con su mirada reconfortante y su sonrisa cómplice.

Allí, frente a nuestra familia y amigos le prometeré quererlo y respetarlo para siempre.

Cosa que no hice.

Eso es la otra versión.

La realidad es que hace seis meses tenía un trabajo en una revista, un piso que me encantaba y estaba prometida con un hombre al que quería, aunque a día de hoy dudo de si era el hombre de mi vida.

Hoy, estoy sin trabajo fijo. Soy periodista. Desde enana he sabido a qué quería dedicarme de mayor, soñaba con cubrir las noticias desde la calle. A hablar de injusticias utilizando mi pluma como única arma… «Si quieres gritar libertad, escribe». Pero al salir de la universidad el primer trabajo que encontré fue en una revista de salud. Mis artículos iban desde cómo hacer tu crema anticelulítica casera —escucha bien: aceite de almendras dulces, hiedra y cafeína—, hasta tratamientos para los hongos o la última dieta de moda. He acabado sabiendo sobre nutrición como para sacarme el máster. No era lo que realmente me apasionaba, pero estaba bien pagado y era fijo, mucho más de lo que muchos tienen. Además, solía llegar a casa con un montón de muestras que habían enviado a la oficina como *merchandising* y que había que probar para valorar. Allí estuve poco más de seis años, y si me fui no fue para encontrar un nuevo puesto que cumpliera mis expectativas de quinceañera sino que más bien hui por un motivo… Dejémonoslo así por ahora.

Hoy, vivo con Oliver por una de esas carambolas raras que me ocurren demasiado a menudo. Llegué a este piso dejando el que había sido mi hogar los últimos cuatro años, los que viví junto a Edu —mi ex— buscando consuelo en mi hermano y un refugio donde no ser ni descubierta ni juzgada. Aunque mis padres vivan a poco menos de media hora por la autovía, volver a casa con ellos no cumplía con esos requisitos. Lo que iba a ser por unos días ocupando el sofá cama del salón, se alargó tanto que cuando dos meses después Hilario se fue a vivir con Casandra yo me quedé con su habitación. Oliver y yo lo ayudamos con la mudanza y lo vimos marchar preguntándonos —como harían unos padres— qué sería entonces de nosotros y si sabríamos vivir solo a dos.

Hoy, estoy soltera. Ni novio ni prometido.

Hoy de esa boda solo queda un fantasma blanco. Uno que ha estado ocupando todo mi armario hasta hace apenas media hora.

Desde que me he levantado, paso de describir la pésima noche, tengo una sensación extraña, como partida en dos. Mi cerebro está confundido, pasé tantos meses preparando cada minuto de este día que por momentos siento que ha pasado realmente. He llegado a crear recuerdos que nunca han sucedido. Pero ahí está mi corazón para recordarme que ese vacío es porque hoy no hay boda por mucho que me haya puesto el vestido de novia, y esté brindando con champán. Sola, así me toca a más. Que hay mucho que celebrar, porque en algún momento decidí que no podía seguir adelante. Que Edu no era el hombre de mi vida. Que al pensar en un "para siempre" a su lado sentía que me ahogaba. Para algunos fui una valiente por afrontar el error antes de hacerlo. Para otros me volví completamente loca por dejar escapar a un hombre bueno que me adoraba.

Eduardo es un buen tipo, pero no es para mí. Sé que aún no lo entiende, y que aún siente rabia hacia mí, no lo culpo, tiene derecho a sentirse así. Quiero que sea feliz, por eso rompí con él porque yo no podía dárselo.

He estado a punto de llamarlo un par de veces en lo que va de día, pero ya no tengo ningún derecho a entrometerme en su vida. Sé que está de viaje; poco después de que pasara todo, cambió la reserva de la luna de miel y desde entonces está en "paradero desconocido". De tanto en tanto manda un mensaje a su madre para que sepa que está bien. Todo eso lo sé por mi *exfuturasuegra*, que cuando la rabia la puede llama a casa de mis padres y calienta la oreja a la mía, culpándome de todas las desgracias. Solo repite que si le ocurre algo a su hijo la culpa será mía. Como si ya no me sintiera lo suficiente culpable por haber hecho daño a un hombre que siempre me trató bien y con cariño.

Mi decisión sigue siendo el tema estrella en reuniones familiares, y ese es el motivo por el que evito esos encuentros desde hace meses. Nadie entiende el giro que le he dado a mi vida porque en el fondo solo hay dos personas, a parte de mí, que saben lo que realmente hay detrás de tan insólita decisión. Sobre todo mi madre que está obcecada con que mi comportamiento tiene que ser causa de algún estupefaciente porque no entiende que lo mandara todo a la mierda, sobre todo que renunciara a un partidazo como Eduardo. «Cuando quieras reaccionar será demasiado tarde, encontrará rápido a una lagarta que sí lo valore y lo perderás para siempre», en mi mente se reproduce la frase que escucho cada vez que hablamos, en ocasiones hasta dos veces. Y luego se pregunta por qué nunca la llamo. Mi padre, en cambio, cree que la culpa es de Edu, está seguro de que me hizo algo. Porque soy su niña y es incapaz de creer que su angelito haga nada malo… Pobre ingenuo, supongo que cuando sepa la verdad verá que me he convertido en una mujer, que comete errores y que exploté cuando mi vida me vino demasiado grande.

Vago por la casa caminando a pasos largos y pausados, como me aconsejó la chica de la tienda de vestidos. Desde los altavoces del comedor me llega la melodía de *She* de Elvis Costello. En la mano, en lugar de un ramo, llevo una copa que vuelve a estar llena porque no le doy tiempo a descompensar el peso de la otra donde sostengo la botella.

Me planto en la habitación de Oli que es la más grande, frente al espejo de cuerpo entero. Me pierdo en mi reflejo mirando esos ojos ahogados por las dudas y la culpa.

Creí que lo había superado pero en este momento siento que la herida duele más que nunca, dudo que algún día cicatrice y deje de sentir esa opresión en el pecho. No sé decir si es un ruido o que presiento su presencia, pero miro hacia atrás y veo a Oliver apoyado en el marco de la puerta con los brazos cruzados, igual que las piernas.

—¿Cuánto llevas ahí? —balbuceo.

Tanto beber y siento la garganta seca y la boca pastosa. Ni yo sé el tiempo que llevo aquí parada.

—El suficiente. ¿Qué haces? —Su voz es solo un susurro, pero penetra en mi mente como si me gritara desde dentro.

—Nada.

—Nada es lo opuesto a ponerse eso. —Me señala con un ligero levantamiento de barbilla.

Pensaba que estaba sola, no esperaba ver a nadie. Es una fiesta individual y lo más exclusiva posible.

No hay forma de justificar lo que estoy haciendo ni tengo fuerzas para intentarlo. Un leve temblor en la barbilla es la única señal que mi cuerpo emite antes de vaciarse por los ojos.

—Se supone que hoy iba a ser el día más feliz de mi vida —consigo decir en un hilo de voz.

—¿Por qué te haces esto? —continúa, implacable.

—Necesitaba… —Me encojo de hombros sin saber cómo continuar. Mis pies ceden y me quedo sentada sobre una nube de encaje blanco.

Dejo la copa y la botella en el suelo y, abstraída, acaricio los motivos florales en relieve del encaje, no puedo evitar pensar en los dedos larguiruchos de Edu tocando la tela mientras bailáramos…

«Qué decepción tan grande, con lo bonito que era y mira dónde he acabado». Lo que me faltaba, que hasta el vestido esté decepcionado conmigo.

—Acéptalo y sigue.

—No es tan fácil.

—No sé si es fácil o difícil, solo sé que fuiste tú quien lo dejó todo. Llevas medio año aquí, con tu ropa aún en cajas porque ese vestido ocupa todo el armario.

Tomo una profunda bocanada de aire, pero la presión sigue aplastándome el pecho impidiendo que respire como necesito.

—¡Quítatelo! —Oliver está detrás de mí y mientras me grita me alza pasando sus brazos bajo los míos—. Ya.

El gas carbónico tiene mis neuronas burbujeando y me cuesta reaccionar. Me palpa buscando la cremallera. El vestido es de corte recto, tiene el cuello de pico con un buen escote y toda la espalda al aire. Al final la localiza en un costado y la baja en un arrebato de rabia. Cuando imaginaba que me desnudaban era con la misma desesperación, pero por un motivo completamente diferente.

—¡Cuidado, animal, que me costó seis mil euros!

«Yo tampoco me lo imaginaba así, la verdad», replica el vestido. A lo mejor mi madre tiene razón y algo me está fundiendo el cerebro si creo que un trozo de tela me habla.

—¿Ya estás contento? —chillo, empujándolo cuando a mis pies tengo un mar de encaje y el aire me golpea la piel.

Oli está inmóvil. ¿Se puede uno desmayar de pie y con los ojos abiertos? Solo se me ocurre algo y es darle un guantazo para que reaccione.

—¡Joder, ¿por qué me pegas?! —Se lleva la mano a la mejilla. Creo que el champán también ha afectado a mi fuerza por cómo ha sonado.

—Te has quedado pasmado. Más de lo normal quiero decir.

—¿Cuándo te han salido las tetas?

Eh… sí… estoy en pelotas frente a Oliver, el mejor amigo de mi hermano y mi compañero de piso. Bueno, desnuda del todo no estoy, que me he puesto el tanga y la liga que me había comprado para la ocasión. Ya que iba a vestirme lo normal era ponerme el conjunto entero.

Su comentario hace que reaccione y me despeje del todo, ya no siento lástima de mi nefasta vida, ahora solo siento rabia.

¿Sabes esa típica historia de amor en que la chica se enamora del mejor amigo de su hermano? Pues esta no lo es. Nunca me he sentido atraída por él y creo que ya ves el porqué.

—Eres gilipollas.

—Empiezo a ver dos motivos de peso para aceptar casarse.

Me agacho —sin querer pensar que en esa postura le estoy enseñando un primer plano de mi trasero en pompa— y recojo el vestido para encerrarme en mi cuarto y no dirigirle la palabra en lo que queda de año.

—Joder, me la has puesto dura... —dice cuando salgo de su habitación.

Corrijo, no dirigirle la palabra en lo que queda de era.

Nota mental urgente para Maca: ¡encuentra un curro de una vez y lárgate a un piso de soltera!

Porque con la mierda que cobro ahora no me puedo permitir ni buscar otro piso compartido, nadie aceptaría la cantidad irrisoria que le doy a Oli.

Me siento en la cama abrazada a mi vestido y cierro los ojos. Cuando crees que no puedes caer más bajo, el agujero se hace un poco más hondo.

De una boda sale otra boda pero, ¿qué sale de una no boda? Una jodida vida, caótica hasta la extenuación.

—¿Has dicho que ese cacho de tela vale seis mil euros? —Grita como si hubieran salido de su bolsillo—. ¡Estáis mal de la cabeza, ¿o qué?! Es solo un puto día, joder.

—Vete y déjame sola.

Me mira y sé, porque lo conozco, que duda entre entrar y sentarse a mi lado para intentar animarme o dejarme sola como le pido. Esa faceta suya, la de cuidar de los que tiene cerca, le pone la decisión difícil; es de lo poco bueno que tiene. Al final refunfuña pero asiente con la cabeza. Cierra la puerta con tanta suavidad que si no fuera porque miro hacia ella ni me hubiera percatado.

Al cabo de un rato, no sé decir si ha pasado un minuto o cuarenta, oigo el ruido de la ducha. Cuando termina, cojo el kimono de detrás de la puerta y me voy al cuarto de baño, me apetece darme un baño. Abro el grifo y vuelco en la bañera el tarro entero de sales de lavanda.

Por suerte mañana será otro día y llegarán otras opciones, otras personas, otra vida.

4 EL TIEMPO CURA LO QUE EL AMOR DESTROZA

Los médicos dirán que para que un absceso cure primero hay que sacar toda la mierda de dentro. Y yo llevo todo el día haciéndolo supurar. Horas y horas repasando los días que pasé con Edu.

Nos conocimos en una discoteca, en una fiesta que se organizó para celebrar el fin del verano del 2009. Con la entrada, a las chicas les daban una tuerca y a los chicos un tornillo. Se trataba de encontrar el que encajaba. Ahora se tildaría de homófobo, en aquella época solo era otra excusa para ligar. Cuando creí que la noche había terminado y estábamos a punto de irnos, apareció Juan Eduardo. Es dos años mayor que yo y es profesor de autoescuela; su familia es la dueña de un pequeño monopolio del sur de la comunidad.

Su tornillo era demasiado grande, se veía a simple vista, pero no importó. Me invitó a la última copa, que alargamos con unos chocolates con churros viendo salir el sol desde la playa. Edu me venía grande desde el inicio y no quisimos verlo ninguno de los dos.

Sonrío al recordar las primeras citas, su forma algo anticuada de seducirme y sus frases cursis para confesarme lo que sentía por mí.

Para Edu todo es blanco o negro, yo soy de matices. Edu es sensato, le gusta tener el control de todo y detesta la improvisación.

Es opuesto a mí, lo que para algunos es la clave de una pareja y para otros es un problema insuperable. Queda claro que para nosotros no funcionó.

Me muerdo el labio que tiembla sutil dejando ver la fragilidad en la que estoy envuelta. Recuerdo sus besos, su forma de agarrarme de la mano solo con el meñique. La noche que me llevó al parador y mirando el cielo, buscando ver alguna perseida, me pidió que me casara con él. El color que tomaban sus ojos verdes al salir del mar o sus rizos con los que me gustaba jugar cuando se tumbaba en el sofá con la cabeza sobre mi regazo y me hablaba de sueños mientras dibujaba nuestro futuro.

Pero entonces aparece esa sombra con la voz rasgada y la risa salvaje pegada a mi oído en el momento del orgasmo.

La locura. La duda, la decisión de acabar con todo y reiniciar mi vida.

5 SUSHI PARA DOS Y CHOCOLATE PARA SESENTA

Con el agua tapándome hasta las orejas, dudo de haber escuchado bien, pero de nuevo lo oigo y distingo que son unos golpes en la puerta.

—¿Qué parte de quiero estar sola no has entendido? —grito.

—Soy Cas —dice mi mejor amiga y la novia de mi hermano.

Casandra e Hilario sí que son el ejemplo de la niña enamorada del hermano de su mejor amiga. Creo que toda la vida ha babeado por él, solo que al principio lo disimulaba bien porque ir con la boca abierta y llevar el vestido mojado de babas era lo más normal para un bebé. Nunca he visto a nadie querer de forma tan platónica a alguien, porque él nunca se le había insinuado ni lo más mínimo. Hasta que todo cambió en la fiesta de sus veintisiete años, cuando Cas ya se había autoconvencido de que Hilario siempre la vería como una hermana pequeña y su corazón estaba de luto por ese amor no correspondido... Pero en esa fiesta pasó algo, él despertó y por fin vio a la mujer que era. Y yo me alegro por ellos porque no hay duda de que están hechos el uno para el otro.

Si hay una persona positiva en esta vida es ella, mi pelirroja, su jerga parece sacada de un libro de Mindfulness. Casandra es paz y buen rollo... hasta huele a pachuli.

Salgo de la bañera y me envuelvo en el kimono.

—¿Qué haces aquí? —susurro, abriendo la puerta.

Estoy tan espesa de tanto llorar —y por haberme bebido yo solita la botella de champán— que no sé si me alegro de verla o no.

—Oli me llamó, creyó que me necesitabas y veo que no se confundió. —Su voz denota preocupación y pena por mí.

No digo nada, no puedo; solo me echo a sus brazos y vuelvo a llorar porque ella es la única que sabe toda la verdad.

—Pensaba que estabas mejor, si lo hubiera sabido habríamos pasado el día juntas.

—Quería estar sola.

—¿Quieres que me vaya?

Dudo, pero al final entiendo que los amigos están para momentos como este, para darte un abrazo y acariciarte el pelo diciéndote con esos simples gestos que están ahí, da igual las veces que la cagues. Casandra ha estudiado Filología y ahora trabaja en una biblioteca, las palabras son su profesión, pero sabe que hay veces que el silencio lo dice todo.

Cuando me recompongo un poco, salimos del baño y voy directa a mi cuarto a ponerme algo de ropa. Me decido por un pijama —shorts a conjunto con una camiseta de tirantes con un estampado tropical— que nada tiene que ver con el camisón de encaje ni con toda la lencería que me había comprado para la luna de miel…, y ella va hacia el comedor para pedir que nos traigan algo para cenar. Solo cuando nombra la comida me doy cuenta de que estoy hambrienta. Me irá bien meter algo sólido que haga de esponja porque aun quedan cinco botellas de ese champán francés que mi *exfuturasuegra* se empeñó en que era el mejor para la boda de su hijo. Amparo, mi *exfuturasuegra*, la misma que cuando nos presentaron no se guardó sus pensamientos y me dijo claramente que dudaba de mi capacidad de parir visto el tamaño de mis caderas… La misma que odiaba que llamara a su hijo Edu, en lugar de Juan Eduardo, y que por eso lo repetía a menudo cuando estábamos con sus padres solo para ver cómo me miraba con inquina y no le temblaba el labio por el Botox.

En el armario, junto al vestido y la caja de champán también guardé un saco de bombones de cortesía y el rollo de tul donde tenían que ir empaquetados; por cierto, no tengo ninguna justificación lógica de por qué, de entre todos los preparativos para la boda, solo me llevé el chocolate y la caja de champán.

Oliver no está pero ha dejado su esencia vagando por todo el pasillo, se ha puesto la colonia de ligar.

—Esta noche no duerme solo.

También me ha dejado un mensaje en forma de canción (*Don't cry* de Guns N'Roses) que suena en bucle hasta que me doy cuenta de que es la tercera vez que la oímos, quito el "repetir" y empieza a sonar *Back in the water* de HAEVN. Hace poco que he descubierto este grupo y me flipa.

*

Cas ha pedido la cena, han traído sushi para dos y pastel de chocolate. Las raciones eran abundantes y aún así no han tardado mucho en desaparecer. Yo tenía hambre y ella por miedo a que la dejara sin nada no ha perdido el tiempo. Parece que la doble ración de chocolate por cabeza no es suficiente para calmar mi pesar por eso voy hasta la habitación a buscar el saco de bombones. No es que tengan una pinta muy apetecible —con el calor y allí *apretujaos* son una pasta envuelta en papel—, pero es tal la ansiedad que importa poco. Es hasta entretenido charlar de todo y nada mientras desenvolvemos el bombón y nos lo llevamos a la boca de un lengüetazo. Cas me ha obligado a poner las botellas de champán en el congelador para beberlo fresquito y la verdad es que ha ganado mucho. Si al final Amparo, mi *exfuturasuegra*, tenía razón en que era la mejor opción. Y en muchos de los brindis que hacemos esta noche doy gracias a la vida por tener a Cas a mi lado. Para eso están las amigas: para emborracharse contigo como apoyo moral, atiborrarse de chocolate y terminar la noche con dolor de barriga, y todo acompañado de unas buenas risas porque no hay nada que siente mejor que reírse de las penas de uno mismo.

6 DESTILANDO IMAGINACIÓN

El sol baña mi habitación sin ningún filtro puesto que ayer… o mejor dicho esta madrugada, a ninguna de las dos se nos ha ocurrido bajar la persiana. La luz me da en toda la cara y me tapo con la sábana como escudo. Allí debajo, en esa semioscuridad penetra un olor, cuando mi olfato se despierta y reconozco que es café, mi estómago gruñe solicitando su dosis de cafeína matutina.

Intento levantarme sin hacer ruido, pero no lo consigo. Me duele la cabeza y mi equilibrio está en coma etílico. Doy un golpe a la mesilla, tiro la pila de libros que tengo encima —soy de las que puedo leer tres o cuatro libros a la vez, dependiendo del estado de ánimo cojo uno u otro— y uno me cae sobre el pie. Maldigo entre dientes, al final Cas también se despierta.

—Cfff —gruñe.

Imagino que pide café, porque aquí, la pelirroja, por las mañanas es de gruñidos más que de palabras. No es que yo sea de las que se levantan de un salto y llenas de energía, pero es que ella parece semiinconsciente durante un buen rato.

Después de pasar por el baño y lavarme la cara con agua fría —con todo el ímpetu que puedo tener a esas horas y después de semejante noche—esperando que haga algún milagro que por descontado no ocurre, vamos a la cocina. Lo hacemos a duras penas, cogidas de la cintura buscando en la unión un equilibrio decente. Solo es llegar a la cocina, unos diez pasos como máximo que se nos hacen eternos. Recuerdo aquella vez por Navidad, deberíamos tener unos catorce años, y fuimos a la feria, nos subimos tres veces seguidas a la Olla voladora. Cuando bajamos íbamos dando tumbos, más o menos como ahora.

Qué malas son las resacas después de los treinta, mi hermano me lo ha repetido varias veces.

A dos pasos de nuestro destino oigo una risa cantarina y la voz de Oliver, no entiendo que dice, pero percibo su tono irritado.

—Cas —la llamo y repito su nombre un par de veces más hasta que veo que tengo su atención—, ahí dentro sígueme la corriente, luego te lo cuento.

—*Ehahh…* —Dudo de si es un "sí", un "vale", o un "qué dices".

—Hola, *amore…* —grito tan entusiasta que hasta a mí me molesta mi tono—. Uy, ¿y tú quién eres? ¿Amo, es la nueva candidata?

Oliver, que viste solo unos vaqueros, está de pie apoyado en la encimera de madera que él mismo hizo. Se lleva las manos a la cara para contener una carcajada, pero veo un leve asentimiento.

Cas se sienta en el taburete libre, toma la cafetera y se sirve ajena a todo. Si al final acabaré admirando su forma de despertar.

—Es bonita. ¿Cómo te llamas? —digo, siguiendo con la coña.

Le toco el pelo a la rubia, está algo reseco y necesita un buen corte, hasta yo me atrevería a hacerlo porque si me paso de un par de dedos tampoco pasa nada. Es alta, voluminosa… todo lo contrario que yo. Qué mal repartido está el mundo.

—Soy Coral. ¿Candidata? —Frunce el ceño y aletea con brío unas falsas pestañas.

—Para ser la nueva chica. Desde que Lucía se fue estamos solas las dos y cuesta seguir el ritmo del amo. Ella es Lena, perdónala no tiene buen despertar —digo señalando a Cas—, pero es muy buena chica. Ya verás, aquí lo pasarás genial. Ya has estado con él así que ya sabes lo que te espera cuando sea tu noche. Pero te aviso, los turnos no se cambian. Nunca, *jamais, never*, es la única norma que tenemos entre nosotras.

—*Cariño...*, déjalo; la estás asustando —me sigue Oli, como lo conozco tan bien sé que achina los ojos porque la risa se le escapa por la comisura.

—Pero, *amo*, me gusta...

—¿Amo? —Coral se pone de pie cuando su cerebro va asimilando todo lo que me he ido inventando sobre la marcha. Caray... si es que ya dice mi madre que siempre he tenido demasiada imaginación—. Pero esto que es, ¿un harén? ¿Estáis mal de la puta cabeza?

—Eh, no grites —le recrimina Cas que después de una taza de café ha recuperado el habla—. Necesito un chute, me va a explotar la cabeza.

Gracias *compi*, tu aportación pidiendo droga hace mucho más creíble toda esta pantomima.

—Coral... —empieza a decir Oliver acercándose a ella, pero esta alza el brazo impidiéndoselo.

—No te acerques, puto pervertido. Dejadme salir ahora mismo.

Poco después oímos un fuerte portazo. En nada tenemos a Genara fundiendo el timbre para quejarse, odia los portazos.

—Esta vez te has pasado —me reprende Oli, pero partiéndose de risa, por lo que su credibilidad se ve perturbada y paso completamente.

Me dejo caer en el taburete que la rubia de bote ha dejado libre y apoyo la frente en la mesa.

Qué dura es la vida de artista.

—Pero se ha ido que es lo que querías, ahora te toca compensarme. —Levanto la cabeza cuando siento a Oliver a mi espalda—. ¿Nos haces unos cruasanes de Nocilla?

—El horno está encendido —susurra cómplice, ofreciéndome su taza de café. Que nos conozcamos de toda la vida es una ventaja, que me haya visto comer mocos y tierra tampoco parece que le haya dejado ningún trauma—. Buenos días.

—Lo digo de verdad, que alguien me dé un par de ibuprofenos o me muero —pide Cas que sigue sin abrir los ojos y se aprieta las sienes con las dos manos.

Oliver va al baño y vuelve con un blíster. Nos deja dos pastillas frente a cada una y nos hace un zumo de naranja con no sé qué especias y potingues que según él es lo mejor para la resaca.

Sé que tengo que irme, pero es que vivir con Oliver tiene unas ventajas que no se pagan con nada y menos los días de resaca.

7 NOSOTROS, UN DOMINGO CUALQUIERA

La mañana pasa lentamente. Al menos para nosotras. Oliver ha vuelto a demostrar que es medio vampiro y que a pesar de que no ha dormido más que unas cuatro horas está fresco y listo para asaltar cualquier castillo. Después de prepararnos el desayuno ha salido a correr —su madre me ha dicho más de una vez que desconfíe de las personas que se levantan un domingo temprano para ir a hacer deporte, supongo que su hijo es la excepción—; nosotras solo hemos sido capaces de pasar por la ducha para tumbarnos después en el sofá.

Hemos llamado a Hilario para que se venga a comer, esta mañana tenía la presentación de un libro. Por cierto, a Oliver antes de marcharse le ha dado tiempo hasta de sacar unos gambones para que vayan descongelándose porque nos va a hacer una paellita. Y aquí estamos ahora los tres, esperando a mi hermano en la pequeña mesa del balcón —que solo da para los vasos y un cuenco— mientras nos tomamos un vermut y unas aceitunas.

La mañana es cálida y el sol no tiene piedad de nosotras que a duras penas podemos hacerle frente atrincheradas tras unas gafas de sol tamaño mosca atómica. Desde el comedor nos llega la versión que hace Dami Im, de *Jolene* de Dolly Parton. Sin ser consciente de que tengo público tarareo la letra, Cas se ríe de mí —no lo entiendo porque canto como los ángeles— y acabamos los tres a carcajadas porque la risa de la pelirroja es igual de contagiosa o peor que la gripe.

—¿Aprovechamos que estamos los tres para cerrar lo que queda pendiente para la fiesta? —pregunta Cas cuando se recupera porque con la risa se le ha intensificado el dolor de cabeza.

Es una fiesta de cumpleaños para mi hermano. Hace cinco años Hilario dijo que no quería celebrar los treinta, pero su novia ha pensado vengarse de la que le montó él en febrero para su cumpleaños, aprovechando que es para san Valentín. Según ella, «dijo que no quería celebrar los 30, no dijo nada de los 35».

—No, hemos quedado mañana en el Siete mares para hablar justamente de eso —contesta Oli sacando la cabeza por la ventana de la cocina que da también al balcón—. Dadme un segundo que termino el sofrito y salgo.

El Siete mares es un local de copas que lleva Álex, un amigo de Oliver y que queda cerca del puerto. Tiene un pequeño jardín con techado de madera y pequeñas bombillas blancas que es una invitación para las calurosas noches de verano. Desde que fuimos por primera vez, en la inauguración (para fin de año) se ha convertido en nuestro destino cuando salimos.

Oliver vuelve y se sienta en la silla que hay a mi lado.

—Ahora vamos a otra cosa más importante. —Por cómo me mira sé que estoy en un apuro—. No puedes seguir así.

Hablemos de la fiesta, del tiempo, de chorradas varias típicas de un día de resaca pero no sobre mi vida porque a veces es necesario romperse para saber qué hay dentro, pero acojona encontrar solo vacío. Tengo miedo de haberme perdido, de no volver a encontrarme.

—Fue solo… ayer… Hoy ya estoy mejor.

Dame un poco de margen, capullo.

—No te lo crees ni tú —sigue sin darme tregua.

—Oli… —intenta calmarlo Cas, las dos conocemos su carácter.

—No me cortes, es por su bien y lo sabes. Alguien tiene que decírselo.

—¿Decirme el qué? —pregunto después de mirarlos a los dos. Cas agacha la cabeza evitándome, cuando mis ojos encuentran a los de Oli tengo ganas de huir.

—Que acabas de cumplir los treinta y has mandado a la mierda toda tu vida, y no digo que no tuvieras tus motivos, tú sabrás, pero desde entonces no levantas cabeza y no puedes seguir así. Pasa página, quita tu ropa de las cajas, instálate de una vez o empaqueta lo poco que has sacado y lárgate, pero ¡haz algo, joder! Te sugiero que empieces por deshacerte del vestido y buscar un trabajo de verdad.

—Ya tengo un trabajo.

—Digo uno que te guste y te paguen algo fijo al mes, no esos artículos infumables como: «5 claves infalibles para seducir a un hombre» o «Descubre cómo el tarot hará de ti una triunfadora». Y ya ni hablo de ese horóscopo que te inventas cada mes.

Joder, el cabrón me lee. Y no sé si tomarlo como un halago o todo lo contrario.

Miro a Cas buscando su ayuda, pero en sus ojos solo encuentro comprensión y apoyo, pero cree que tiene razón —hasta yo lo creo, pero no puedo arreglar mi vida un domingo y menos después de lo de ayer— y no piensa decir nada.

Sí, me dedico a escribir esos artículos y me invento el horóscopo mensual —como si fuera tarea fácil escribirlos, que recuerdo que son doce signos con sus respectivas secciones de: amor, dinero, salud— para una revista quincenal, de dudosa reputación como se ve; pero que tiene su mercado y es lo único que he encontrado hasta la fecha. Hilario es el jefe de la redacción del diario Es Noticia, y a veces me pide algún artículo como *freelance*, pero de momento no buscan ampliar el personal.

—¿A ver, de qué va el artículo en el que estás trabajando?

Y no es lo que busca pero Cas suelta una carcajada y yo que tenía el vaso en la mano a medio camino de la boca casi me doy una ducha de vermut blanco cuando la copio.

—Ni se te ocurra —señalo a mi amiga.

Pero sé que va a ignorarme y en parte me alegro porque al contarlo se va a abrir otro debate y dejaré de ser el centro de atención. Se seca las lágrimas que le han saltado de tanto reír. Y es que ya llevamos dos días, desde que me mandaron el email con el tema a investigar, que estamos así. Ya nos pasó cuando me tuve que documentar sobre el blanqueamiento anal y otras paridas del estilo.

—Liposucción del pubis —le responde la pelirroja.

Oliver, con el ceño fruncido, nos mira primero a una y después a la otra; yo me encojo de hombros y asiento.

—¡Coño! —Ahí, exacto—. Si al final va a resultar hasta interesante. Cuéntame más.

—A lo mejor alguna de esas de tu harén se lo ha hecho —le responde Cas. Cuando estaba despierta del todo le he contado lo del desayuno y ahora dice que le hubiera encantado participar. Eso y que estamos locos y que un día de estos nos meteremos en algún problema serio como sigamos así—. Es quitar la grasa del monte de Venus. Resulta que es una zona donde se acumula con facilidad y por mucha dieta que hagas, sentadillas o bicicleta, no hay forma de librarse de esa grasa, así que se recurre a la liposucción.

—¿Y qué importa tener grasa… ahí? —Ahora mismo está flipando. Me encanta dejarlo noqueado.

—Se ve o mejor dicho se intuye con ropa ajustada o cuando vas en bikini —respondo porque sea de lo que sea el artículo que me piden siempre me documento primero.

Seguimos con el tema unos minutos más hasta que Oliver vuelve a centrarse en mí. Resoplo, pero me ignora a conciencia.

—Eres buena y estás perdiendo el tiempo.

—Si por buscar no queda, el problema es encontrarlo. —Me echa una mano Cas.

—No la apoyes que eso no la ayuda. Tiene que despertar de este trance de una vez y tomar las riendas de su vida —termina, salomónico.

Oliver cuando habla, sentencia; su frase estrella es «mejor ser antipáticamente sincero que simpáticamente falso». Va a saco y no deja títere sin cabeza, y me duele porque en el fondo sé que tiene razón, pero siento que voy empequeñeciendo, aún más, en esta silla. Sus palabras me golpean fuerte, tanto que soy incapaz de esquivarlas ni de afrontarlas.

El silencio se filtra en la conversación y me da un poco de tregua, a mis oídos llega la guitarra y la voz de Stevie McCrorie cantando *Big World*.

—¿Te acuerdas de aquellas listas de propósitos que hacías cada inicio de curso? —sigue poco después Oli—. Pues haz una y lucha por cumplirla.

Me acuerdo de esas listas, también recuerdo que el año que empecé el instituto yo estaba en el patio de mi casa y él llegó a buscar a Hilario porque iban a entreno con el equipo de remo. Mientras lo esperaba se sentó a mi lado y me arrebató la libreta. En mi cabeza aún resuena su carcajada cuando leyó el segundo punto: «pensar ideas para ser más espontánea». Se estuvo burlando durante meses porque decía que aquello era un sinsentido, que ser espontáneo significa exactamente actuar sin pensar. Es uno de los tantos ejemplos que mi memoria conserva de las veces que lo he odiado y mandado a la mierda.

—¿Quieres que haga una lista?

—Quiero que seas feliz. No soporto tu autocompasión.

—Lo que necesita es encontrar a alguien que le suba la moral a base de orgasmos —ríe Cas, levantándose para abrir la puerta después de oír el timbre.

Rezo para que la aparición de mi hermano calme las aguas y deje estar el tema... pero antes mi cabeza procesa sus palabras de antes.

—Y tranquilo, soy la primera que quiere irse de aquí. —Solo necesito encontrar un trabajo que me permita pagar un alquiler—. ¿O crees que me gusta ser tu chacha?

Coge el botellín de cerveza y le da un trago sin dejar de mirarme, se toma el tiempo y sé que no busca una respuesta, lo hace para que mis últimas palabras caigan por su propio peso.

—No quiero una chacha, quiero que seas feliz —repite, despacio.

—No siempre se puede ser feliz.

Chasquea la lengua y se acerca más a mí, como si quisiera que lo que sea que vaya a decirme no se lo lleve el viento y vaya directo a mí.

—Estoy de acuerdo. La vida es un sube y baja constante y ahora te toca remontar. Y que quede claro: yo soy el que cocina y tú la que limpia. Y no es una queja, que ya que estoy no me cuesta nada hacer más. Creí que era un pacto no verbal que habíamos hecho por la convivencia, y me parece bien. Pero solo quiero que te quedes por una decisión tuya, no porque fue el único sitio que encontraste. ¿Me explico?

—Alto y claro.

Y mentalmente hago la dichosa lista:

1. Un trabajo que me permita irme a vivir SOLA.

2. Un piso para mí SOLA.

3. Encontrar al hombre de mi vida y sentir que no estoy SOLA.

El resto del día pasa de forma más pausada. La paella está increíble y los dulces que ha traído mi hermano terminan por subirnos el nivel de azúcar en sangre a niveles históricos. Cas e Hilario se encargan de llevar el peso de la conversación, yo estoy apática y sentir la mirada de Oliver sobre mí no me ayuda mucho porque no me dirige la palabra, pero está tan pendiente de mí que llega a ser hasta intimidatorio. Pasadas las seis, la parejita se va y aunque estoy por suplicarles que se queden y no me dejen sola con él, no lo hago. Cas sigue quejándose de que le duele la cabeza de la resaca. En cambio, yo creo que es lo que menos me duele, es peor la opresión en el pecho.

Una vez todo recogido, Oliver me pregunta si me apetece hacer una de nuestras "noche de Woody". Como ya os he contado antes, adoro el humor que tiene el cineasta. Hasta que me mudé, Oliver no había visto ninguna de sus pelis, decía que eran tediosas. Pero una tarde, de esas de ciclogénesis explosivas que nos azotan de tanto en tanto, le pedí que le diera una oportunidad, le dije que si admiraba a Oscar Wilde por su humor, le gustaría. Pusimos *La maldición del escorpión de jade* y acerté, tanto que se ha vuelto su favorita. Aunque creo que el papel que hace Charlize Theron tiene mucho que ver. La mía es *Medianoche en Paris*, es tan bucólica y fantástica… pero hoy no, sólo quiero tumbarme en mi cama e intentar dormir.

—Como quieras —contesta sin insistir y se lo agradezco; lo bueno de Oli es que sabe cuando meter caña, pero también cuando frenar.

8 LOS LUNES AL SOL

Cuando me levanto el lunes lo hago con energías renovadas, al final el cansancio ha ganado a mi desdicha. Después de un café grande y de terminar los cruasanes de ayer, decido que voy a hacer un poco de limpieza aprovechando que Oliver no está. En tiempo normal ya es complicado saberse su horario porque es un completo desafío, imagina ahora con las vacaciones y la baja de Santiaguiño que sufrió una caída en el incendio que se ocasionó en una conservera el pasado mayo. Los bomberos hacen turnos de doce horas y en su parque hacen un día de turno de mañana, otro de noche y cuatro libres. Si no trabaja, puede que haya salido a correr, a nadar, a remar o al rocódromo... No he conocido nunca a nadie tan activo y al que no se le resista ningún deporte. Es admirable teniendo en cuenta que yo solo hago Pilates y porque me ayuda con mi dolor de espalda. Me pongo los cascos —*La danza del fuego* de Mägo de Oz— y empiezo cambiando todas las sábanas y poniendo una lavadora tras otra mientras quito el polvo, hago los baños... No hay mejor descarga que cantar a pleno pulmón con el mocho como micrófono. Termino justo para la hora de comer y paso por la ducha, estoy empapada en sudor.

—Si es que sale a cuenta tenerte enfadada, está todo como los chorros del oro —me saluda Oli con un pico.

—Buenos días a ti también. Iba a calentarme el arroz que quedó de ayer. ¿Te quedas?

—No puedo, el tiempo va a empeorar y me han convocado, no sé a qué hora terminaré. Dile a Cas que no podré quedar, haced un repaso de lo que queda pendiente para la fiesta y ya me dices de lo que me tengo que encargar.

—Vale.

El resto de la tarde la paso en la terraza trabajando con el portátil, termino el artículo sobre la liposucción y después me divierto un poco. Hace años, cuando había el boom de los blogs, me abrí uno. En lugar de hablar de viajes o de moda me inventé a dos periquitos que eran vecinos (separados por una pared por lo que nunca se han visto) y hablaban de lo que pasaba en el barrio. Aunque empezó siendo algo muy mío, con el que me divertía y dejaba volar mi imaginación, nunca mejor dicho, los lectores empezaron a llegar y ahora me orgullece decir que hay más de tres mil seguidores que cada quince días esperan una nueva entrada.

PERICO Y PAQUITA

—Perico, ¿estás?

—Como no voy a estar si me han sacado a las seis de la mañana, con la fresca.

—Yo creo que va a llover.

—Está cambiando el tiempo, me duele el ala derecha.

—Eso es porque no ha curado bien. Es que ya tenemos una edad como para que nos dejen sueltos en manos de unos chiquillos. Es que se ha perdido todo el respeto. A mí a veces ni me saludan en todo el día.

—Para eso me tienes aquí, Paquita, para hacerte compañía.

—Menos mal, Perico, menos mal. Qué vida más aburrida sería la mía sin ti.

—No empieces a coquetear que luego se me nota en el cante. Además he descubierto algo importante, creo que la parienta está envenenando al marido.

—¿Otra vez creyéndote Colombo? Te recuerdo que la última vez creías haber visto como el vecino del tercero de enfrente robaba en la casa de al lado y resulta que era el amante.

-Saltaba por el balcón cada dos por tres.

-Para ser un periquito tienes la mente demasiado desarrollada. Eso no puede ser bueno.

-Ser inteligente no hace daño a nadie.

-No estoy tan segura, pero dejemos estar el tema. A ver, cuéntame qué crees que has descubierto esta vez.

-La he visto echarle unas hierbas raras a la manzanilla que toma después de comer.

-Será algún remedio casero. No veas fantasmas donde no los hay.

-El otro día la oí hablar por teléfono con Inés.

-Espera, ¿esa es la que tiene ese chucho sarnoso que siempre que viene nos da la tarde con sus ladridos afónicos?

-No, esa es Amelia. Inés es la que la llama todos los domingos por la mañana para hablar de la tarde que pasaron en el centro social jugando a la brisca.

-Ah, ya, y qué, ¿volvió a ganar Azucena y están pensando cómo echarla del grupo otra vez?

-No, se ve que esta vez fue algo más repartido. Pues resulta que le contó que de momento ella no estaba viendo ningún resultado y estaba desesperada porque diera resultado y por fin disfrutar como hace años que no lo hace.

—Ay, por san Antonio, a ver si esta vez será verdad y tu intuición no te engaña.

—Calla, que viene a darme mi trocito de manzana como cada mañana.

—Lo dices como si fuera a entendernos. Eres un mimado, yo sigo comiendo alpiste. Día tras día.

—Ay, Paquita, ojalá pudiera darte un cachito, nada me haría más feliz.

—A mí lo que me haría feliz sería verte.

—Ya no odio ni la jaula, lo que más odio es esta maldita pared que nos separa.

9 MACA, EL POLIZÓN

El martes por la mañana, sin ser capaz de despegar las pestañas me giro hacia el otro lado de la cama buscando ese foco de calor que mi cuerpo nota. Me zumba la cabeza, pero pensaba que sería peor.

—Buenos días, *polizón*.

Abro los ojos con cautela. A pesar de que la habitación está sumida en una oscuridad total llego a distinguir que no es la mía como tampoco es mi cama.

No tenía la intención de quedarme dormida, pensaba irme antes de que despertara, pero no lo he conseguido.

Alto ahí, no es lo que piensas. Ojalá se tratara de un motivo de esa índole, aunque no sé si me da más grima confesarte la verdad o dejar que creas que me acostaría con Oliver... La penosa y vergonzosa verdad es que odio el viento. No hablo de una brisa, hablo de vendavales. No sé qué me entra en el cuerpo que me encuentro mal, me duele la cabeza y acabo buscando el consuelo de un cuerpo que me dé cobijo y calor. Primero eran mis padres, luego fue Hilario, Edu... y aunque lo evito e intento afrontarlo como una mujer de treinta años, es la tercera vez que recurro a Oliver.

—Hola, llegaste tarde.

—El vendaval tumbó varios árboles, ha sido una guardia llena de incidencias. —Su voz, rasgada como cuando está cansado, suena a un palmo de mi cara; lo imagino girado hacia mí.

—Suenas agotado.

—Lo estoy.

—¿Quieres que te traiga algo?

—No, me tomé un Cola Cao con un bocadillo cuando llegué. ¿Y tú, tienes migraña?

Resulta que soy una de esas personas meteosensibles. Los cambios de presión afectan al nivel de oxígeno, lo que hace que los vasos sanguíneos se expandan o contraigan buscando ajustarse a ese nivel y de ahí este jodido dolor.

—Para variar. Pero aún es soportable.

—¿Necesitas una pastilla?

—Ahora me levanto.

—Tranquila, tengo que ir al baño.

Enciende una luz pálida de ambiente y salta por encima de mí. Y es que Oliver, creo que en una clara señal de que le gusta estar solo, tiene un lado de la cama casi pegado a la pared.

La habitación está pintada de un azul grisáceo que me encanta, sin ningún adorno en las paredes. No tiene mesitas, el cabecero hace esa función. De nuevo es ideado y fabricado por él. Es alto, y la parte superior es una plancha de madera de color clarito que recorre todo el ancho de la cama de metro cincuenta. El resto la compone un armario de doble hoja y una cajonera preciosa que restauró y pintó de un gris ceniza. Sobre ella, hay una caja de mimbre que hizo su madre llena de cachivaches, al lado hay varios botes de perfume y la única foto que tiene en todo su cuarto. En ella sale él con sus padres, los míos, Hilario y yo. Lo curioso de ella es que ninguno mira a la cámara; su madre se está peinando, la mía abanicándose con la mano, los padres charlan, Oli está tirando de mi pelo por lo que yo salgo empujándolo y mi hermano se ríe a nuestro lado. Para algunos será una foto fea, esa que rompes solo con verla, pero Oli en ella solo nos ve a nosotros, tal como somos, sin sonrisas forzadas ni poses estudiadas.

Vuelve con un vaso de leche y una pastilla y seguimos durmiendo el resto de la mañana.

*

Él no tiene ganas de cocinar y yo mucho menos, así que decidimos bajar a la cafetería que hay justo debajo de casa y que es la culpable de ese olor a café tostado que siempre inunda la calle y la escalera del edificio. Podría ser peor, como la insoportable peste del curri, odio ese condimento.

Entramos en el Café de Sol y nos sentamos en una de las mesas que hay pegada a la cristalera. A estas horas está poco concurrido, por el hilo musical se oye a Loren Nine cantando *I do*. Mientras nos tomamos zumo, café, él un bocata de tortilla y yo una ensaimada — aunque al final termine zampándome la mitad de su bocadillo y a él solo le deje pegarle un mordisquito a la ensaimada antes de que la engulla —, hablamos sobre la fiesta. Está todo listo, solo queda arreglar lo de la tarta porque ayer llamaron a Cas y hay que buscar otra pastelería.

—Al lado del parque de bomberos han abierto hace muy poco una pequeña cafetería que se dedica a la repostería. Tienen la mejor tarta de chocolate que he probado en mi vida. Podemos pasarnos mañana y preguntar.

También me comenta que ha leído la nueva entrada de los periquitos y, sonriendo, me expone sus teorías sobre lo que va a pasar. Creo que es mi fan número uno, y reconozco que de estas charlas y sus ideas han salido algunas entradas y para qué negarlo, nuestra inesperada convivencia también ha dado alas, nunca mejor dicho, a mi imaginación.

Le pide a Sol un par de cafés con "final feliz". Cuando ve mi cara, sonríe petulante y me dice:

—Confía en mí.

Poco después tenemos frente a nosotros dos tazas de café, corto. Lo miro desconcertada, y me pide que lo copie. Así que sin echar azúcar ni nada, cojo la cuchara, y remuevo; es entonces cuando noto que hay algo en el fondo. Oli se da cuenta y me guiña un ojo, alza la taza, esperando que lo imite, choca y da un sorbo. Cuando me la llevo a los labios, me llega un olor conocido que hasta que no me llega al paladar no consigo distinguirlo. Chocolate.

—Madre mía, está riquísimo —admito, y mi voz sale imitando el tono que utiliza mi madre, en una frase tan de ella.

—Un café con "final feliz", la especialidad de Sol. Le echa una pastilla de chocolate en el fondo.

Después él se va a entrenar y yo intento terminar el horóscopo, pero mi cabeza no está como para inventarse que los Tauro tienen Júpiter en la casa 8 y que eso significa que favorece la acumulación de riqueza o poder... Vuelvo a echar un vistazo a las ofertas de trabajo y mando un par de currículums con todos los dedos cruzados y las piernas por si acaso.

A media tarde salgo al balcón a ver cómo han quedado mis geranios después de la lluvia, les hablo y pido perdón por no cantarles, pero no tengo la cabeza para ello. Arranco las flores marchitas y no es porque sean los míos, pero están preciosos. Documentándome para un artículo de la revista leí que añadir tornillos viejos a la tierra revitaliza la planta con su oxidación; el truco ha funcionado de maravilla y han tomado un color más vivo.

Cuando voy a dejar la regadera, veo algo en una esquina. Al cogerlo me doy cuenta de que es un avión de papel de color rojo, pero lo más curioso es que las alas están redondeadas y parece un corazón. Miro por el balcón, pero no veo a nadie. Imagino que alguien se ha estado divirtiendo mandando mensajes al aire.

Curiosa, lo abro. Y es así como un martes trece de agosto que ha empezado con migraña termina conmigo sonriendo. Lo cojo y pensando que es una cadena lo echo a volar, con poco acierto la verdad, y cae en medio de la acera. Aunque me encantaría ver cómo alguien lo recoge para poder ser testigo de su respuesta, decido meterme dentro de casa y dejar que el destino haga su trabajo sin mirones.

Buenos días

10 UN TRABAJILLO

De: hilariorios@esnoticia.info
Asunto: Trabajillo
Fecha: 14 agosto 2019 09:33h
Para: macariosc@fmail.com

Acabo de salir de una reunión y tengo un trabajo para ti.

Se acaba el verano, las cañas, las barbacoas…

Solo quedan los kg de más.

Llega septiembre con sus colecciones por fascículos.

Vuelven los calcetines…

La vuelta al cole…

Esto sí es una cuesta arriba y no la de enero.

Necesito que escribas un artículo, una historia que haga suspirar y desear vivir.

Tú puedes, tapón.

PD: Que sea novedoso.

Atentamente,
Hilario Ríos C.
Redactor jefe
Es Noticia

De: macariosc@fmail.com
Asunto: Re: Tengo un trabajillo para ti
Fecha: 14 agosto 2019 09:35h
Para: hilariorios@esnoticia.info

¡¿Eh?!
¿Qué?
¿Estás de coña?
¿Para cuándo?
¿Dónde?
¿Cómo?
¿Puedes contarme algo más?

PD: Hermanito lo tuyo con los calcetines es de psicólogo.

Un saludo,
Maca

De: hilariorios@esnoticia.info
Asunto: Re: Re: Tengo un trabajillo para ti
Fecha: 14 agosto 2019 09:59h
Para: macariosc@fmail.com

Es para el mensual de septiembre.
Quiero un primer borrador para finales de mes.

PD: En mi otra vida vivía en el Trópico y me pasaba el día en gayumbos.

Atentamente,
Hilario Ríos C.
Redactor jefe
Es Noticia

De: macariosc@fmail.com
Asunto: Re: Re: Re: Tengo un trabajillo para ti
Fecha: 14 agosto 2019 10:02h
Para: hilariorios@esnoticia.info

Vale.

Doy con una idea fantástica.

Escribo un artículo nivel premio Pulitzer y tú por fin me haces un contrato indefinido.

Me gusta el plan.

Un saludo,
Maca
FUTURA redactora en
Es Noticia

De: hilariorios@esnoticia.info
Asunto: Re: Re: Re: Re: Tengo un trabajillo para ti
Fecha: 14 agosto 2019 10:10h
Para: macariosc@fmail.com

Tú déjame de piedra y me lo pensaré.

Atentamente,
Hilario Ríos C.
Redactor jefe
Es Noticia

De: macariosc@fmail.com
Asunto: Re: Re: Re: Re: Re: Tengo un trabajillo para ti
Fecha: 14 agosto 2019 10:11h
Para: hilariorios@esnoticia.info

Entiendo que eres todo un profesional y director del Diario ES NOTICIA y que no soportas los favoritismos, pero sabes tan bien como yo que me estás haciendo pagar que NUNCA hayas podido ganarme al ajedrez.

No es justo, pero sabes que cuando quiero algo voy a por ello.

Un saludo,
Maca
FUTURA redactora en
Es Noticia

Para: macariosc@fmail.com
Asunto: Re: Re: Re: Re: Re: Re: Tengo un trabajillo para ti
Fecha: 14 agosto 2019 11:36h
De: hilarioríos@esnoticia.info

Sé lo cabezota y perfeccionista que eres. Por eso.

PD: Déjame trabajar.

Atentamente,
Hilario Ríos C.
Redactor jefe
Es Noticia

11 CHUPAO (EN TEORÍA)

Lo confieso, el email de mi hermano me ha subido los ánimos.

Escribiré el artículo de mi vida.

Me dará un puesto como redactora en Es noticia.

Podré mudarme a un pisito para mí sola.

Podré decorarlo con jarrones y flores sin oír refunfuñar a Oliver. Da igual que tampoco sea lo que más me gusta, la mitad de las veces los compro solo para provocarlo. Como el búho de cerámica que encontré en un bazar chino, que no puede ser más feo y con un colorido horrendo y que compré para regalárselo en nuestro primer día de convivencia a dos. Ya se ha vuelto un juego entre los dos, yo lo coloco en un sitio bien visible, como al lado de la tele, o en la mesita frente al sofá y él lo esconde en algún armario de la cocina, detrás de los paquetes de pasta o bajo su cama... y yo me paso días buscándolo. La última vez lo encontré en la lavadora. Dijo que a lo mejor un lavado ayudaba a que se le fueran los colores como el payaso del anuncio y con el desteñido no fuera tan horrendo.

Podré sentarme en el sofá sin encontrar calcetines suyos...

Podré poner la música alta sin que se queje y me diga: «quita eso, parece que le estén aplastando la entrepierna».

Tengo que bajarme algunas apps de esas para encontrar casa.

Aunque claro que, para poder mudarme, necesito escribir un artículo y no tengo la más remota idea de sobre qué.

Pero daré con algo que va a ser fantástico.

Y luego —cruzo los dedos— Hilario me hará un contrato fijo.

Y luego ya sí que podré mudarme.

El día aún mejora más cuando al salir a tomarme el café en el balcón y regar mis geranios encuentro otro corazón.

Empiezo a dudar de que forme parte de una cadena y de que hayan lanzado corazones sin ton ni son, ahora creo que son para alguien. Y es una tontería, pero eso me da esperanza en la humanidad. Me pregunto a quién irán dirigidas esas notas. Dudo que sean para Genara, aunque el amor no tiene edad. Sobre ella viven los Fuentes, pero el piso está vacío porque pasan el verano en Benidorm. Solo se me ocurre que sea para el nuevo vecino, que vive sobre nosotros. Se mudó a principios de verano. Genara me ha contado que se acaba de divorciar. Este mes ya me he cruzado con él varias veces y todas iba con sus hijos —una adolescente y un niño de unos diez años—, así que supongo que serán para ella.

Y es curioso como un mensaje que no es para mí también es capaz de alegrarme el día. El artículo podría ser eso, de cómo la felicidad de los otros es contagiosa. Tengo que pulir la idea, pero no está nada mal.

Esto está *chupao*.

Ya puedo ir mirando cortinas en Ikea.

Y una sartén para hacer crepes.

En esa lista también añado:

- o **Buscar una receta fácil de cómo se hacen las crepes.**

Buenos días, duende

12 IDEA DE BOMBERO

Me paso el resto de la mañana buscando ideas, perfilando lo de la felicidad. Al mediodía como la ensalada de garbanzos que dejó hecha Oliver.

Sobre las cuatro salgo de casa para ir a buscarlo al parque de bomberos donde está haciendo el turno de día, aprovecharemos una de sus pausas para ir a mirar lo de la tarta. Al cerrar la puerta, me encuentro con la vecina que está fregando el descansillo a pesar de que cada viernes viene una empresa a limpiar el edificio. En el rellano ya huele a café recién molido, y mis tripas rugen pidiendo un frapuchino de los que hace Sol.

—Buenas tardes, Genara, me voy que llego tarde.

—Los jóvenes de hoy siempre vais con prisas y nunca llegáis a ningún lado.

Estoy por contestarle pero ya nos conocemos y sé que cuando empieza a hablar no hay quien termine, no he visto a nadie ligar un tema con otro con tanta soltura. Me despido con la mano y me dirijo a las escaleras; vivimos en un primero y cuando me mudé me prometí utilizar el ascensor solo en caso de fuerza mayor.

Salgo poco después de la cafetería con mi vaso de cartón en la mano y a ritmo de *If today was your last day* de Nickelbak me dirijo hacia la parada del bus. Esta canción es pura inspiración y le doy un par de veces al *play* para escucharla en bucle mientras veo pasar la ciudad por la ventana. Otra idea acude a mi mente: ¿Y si busco a alguien que haya vivido algo similar? Es decir, que sintiera que un día era el último y qué hizo al saberlo.

Voy tan ensimismada que me paso de parada, reconozco que suele ser habitual en mí, lo que hace que tenga que caminar de vuelta un par de calles hasta el parque de bomberos. A pesar del paseíto llego antes de tiempo, porque ya sabes que odio llegar tarde y he salido de casa con tiempo más que suficiente.

Entro y veo que hay dos compañeros de Oliver trabajando en el camión.

—Hola, he venido a buscar a Oli… Oliver.

—Cruz —grita el mayor—, tu chica ha venido a buscarte.

—No soy su chica —replico, pero unos brazos me cogen de la cintura por detrás y me dan un susto de muerte porque estaba completamente despistada.

—Está soltera. ¡Venga, que me la quitan de las manos! —grita Oliver, como si fuera una gitana de las del mercadillo. Me alza como si él fuera Rafiki y yo Simba y me mostrara desde el acantilado—. Es verdad que no sabe cocinar y es algo menudita, pero es adorable.

—¡¡Bájame, maldito neandertal!! —Si no fuera porque tengo ganas de estrangularlo, por hacerme pasar uno de los mayores ridículos de mi vida, disfrutaría de las vistas porque he pasado a ver el mundo desde una altura de un metro noventa; o algo más porque me tiene levantada por encima de su cabeza.

Entre gritos, aplausos y vítores salimos a la calle.

—Te odio.

—Eso no te lo crees ni tú. —Sus labios sueltan una carcajada y después los estampa en mi sien—. Venga, para compensarte te invito a un trozo de tarta, la mejor que has probado en tu vida.

El local es pequeño, solo tiene tres mesas, pero la oferta de repostería es muy variada. La decoración es industrial —madera, hierro— y la luz es amarillenta y cálida. Me gusta, es de esos sitios en los que nada más entrar te sientes a gusto. Hablamos con la chica sobre la tarta para Hilario, su cara me suena de algo pero soy incapaz de recordar de qué. Nos deja una carta para que escojamos sin prisas y mientras nos sentamos en la mesa del fondo, por los altavoces suena *Wherever you will go* de The Calling. Me encanta esta canción, me recuerda a la peli *Love Actually*.

Oliver se pide la tarta de chocolate y yo la de zanahoria y almendras además de un zumo de naranja para mí y un batido de sandía y menta para él. Después de mirar la carta un par de veces y de discutir unos cinco minutos nos decantamos por una de limón y merengue. A gusto de Hilario, que para eso es su cumpleaños.

—¿Que pasa, por qué la miras tanto?

—Es que diría que su cara me suena, pero no la ubico.

—Ay, Mac, que te me haces vieja y ya pierdes tu don de memoria fotográfica.

—Eres idiota.

—Pero me quieres.

—Algún fallo debía tener.

Llega nuestro pedido y en cuanto pruebo la tarta no puedo más que cerrar los ojos y asentir. Cuando los abro choco con los ojos de Oli que está pendiente de mi reacción.

—Tenías razón, está de muerte —admito.

Sonríe ufano y su mirada se oscurece un poco.

—Te lo dije. —Pincha un trozo de la de chocolate de él y me lo ofrece.

Dios bendito... Supongo que esto que siento es un orgasmo culinario. Solo en otra ocasión, y fueron con unos *fondant*, había experimentado esta sensación. Censuro a mi memoria antes de que se pierda en ese pasado que no quiero ni olfatear.

Da un trago a su batido y, cuando se le escapa la risa, lo miro con el ceño fruncido, sin entender este arrebato tan repentino. Se seca la gota que le ha quedado en la barbilla.

—¿Sería mucho pedir que compartieras conmigo el chiste?

—Sería revelarte un secreto.

—Entonces prefiero no saberlo. —Es mentira, su respuesta ha despertado aún más mi curiosidad, pero hago como si nada y con la yema del dedo recojo algunas migas del plato y me las llevo a la boca.

—Igualmente te lo cuento ya que eres la protagonista. ¿Te acuerdas de la fiesta que dimos con tu hermano cuando nos mudamos al piso? —Asiento, y me pellizco el puente de la nariz porque creo que ya sé por dónde va—. Cuando te abrí la puerta, soltaste un: «he traído una sandía». Desde entonces, a veces me viene ese momento a la mente y no puedo contenerme.

—Sabes que *Dirty Dancing* es mi película favorita y bueno, siempre había querido decir esa frase.

—Si es que estás demasiado loca para este mundo.

—No sé cómo tomarme eso.

—¡Como un cumplido! Eres la única persona que conozco capaz de reírse en un entierro.

Se refiere a cuando fue el entierro de mi tío Andrés. Tenía diecisiete años, así que puedo culpar a un ataque hormonal, que es como lo justificaron mis padres, o lo intentaron. Pero es que cuando vi a mi prima Eulalia meterle unas monedas en el bolsillo del traje de su padre para que pudiera pagar para cruzar al otro barrio no pude evitar la carcajada. A ver, que cada uno tiene sus creencias y eso ya se hacía en la Antigüedad, aunque no en el bolsillo sino en los ojos o en la boca. Pero es que mi tío era de esas personas que odiaba el dinero en metálico y ya ni te cuento de llevar algo de calderilla. A él, un secretario de justicia, le gustaba presumir de tarjetas, por eso me entró aquel ataque de risa al imaginarlo vagando toda la eternidad con algunos euros en el bolsillo del pantalón.

—Creo que solo a ti te hizo gracia. Y solo fue aquella vez, eso no demuestra que esté loca.

—He dicho loca en el buen sentido. Me gusta que seas inconformista, que te expreses y que defiendas tu opinión. Como aquella vez que llevaste la contraria al profesor y al final te expulsaron dos días.

Se refiere al Señor Tobías. Estábamos estudiando los planetas y él preguntó en un examen que dijéramos cuál tenía anillos. Yo, que me había pasado el fin de semana ojeando una enciclopedia sobre el Universo que había cogido en la biblioteca, escribí que eran cuatro: Júpiter, Saturno, Urano y Neptuno. No le gustó mi respuesta a pesar de ser correcta, dijo que él solo nos había enseñado a Saturno. Cómo terminó la discusión ya te lo ha contado Oliver.

—¿Vas a sacar todas mis vergüenzas? Porque si es así voy a necesitar otro trozo de tarta.

—¿Qué vergüenza? Solo defendiste tu argumento, y bueno… si no recuerdo mal después te vengaste de él y de su coche cuando…

—Cállate —lo interrumpo, tapándole la boca, por lo que me llevo un mordisco en la palma—. A ver si alguien de los que nos lee lo conoce y sabe que fui yo.

—Lo dicho, una loca. —Alza su batido y lo choca contra mi vaso.

Decido cambiar de tema antes de que deje mi reputación aún peor, y le cuento sobre el email de Hilario, el artículo que cambiará mi vida.

—¿Y tienes alguna idea?

—Algunas, pero nada claro. Aún es pronto. Tengo hasta finales de mes para dar con el *grial*.

La media hora que tiene de descanso pasa sin que nos demos cuenta y aunque insiste en que lo acompañe y así me enseña las instalaciones, declino la oferta. ¡Y se sorprende que me niegue!

—Es el sueño de todas las chicas, estar rodeada de bomberos sexys.

Sexys, dice… Solo he visto a dos, y entre el viejo calvo y el cara de ardilla se me ocurre cualquier palabra menos esa. El único que cumple con esa definición es él, para qué negarlo. Ya se sabe que el atractivo demasiadas veces va de la mano con la gilipollez.

—A mí me sorprende que después del numerito que has hecho ahí dentro creas que tengo ganas de volver.

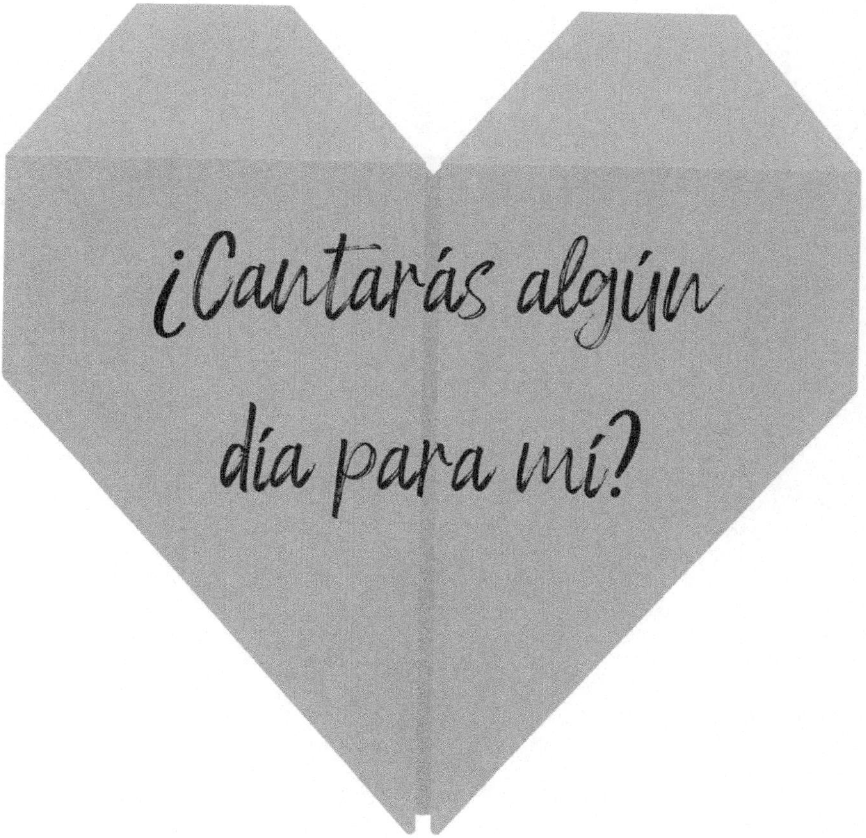
¿Cantarás algún
día para mí?

13 LOVE IS IN THE AIR

Lo confieso, me he levantado y he ido directa al balcón a ver si había un corazón y cuando ya pensaba que no había, lo he visto bajo el balancín que me regalaron para mi cumpleaños. Creo que el latido se me ha detenido un instante, o dos como mucho, ¡y es que creo que los corazones voladores son para mí!

¿No es increíble?

Me he pasado un buen rato mirando a todos lados de la calle para ver si veía algo diferente, alguna señal. Pero no hay nada.

¡Tengo un admirador secreto!

Hoy le he hecho un feo a Nino Bravo, pero estoy segura de que esté donde esté lo comprenderá, porque mientras regaba los geranios he tarareado, sin dejar de sonreír, *Love is in the air…* Y es que si ya me hacía gracia recibir esos corazones cuando pensaba que no eran para mí, imagina el subidón que llevo desde que sé que soy la afortunada.

Me he pasado el día dándole vueltas a quién puede ser. Es raro que hoy en día alguien escriba notas de amor y menos que las manden volando. Es raro, sí, pero qué bonito es. Además, ¿quién soy yo para decirle a la felicidad por dónde entrar y cómo?

El horóscopo de este mes, que he terminado corriendo esta mañana, me ha salido muy positivo para todos los signos. Creo que más de uno va a pensar que Aura de Blue, la astróloga, le ha vuelto a dar al licor de mandrágora. Siempre termino el post con una frase, en este caso es:

«No eres las circunstancias, eres las posibilidades».

Es viernes y el día de la fiesta de Hilario. Habíamos quedado con Cas a las cinco en el Siete mares. Cuando hemos llegado Álex ya estaba allí, limpiando. El local tiene el techo alto y las paredes están pintadas en blanco; unas enormes lámparas industriales de acero cuelgan sobre la barra de madera oscura, está rodeada de taburetes tapizados con telas de diferentes tonos y estampados. Pero lo que nos encontramos tiene más pinta de ser el decorado de una peli americana, de esas juveniles, en medio de la sala hay sofás formando un círculo. Nos ha contado que ayer hubo una fiesta privada.

—Querían revivir una fiesta de adolescentes, a pesar de ser treintañeros. Jugaron a la botella, al cuarto oscuro —nos ha dicho señalando hacia una esquina, donde se veía lo que quería ser un armario y que solo eran cuatro planchas grandes de aglomerado pegadas entre sí—. Lo siento, acabaron tan tarde que voy atrasado con la limpieza. Estoy esperando a Héctor para que me ayude a quitar todo esto, pero llega tarde porque la canguro se le ha retrasado.

—Pero… ¿podríamos utilizarlo? —ha preguntado Cas.

—¿Qué quieres utilizar exactamente? —La he mirado desconcertada.

—¡Todo, me gusta la idea! Va a ser muy divertido. Podemos dejar los sofás tal cual, quitaremos las banderitas, que son una cutrez, y con cuatro retoques lo tenemos listo.

—Por mí perfecto —ha aplaudido Álex; creo que más que gustarle el plan, le ha encantado no tener que mover muebles, acabamos de reducir su lista de tareas considerablemente.

Nos hemos puesto manos a la obra y mientras he aprovechado para contarle lo de los corazones. Y así llevamos más de una hora.

—Ay, qué romántico —dice Cas, con voz soñadora.

—Pero, ¿por qué no da la cara? —insisto.

—Deja que quiera seducirte de forma diferente. Yo lo encuentro muy romántico. Podrías escribir tu artículo sobre ello. No hay historia de amor más bonita que la de uno mismo.

—La mía no lo es.

Y esa idea, que ha aparecido de repente hace unas horas, vuelve. La teoría de la conspiración, un castigo… Mi suegra vengándose de mí… Haciéndome creer que tengo un admirador secreto solo para que luego me rompa el corazón como hice yo a su hijo. Pero dudo que sepa dónde vivo. Además si quisiera hacerme daño seguro que buscaría otros métodos más sádicos.

—El pasado a lo mejor, pero ahora tienes un admirador secreto. Alguien que sueña con que le cantes al oído…

—¡Quiero saber quién es!

—Si al final todas queréis encontrar un Darcy, pero de noche soñáis con un Grey —dice Álex, barriendo y prestando toda su atención a nuestra conversación.

Miro a Cas, si este supiera lo que implica no solo soñar con un Grey sino tenerlo en la vida… Tengo muy claro que hay fantasías que deberían ser solo eso y nunca darle vida en la realidad.

Poco después Cas se va a su casa para prepararse y venir después con Hilario. Estoy deseando ver la cara qué pone mi hermano cuando vea lo que hemos montado. Ya casi está todo, solo quedan algunos retoques como poner derecho el cartel de «¡Felices

35!» que hemos colgado en el centro. Álex y Héctor están en la barra cargando barriles y reponiendo neveras.

Desde los altavoces suena el estribillo de *Sex on fire de Kings of Leon,* es uno de los grupos favoritos de Oli y al final me he acabado aprendiendo hasta la letra. Me subo a la escalera, hasta el último peldaño para conseguir la altura suficiente, tiro del lado izquierdo y me inclino un poco hacia atrás para comprobar si es suficiente. La escalera se mueve y antes de que me pegue el hostión del siglo soy pillada al vuelo para terminar pegada a un pecho. Masculino para más señas.

—¿Qué coño haces ahí arriba, pretendes matarte? —Las manos de Oliver siguen en mi cintura, con mi camiseta enroscada, tanto que siento sus dedos en mi piel. Los noto fríos, seguro que ha venido en la moto, y la diferencia de temperatura me acelera un poco.

—Exacto, me ha parecido un plan perfecto para un viernes por la noche.

Nuestros ojos se encuentran y percibo algo en ellos, se le marca la vena en el centro de la frente como cuando está preocupado o lleno de rabia. Me pregunto qué le pasará por la cabeza, pero no me da tiempo a descubrirlo ni a preguntarle porque al instante me suelta como si hasta entonces no se hubiera dado cuenta de que seguía sujetándome y pegándome a su cuerpo.

Se da media vuelta para dirigirse a la barra. Hasta que no compruebo que el cartel está bien centrado, y doy por terminado el trabajo, no voy hasta ellos.

—Tú sí que sabes, llegas cuando todo el trabajo está terminado —se mofa Álex tirándole una caña.

—Tenía turno de día y por lo que veo no me habéis echado mucho en falta. ¿Dé que va todo esto?

Le estoy contando la idea de Cas de aprovecharnos de los juegos cuando la puerta se abre, son los del cáterin que traen el pica-pica que hemos pedido. Los acompaño hasta las mesas que hemos colocado para ello. Es de un bar a un par de calles de donde estamos, fue Álex quien nos lo sugirió porque ya ha trabajado otras veces con ellos. A medida que van destapando bandejas y vaciando cajas de plástico mi estómago gruñe, todo tiene una pinta deliciosa.

—Manos quietas —me grita Oliver desde la barra imitando a mi padre cada vez que me ve cerca del pastelón de atún que hace Isabel, la madre de Oli.

Algunas cosas necesitan nevera así que las llevo a la parte trasera del pub.

Por encima de la música *Fall like a Feather* de Dan Owen —como un prefacio que no pillo al momento—, oigo la risa y voces de varias personas, creo que ha llegado alguien más. En ese momento se abre la puerta batiente y Oliver grita desde fuera:

—¡¡El pastel!!

Me doy la vuelta convencida de que me voy a encontrar con la chica de la cafetería pero no es ella. Mi sangre se congela de la impresión y temo caerme redonda. La visión se me vuelve borrosa y mi corazón late tan fuerte que me resuena en el cráneo.

—¿Maca? —pronuncia el recién llegado, tan sorprendido como yo.

Y me siento como en la orilla del mar, cuando llega por sorpresa una ola grande que te lleva con ella. Esta ola viene del pasado trayendo consigo un montón de recuerdos que me arrollan, me ahogan y de la que no consigo levantarme.

—Bruno.

14 BRUNO

En la vida todos tenemos un amor secreto. Un amor alocado. Un amor que nos hace perder del todo el juicio y el sentido común. Para algunos es un amor de verano, para otros es su amor verdadero. Para otros es ese amor que pone tu vida patas arriba.

Bruno es el mío.

Trabajábamos juntos en la revista de salud. Él era quien se encargaba de todo el parque informático y del contenido web. Su mesa estaba frente a la mía. En el medio había el pasillo central, pero cada vez que levantaba la cabeza chocaba con sus ojos.

Mi primer día fue algo accidentado, para variar. Me choqué con él, literalmente, entrando en la cocina que había al fondo de los despachos, que más bien era un rincón apartado del resto por un biombo de bambú que había visto épocas mejores. Su café con leche acabó sobre las revistas —había cogido un par de números anteriores para echar un vistazo mientras desayunaba— que llevaba en la mano y que me sirvieron de escudo para no acabar con el pecho *achicharrao*, porque si algo tiene Bruno es que le gustan las bebidas hirviendo, hasta en verano.

El encontronazo sirvió para romper el hielo, con él y con el resto de los compañeros que se rieron de mí y conmigo. Bruno me ofreció unas cookies de avena y naranja que él mismo había cocinado, decía que cocinar lo relajaba. Una vez, tendidos en la azotea del edificio, compartiendo un cigarrillo me contó que en otra vida le hubiera gustado dedicarse a la repostería.

Supongo que esa nueva vida ha llegado.

Se me acumulan las preguntas, tantas que lo único que consigo es un mutismo total.

También se acumulan las ganas, esas que llevo reprimidas más de seis meses. Por cómo me mira sé que él también siente esa química que nos hacía arder y que parece seguir igual de latente. Esa que ignoramos durante años, pero que el año pasado, un día de lluvia de verano cambió. Estábamos solos en la oficina, era finales de julio y estábamos subiendo los artículos de la web para dejarlos programados antes de irnos de vacaciones. No sé cómo ocurrió, en un momento estábamos en su mesa trabajando, cuando su pierna rozó la mía. Después mi mano sobre la suya para mover el cursor… Sus ojos fijos en mi boca…

—¿Cómo de malo sería que ahora mismo te besara? —susurró tan cerca que respiré su aliento.

—No creo que se acabe el mundo.

Me equivoqué. Cuando sus labios rozaron los míos se terminó lo que era nuestra vida hasta entonces. Ese mismo día supe lo que era perder el control, ceder al deseo olvidando todo el resto. Follar como salvajes, a contrarreloj, locos de pasión y con esa ebriedad que da la adrenalina a ser descubiertos. También se mezclaba la culpa y la traición porque él tenía novia y yo estaba solo a dos semanas de que Edu me pidiera matrimonio.

Fueron unas vacaciones raras, donde hice lo posible por olvidarlo, me dije que solo había sido una vez. Nunca más. Esa cana al aire antes de prometerme para siempre.

He roto muchas promesas en mi vida, sobre todo las que me hago a mí misma. Porque al volver a la oficina solo tardé dos semanas en caer de nuevo en los brazos de Bruno. Los emails, en cuentas creadas solo para eso, se iban multiplicando con el paso de los días, cargados de tanto erotismo que me pasaba el día suspirando y apretando los muslos. Escoger la ropa pensando solo en provocarlo y que fuera fácil de quitar. Una pasión que te consume, tanto que se queda con tu vida. Las miradas lascivas, las escapadas al baño a buscar unos cuantos besos robados y las veces que subíamos a la azotea al terminar la jornada y liberábamos la tensión que nos consumía durante el día.

Sí, no soy la novia plantada en el altar, soy la zorra que tuvo un amante y mandó a la mierda su vida. Pero con Bruno no solo era el sexo más salvaje que he tenido en mi vida, también eran nuestras profundas conversaciones al terminar. Supongo que todos queremos creer que somos especiales, que nuestra historia es la más bonita y romántica. Ya se sabe que el más tonto es el que se cree su propia mentira. Hasta un fin de semana hicimos una escapada rural a una cabaña de bosque que hay en la Serra de Outes; a Edu le dije que tenía un congreso de una marca de cosméticos. Aquel fin de semana me enamoré de Bruno, del hombre que descubrí más allá de los orgasmos con los que me tenía tan satisfecha. Tanto que le dije claramente que me estaba planteando dejar a Edu. Me contestó que se sentía igual, que ya no recordaba por qué la quería.

Salíamos a comer juntos cada día, ni nos importaba ser la comidilla de la redacción. Era como si viviéramos en nuestro propio mundo. Fue en una de esas comidas que me contó que odiaba la informática y que algún día lo mandaría todo a la mierda y montaría su propio negocio de repostería.

En febrero decidí que ya no podía seguir así. Ese mismo fin de semana había ido a buscar el vestido de novia, y mientras me lo probaba solo pensaba en un hombre, y no era mi futuro marido.

Le mandé un email citándolo en la cafetería en la que nos tomamos nuestro primer café juntos.

No se presentó.

Sentí que todo había acabado.

Me sentí engañada.

Yo… que llevaba engañando a los que me importaban durante meses.

Crees que cuando se te rompa el corazón, notarás un crujido, hará un ruido ensordecedor, un destello como un relámpago. Pero nada de eso ocurre, solo silencio. Un vacío que no sabes cómo rellenar.

Esa noche no fui a dormir a casa, no me veía capaz de mirar a Edu a la cara.

Las horas pasaron lentas, pero al llegar el amanecer tomé una decisión. Presenté mi renuncia a la empresa y pedí los días que me quedaban de vacaciones para no tener que volver por allí.

Eliminé la cuenta de correo.

Fui a casa, recogí mis cosas y cuando Edu llegó, le dije que no podía seguir con él. Esa noche fue la primera que pasé en el piso con Hilario y Oliver, durmiendo en el sofá cama del comedor.

Seis meses sintiéndome todo lo culpable y perdida que no estuve mientras estaba en esa ruleta. Como leí en algún lado, ya no recuerdo dónde, cuando más queremos ser eternos para alguien, más fugaces nos volvemos. Lo mío con Bruno fue efímero pero su recuerdo dura más que nuestra historia.

*

—¿Qué haces?

Oliver se ha duchado y puesto la ropa que le he traído de casa. Los primeros vaqueros que he pillado de su armario y la camisa blanca que se compró en rebajas hace unos días y que le queda genial con su piel morena. Álex nos ha cedido su casa que está justo encima del local para que nos cambiemos y evitar así tener que volver a casa.

—Nada.

—Joder, Mac —gruñe, arrodillándose frente a mí—, estás llorando sentada en el suelo del almacén de un bar, no me digas que no pasa nada.

—Voy a prepararme. —Me pongo en pie evitando mirarlo.

Oigo como expulsa el aire, y sus labios vibran. Cuando paso por su lado, me coge de la mano y tira de ella para que me dé la vuelta.

—Estoy aquí, ¿vale?

Asiento, ni yo quiero hablar ni él tampoco. Sé que Oli agradece que no tenga ganas porque no conozco a nadie que odie consolar a otra persona más que él. No por nada, es que dice que es demasiado empático y le frustra no poder solucionar los problemas de la gente que tiene alrededor.

Deseo irme a casa. Deseo esconderme para llorar tranquila. Pero lo único que hago es subir hasta casa de Álex. Cuando entro en el baño el aire huele a "Oliver, el cazador".

Después de una ducha fría, buscando que me despeje, me visto sin ganas. Para la ocasión he escogido un vestido color cereza, con escote cruzado y bastante cortito, que con las cuñas blancas me hace más largas las piernas. Mientras rebusco el sujetador en la bolsa que he traído con las mudas, pienso en lo curiosa que es nuestra convivencia porque nunca se me había pasado por la cabeza compartir maleta con Edu. Ahí dentro, mi ropa interior se mezcla con su desodorante y perfume, sin barreras, sin ningún pudor ni discreción. Me recojo el pelo en una cola alta y me maquillo a conciencia y más de lo que esperaba para esconder lo que me bulle dentro.

15 SE SUPONE QUE ES UNA FIESTA

—Ven, tengo que hablar contigo. —Oliver tira de mi mano y, antes de que me dé cuenta de donde me lleva, me encuentro en un cuarto oscuro.

Estamos en el maldito armario y huele a cerveza rancia y algo más ácido que prefiero ni mentar... ¡joder, qué asco!

—Apesta, déjame salir. —Sus manos me retienen, cogiéndome de los hombros.

—No, hasta que me digas qué te pasa.

—Ya te he dicho que no es nada.

—Mira, hace dos horas que ha empezado la fiesta, casi no has comido, sigues con la misma copa de vino y tu hermano no deja de mirarte preocupado.

Hilario se ha llevado la sorpresa del siglo y ha tardado un par de minutos en asimilar la que ha liado Cas, pero después de mirarla y decirle algo al oído —que por la cara de mi amiga le prometía el cielo como castigo— se ha dejado vitorear y ser el rey de la fiesta.

Ahí fuera la música es atronadora, les ha dado por poner todos los hits de los 90. Ahora mismo suena *Losing my religion* de R.E.M, hace calor y hay más de treinta personas, casi todos conocidos, bailando, riendo, saltando y coreando a grito *pelao* las letras y pasándolo genial. La gente se ha venido arriba con eso de celebrarlo como si tuviéramos dieciséis años. Algunos están jugando a la botella, otros experimentando y mezclando botellas de licor en un brebaje que serviría para desinfectar el Ganges. Otros juegan a cuántos chupitos por minuto son capaces de tomarse… Creo que Álex va a cerrar el garito con un montón de cadáveres semiinconscientes. Si es que ya no tenemos ni edad ni estómago para semejante dispendio.

Somos los primeros en utilizar el armario, pero creo que en cuanto avance la noche servirá de picadero para más de una parejita.

—No estoy de humor.

—¿Tienes la regla? —Resoplo y lo interpreta como un no—. ¿Entonces a qué se debe esa cara? No sé si estás a punto de llorar o de matar a alguien.

—No me des ideas.

—Es alguien —deduce—. ¿Quieres contármelo?

—No.

—Pues tienes dos opciones: o te vas a casa con cualquier excusa o sales ahí fuera y eres la Maca que todos conocemos disfrutando de una fiesta.

—¿Y eso que significa?

—Que eres el alma, la alegría.

—Pues buscad a otro mono de feria.

Gruñe frustrado y yo suspiro hondo porque no tengo ganas ni de hablar y menos de estar aquí dentro encerrados.

—En serio, empiezo a preocuparme. ¿Qué necesitas, dime? Quién te ha hecho daño, que lo mato.

Su comentario me hace reír, para ser sinceros es un conato de sonrisa.

—La tienes delante. Si estoy así es por culpa mía.

—Estás pudiendo con mi paciencia.

A pesar de estar oscuro, siento su cuerpo cerca del mío, la suavidad de la tela de su camisa me roza el brazo… paso el mío por su cintura y lo abrazo. Necesito a mi amigo. Entiende mi petición y me envuelve, cálido y seguro. Me besa en la sien. Su corazón palpita debajo de mi oído, es reconfortante. Un ritmo pausado, que el mío intenta seguir, aunque no lo consiga. Inhalo y suspiro de alivio. Aquí, rodeada de él me siento a salvo, siempre ha sido así.

—Fui infiel a Edu, tuve una aventura con Bruno. Trabajábamos juntos en la revista y no sé… solo surgió —confieso. Mi voz suena aplastada contra sus pectorales.

Tarda tanto en hablar que acabo dudando de que me haya oído o entendido.

—Bruno… ¿el pastelero? —Asiento. Se queda rígido, me alegro de no poderle ver la cara, no conozco a nadie más expresivo—. Esta no me la esperaba.

Se queda callado, y yo tampoco sé cómo seguir. El pinchazo en el pecho se hace agudo. Me incomoda mi cuerpo, mis acciones.

—¿Por eso anulaste la boda? —murmura, dudando de si es buena idea indagar más.

Es raro hablar de un tema tan peliagudo, así, abrazados, pero su cercanía hace que me sienta capaz de contárselo todo.

—La anulé porque no me veía pasando la vida a su lado.

—Ya, tanta pompa te venía grande. Eres más simple. —Se hace un silencio prolongado antes de que continúe—: ¿Y qué pasó?

—Quedamos un día, estábamos dispuestos a dejar a nuestras parejas e intentarlo.

—¿A ese punto?

—Sí.

—¿Y?

Vuelvo a aquella tarde y siento como el corazón se estremece, empequeñeciéndose hasta su mínima expresión.

—Que Bruno no acudió a la cita. Entendí que se había echado atrás. Me di cuenta de que no me gustaba mi vida y decidí parar todo. Renuncié al trabajo, y aparecí en tu casa.

Oímos unos golpes en la puerta, son dos chicos.

—Eh, venga que es nuestro turno.

Tiro de la mano de Oliver y salimos de allí. Agradezco a esos dos de que nos hayan interrumpido porque no quiero seguir hablando del tema y empezaba a tener arcadas con ese pestazo. Espero que no les corte la libido porque, por cómo se miran, no hay duda de que en nada ahí dentro algo va a arder.

—¿Te quedas? —me pregunta Oliver.

Seguimos cogidos de la mano y me mira raro, no sé si preocupado o desconcertado por lo que le he contado. Alguien nos empuja, un grupo está… la palabra es "intentando" porque están lejos de que eso sean los pasos de *moonwalker*.

—Por fin, te había perdido de vista —dice Cas—. A ti te busca Hilario. Quieren hacer una ronda de tequila sobre estómagos de los chicos. ¿Te apuntas?

Confirmado, se les ha ido de las manos.

—Paso, no quiero lamer ombligos, ni peludos ni afeitaos.

—Estás muy sosa esta noche —me recrimina.

—Tiene la regla —responde Oliver por mí, tirando de mi coleta.

—¿La regla, pero si vamos casi a la par y la mía fue hace dos semanas?

—Pues será la menopausia —le responde, burlón.

—De verdad que no entiendo cómo te soporto.

—Pero ¿qué dices? ¿Quieres romper con lo nuestro? Pero si somos muy *felisses* viviendo juntos.

Suelto una carcajada, ha conseguido lo que quería que es que ni Cas se pregunte qué hacíamos ahí dentro ni que me mire suspicaz y me acribille a preguntas porque es peor que Oliver en ese sentido.

Ella no para hasta que le acabas explicándole hasta el último detalle. El CNI se ha perdido a un hacha del interrogatorio.

Cas me coge de la mano y tira de mí hacia la barra, antes de darle la espalda miro a Oliver y vocalizo un «gracias», como respuesta me guiña un ojo. Decido que tiene razón, es una fiesta y lo de Bruno ya es agua pasada, he tenido tiempo de llorarle seis meses. Por una noche que me dé una tregua no pasará nada.

16 PERO... ¿ESTO QUÉ ES?

Tres horas más tarde, me duelen los pies de tanto bailar, el estómago de tanto reír y mi cabeza ha dejado de darme la tabarra al segundo gin-tonic. Oigo que vitorean mi nombre y doy una vuelta entera sobre mí buscando de dónde vienen esos gritos.

—Maca, Maca...

En los sofás hay como media docena de personas sentadas jugando a la botella. Me fijo en que un par de chicos llevan los morros manchados de pintalabios.

—Te tienes que besar con Oliver —me grita Rebeca, una amiga de Cas que conoció en la universidad.

Abro los ojos y me echo a reír.

—¡Pero si no estoy jugando!

—Ni yo —dice Oliver—. Solo pasaba por aquí y he tirado para joderles... Dame un besito, anda —me pide poniendo morritos. Lleva la camisa casi desabrochada, salvo un par de botones inferiores, dejando ver un buen cacho de torso moreno. Lo conozco y sé que no es un alarde de mostrar ni tableta ni musculitos, es que él es así de pasota y ya se sabe que ese toque descuidado puede resultar de lo más sexy.

—Busca a otra —digo, dándome la vuelta.

—Si no quieres, vas directa a los retos —dice Rebeca—. No te lo aconsejo, la última ha tenido que quitarse el sujetador —Señala la mesa donde además hay unas medias, unas llaves, un paquete de condones, móviles…

Vale, confirmado, se les ha ido de las manos. Pero, ¿qué se han bebido y fumado? *Hmm…* casi mejor sigo en la ignorancia.

—Ven aquí, coño, no será el primero ni el último que nos demos. —Me coge del brazo para retenerme—. Ni que tuviera la lepra.

Oigo las carcajadas de Cas a mi espalda. ¿Os he contado que es igual que ver uno de esos videos de bebés partiéndose de risa? Lo dicho, es contagiosa. Resoplo y me doy la vuelta, me pongo de puntillas y le doy un pico.

—Anda, ya me podéis dejar en paz.

Oigo silbidos de desacuerdo, increpan pero no entiendo qué dicen y casi que mejor.

—Esa mierda de beso deja mi reputación a la altura del betún.

Oliver es tan rápido en sus movimientos que no veo venir que me va a coger hasta que noto sus manos en mi espalda y se inclina sobre mí, tanto que me tumbo hacia atrás. Tira de mi coleta para que alce la cabeza, me guiña un ojo y me besa. Bueno, besar… invade mi boca, sus labios bailan sobre los míos, su lengua sale a saludar a la mía y joder… me gusta. Noto su cuerpo en tensión apretado contra el mío, cuando oigo ese gemido retenido en su garganta, alzo la pierna buscando más. No sé muy bien qué, pero algo más… mucho más… Su olor, esa fragancia que siempre me burlo de ella, ahora mismo se agarra a mis pulmones y me satura el aire. Mi piel arde cuando su mano se agarra a mi muslo, con fuerza e intensidad. Mis dedos se esconden bajo la camisa, rodean su cuello hasta que llego a la nuca donde su pelo corto me cosquillea en la palma de la mano cuando noto como mi cuerpo se contrae… esa corriente…

Dios…

Alguien tira de nosotros y nos aparta.

—Eh, venga, ya basta. Es mi turno —grita un tipo desde el sofá.

Me llevo la mano a la boca.

Joder…

La magnitud de su mirada dilatada, la excitación que evidencia me atrapa y soy incapaz de apartar la vista. Respira pesado, hondo como yo.

Pero… ¿esto qué es?

Es Oliver, joder…

Pero qué pedazo de beso…

Virgen santísima…

Cierro los ojos e inspiro hondo, su perfume sigue retenido en mis pulmones; no es buena idea porque las sensaciones se incrementan al eliminar cualquier distracción, al volver a abrirlos él ya no está.

—¿Estás bien? —me pregunta Cas.

—Creo que acabo de experimentar el orgasmo más rápido y raro de toda mi vida.

Me paso la lengua sobre los labios donde aún siento la presión de los suyos.

—Es que eso no ha sido un beso, ha sido… joder, no sé ni cómo describirlo.

—Yo tampoco. Tengo que ir al baño.

—¿Te acompaño?

—No hace falta.

17 LO QUE SE PACTA EN LOS BAÑOS...

Estoy encerrada en uno de los baños riéndome sola al pensar que ahora entiendo mucho mejor a todo ese desfile de mujeres que pasan por casa y se pegan a Oliver como los percebes en la roca y no quieren marcharse. Si es capaz de provocar eso con un beso, imagínate lo que tiene que ser pasar la noche con él. Me ha dejado con tantas ganas que a mis hormonas se les pasa por la cabeza liarme con él, tener una noche de esas locas tipo *living las Vegas* y que a la mañana siguiente nadie recuerde nada. Mi cabeza, la parte que aún no está ebria de alcohol, les recuerda que estamos hablando de Oli y pronto se esfuma el deseo.

Desde aquí el ruido del local queda amortiguado, pero me parece distinguir que fuera hay un coro aullando como lobos siguiendo el estribillo de la mítica canción de La unión. ¿Me equivoco si digo que tú también acabas de aullar y corear el estribillo? La puerta se abre y distingo la voz de dos chicas entrando, y mi risa tonta se queda en suspenso al escuchar su conversación.

—¿Esto es cosa tuya?

—Alba... No puedes evitarlo hasta el fin de los días.

—Eso tendré que decidirlo yo, ¿no crees? —Su tono es el de alguien muy cabreado.

No conozco sus voces, pero Cas ya me ha dicho que Hilario ha pedido a Álex que abriera las puertas después de la tarta, que no quería que fuera una fiesta privada.

—¿Y cuándo piensas hacerlo?

—¡Cuando me salga del coño! —Está hecha una furia.

Me planteo salir, no me gusta escuchar conversaciones ajenas, pero no acabo de dar el paso y ellas, ajenas a mi conflicto, continúan sin esperar a que me decida. Vuelvo a la realidad cuando la más enfadada alza un poco más la voz.

—¡No es tan fácil! —rechista—. Es mi amigo...

—Era —puntualiza—. Habéis cruzado esa línea y ya no hay vuelta atrás.

Es como si alguien hubiera estado escuchando mis pensamientos. Por un momento dudo de que sean reales y no fruto de mi imaginación, un ángel y un diablo dibujados a ambos lados de mi cabeza.

¿Y si es una cámara oculta?

Joder, Maca, estás chiflada del todo.

Creo que ha llegado la hora de salir. Aprovecho que se hace el silencio para abrir la puerta, no soporto estar aquí dentro ni un segundo más.

—Perdonad chicas, no he podido evitar escuchar vuestra conversación.

—Conversación dice —me interrumpe, la ironía que destilan sus palabras hace que sepa que es Alba—. Una forma muy sutil de decirlo.

Sonrío, pobre... su cara es todo un poema; esa poesía desgarradora, bruta. Que habla de un cuerpo partido en contradicciones, en tortura y deseo. Esa mezcla de miedos, dudas con una dosis de purpurina y magia que en el fondo deseamos todos.

—Soy Candela —se presenta la morena y después señala a su amiga—, y el encanto hecho persona es Alba.

—Yo soy Maca.

—Tú eres la del bombero, ¿lleváis mucho tiempo juntos? —me pregunta la rubia que parece que está algo más relajada por el cambio de tema.

Se me escapa una carcajada como si hubiera escuchado el chiste más gracioso de toda mi vida.

—¡¡No estamos saliendo!! —aclaro negando con la cabeza con demasiado brío—. Es como de la familia. Oliver es el mejor amigo de mi hermano. Nosotros solo compartimos piso —y después de pensarlo un momento añado—: y bueno, también es mi mejor amigo.

—¡Tócate los cojones! —suelta Alba, en su forma de mirarme leo un «ay, como te comprendo, *amigui*».

—Solo ha sido un beso —siseo, restándole importancia.

—Ya… Solo ha sido una mierda de beso de esos que hacen que te salga humo por el bajo del vestido… —Su voz suena más espesa, como cuando paladeas un recuerdo y se te hace la boca agua.

Ay, Dios, qué pena que Cas no esté aquí, se estaría partiendo el culo con estas dos.

—Eso ha sonado a conocimiento de causa.

—Ni confirmo ni desmiento. —Alba se encoge de hombros y nos echamos a reír, cómplices. Detrás de esa respuesta ambigua hay una verdad tan grande que creo que hasta la acojona.

—¿Pero a ti te gusta? —me pregunta curiosa Candela.

—¡Nunca! Es Oli —respondo veloz, como si eso lo justificara todo.

Bueno… Hasta hace apenas media hora… pero solo ha sido fruto de un calentón. Un momento de enajenación mental. Cuando creía que la noche no aguardaba más sorpresas y que besarme con Oli era lo más surrealista que iba a pasarme resulta que me encuentro encerrada en un baño charlando con dos desconocidas sobre él.

—Hasta esta noche —me corrige Alba, como si me hubiera leído la mente—, que te ha dejado más caliente que el palo de un churrero.

Qué bruta.

Pero cuánta razón lleva…

—Lo dice por experiencia —recalca la morena—, como habrás deducido de nuestra conversación.

Me cuenta que su "amigo" se llama Jorge y que se conocen desde el instituto. Que su historia es larga y turbia; insinúa más de lo que dice, supongo que en el fondo no quiere hablar mucho del asunto. Pero parece que algo ha cambiado y que si él está esta noche aquí es por culpa de Candela que lo ha invitado—. ¿Y vosotros? ¿Os habéis acostado? —se interesa Alba como si fuera de lo más normal preguntar a alguien que acabas de conocer en los baños de un pub por su vida sexual.

Me gusta esta chica, las hay de lágrima fácil, ella es de lengua fácil. Suelta sin filtro todo lo que le pasa por la cabeza.

—No. —Y reconozco que semejante opción ya no me da tanto asco como podía hacerme hasta hace unas horas.

Puto beso…

—No lo hagas —me advierte la rubia—. Aunque te mueras de ganas de recorrerlo entero con la lengua hasta que se te quede como una lija, ¡no lo hagas!

Joder… no alimentes mi imaginación con semejante descripción.

El hambre… esto es lo que pasa cuando te pasas medio año en dique seco.

Alba me mira fijamente, de esa forma que ves sus pupilas dilatarse y contraerse al ritmo de sus pensamientos, igual de reveladoras que el juego que hacen sus cejas. No la conozco pero intuyo que es de esas personas con ideas locas y lo peor de todo, que tienen el don de convencerte sin despeinarse siquiera.

—¿Te interesa hacer un intercambio? Yo me quedo con tu bombero y tú te quedas con Jorge.

—Puedes hacer con Oli lo que te apetezca, pero cuéntame más sobre ese Jorge —le pido.

Es el mejor momento para conocer a mi futuro rollete, porque ahora mismo es imposible que me enamore de alguien con mi vida tan caótica. Pero oye, que sentirse querida durante unas horitas e irte a casa con un par de orgasmos no es mal plan.

Alba pasa su brazo por mis hombros y abrimos la puerta sacando el mínimo la cabeza. Me señala el tipo que está sentado en la barra, hablando con Álex y con Oliver. Está de lado y joder... Qué perfil tiene Jorge. Es moreno, con el pelo corto, pero suficiente largo para tirar de él, con la nariz algo respingona y labios mullidos que perfila una barba espesa y algo más larga que la típica de tres días.

—Si no lo veo no lo creo —murmura Candela, a nuestras espaldas.

—Joder —susurro—, está muy bueno.

—Pues anda que tu bombero ... —responde Alba también en voz baja como si los susodichos pudieran oírnos.

—Que no es mi bombero —rechino entre dientes.

Un par de chicas nos piden paso para entrar en el baño y decidimos seguir con la conversación en otra parte. Nos alejamos todo lo posible de la barra, frente al ventanal que da acceso al jardín.

—Esto me lo cuentan dos veces y no me lo creo ni la primera ni la segunda — sigue Candela.

—¡Calla, agonías! Que eres una agonías —la increpa Alba—. ¿No ves que esto es serio?

—¡¿A ti te parece serio confabular para intentar ligaros cada una al mejor amigo de la otra?!

—Es un plan sin fisuras —alega, totalmente convencida.

—¿Quieres que te recuerde como acabó tu último plan sin fisuras? —la provoca—. Maca, no la escuches, no te dejes embaucar. —A pesar de que suena a pitorreo, se nota que Candela está preocupada y me saltan todas las alertas.

Alba me mira alargando la mano y se la estrecho. No te fíes de las decisiones que uno toma cuando tiene las emociones a flor de piel.

—Vais a fracasar estrepitosamente —dice Candela mirándola con desaprobación, antes de dejarnos solas e irse hacia la barra.

—No le hagas caso, ya tiene suficiente con su vida. —Y es así como me entero de que es enfermera, que se ha divorciado hace unos meses y ha vuelto a casa de su madre. Apenas la puedo seguir, es de esas personas que cuentan un sinfín de detalles que parece que son esenciales pero que yo a estas horas ya no pillo—. Lo ha pasado fatal, pero ahora parece que va remontando. Está liada con Álex —me comenta Alba que se sitúa delante de mí dando la espalda a la barra por lo que no ve que su amiga se ha acercado a Jorge y le está hablando al oído. Cuando veo que los dos nos observan, lo entiendo todo—. ¿Me escuchas? —Me zarandea la rubia.

Carraspeo, volviendo a la realidad. Aquí hay más, mucho más. La miro y en sus ojos veo lo que ella misma se niega. Candela tiene razón, solo está huyendo de lo que siente, se inventará cualquier excusa para evitar hablar con Jorge y afrontar la realidad, aunque el plan le destroce por dentro.

—Eh… disculpa, ¿decías? —improviso.

—Que me des tu número de teléfono y que si te apetece que quedemos algún día para comer las tres.

—Claro. Oye, ¿estás segura de esto? —pregunto.

—Ah, no. Tú no me puedes fallar. Confío en ti, Maca. Tú mejor que nadie sabe que hay límites que no se pueden traspasar. —Sigue hablando, creo que el discurso es más para ella que para mí—. Venga, basta de hablar, es hora de la acción. Ve a por él, tigresa; yo me voy un momento al jardín y luego iré a la caza de tu bombero cañón.

Dicen que no hay peor enemigo que uno mismo, pienso en ello mientras voy hacia la barra. Cuanto daño podemos hacernos a nosotros mismos y qué fácil es opinar de la vida ajena y organizarla. La empatía escasea.

Veo a Álex y Candela salir por la puerta cogidos de la mano, cuando llego a la barra hay un trío de chicas pidiendo a Héctor que ponga la Macarena, suelto una carcajada.

—Álex os ha dicho que no. Y no pienso perder mi trabajo por esa dichosa canción.

—Venga, no se va a enterar.

Me río, pero si vive arriba, como para no oírlo por muy entretenido que esté.

—Su local, sus normas. Y como os ha dicho la última vez, os recuerdo que tenemos derecho de admisión.

—¿Vas a echarnos?

—No pongáis a prueba mi paciencia a estas horas de la noche.

Cuando se van me siento al lado de Jorge que se presenta con dos besos.

—¿Te apetece tomar algo? —me pregunta.

—Claro. —Pedimos unos chupitos y me lanzo a la piscina sin saber si voy a cagarla o a ganar unos galones que me lleven a ser dama de honor—. Candela ya te ha puesto al corriente del plan, ¿verdad?

—¿Plan? No sé de qué me hablas. —Su boca dice una cosa, pero sus ojos me cuentan todo lo contrario.

Joder, qué bien mienten los dos, no me extraña que estén en este follón.

—Creo que con uno que se autoengañe es suficiente. Solo dime una cosa, Alba me ha caído genial y me gustaría seguir conociéndola. ¿Merece que la traicione?

—Merece el cielo y las estrellas, ¿te sirve de respuesta?

Sonrío y le doy un pequeño apretón en el hombro. Sabes eso de si las miradas matasen…, pues noto un picorcillo en la nuca y cuando me giro veo que Alba está a unos metros mirándonos fijamente.

Y así es como lo que se pacta en los baños, se manda a la mierda en la barra del bar.

18 RÍOS COBOS

—Levanta o llegaremos tarde.

Oli es maquiavélico, es peor que mi madre, si eso es posible. Entra en mi habitación, sube las persianas y abre la ventana. El aire es frío a pesar de estar en agosto. Desde debajo de la sábana huelo la bruma marina cargada de salitre. Desde el comedor llegan los vítores de Queen coreando su mítico *Don't stop me now*. Adoro a Freddie, pero cuando ya llevo como mínimo una hora despierta.

—No puedo, me estoy muriendo.

Es sábado. Lo último que recuerdo de anoche es estar hablando con Jorge en la barra y poco más, de hecho, ni sé cómo llegué a casa. Creo que fue Oliver quien me trajo y si no recuerdo mal hasta me ayudó a desnudarme.

Que el cuerpo humano es un misterio no es ninguna novedad y a veces es un tocapelotas nivel experto, porque si no dime a mí por qué lo primero que despierta, a pesar de la resaca —en este caso emocional, mucho peor que la de alcohol—, son los recuerdos de anoche. Bruno... Aprieto los ojos con fuerza y gruño para apartar su imagen de mi cabeza porque aún no tengo claro qué espacio ocupa en mi corazón, así de perdida estoy.

La voz de Oli hace que vuelva a aterrizar en la realidad.

—Entonces voy preparando tu entierro porque como no lleguemos antes de las dos es tu madre quien se encarga de hacerte papilla.

Hoy es oficialmente el cumpleaños de Hilario y hay comida en casa. Marisco y churrasco. Están invitados Oliver y sus padres, como amigos de la familia, además de los padres y la hermana de Cas. Me levanto solo con pensar en la bandeja de gambas que mi madre ya tendrá preparada.

Un café largo, largo, una ducha aún más larga y dos ibuprofenos más tarde empiezo a ser persona. No me arreglo mucho, me pongo unos pantalones pesqueros rojos y una sencilla camiseta blanca que le da un toque al conjunto al tener solo un hombro. No me gusta mucho maquillarme, pero tiro de la brocha buscando que le dé un poco de luz y brillo a mi piel y tape las ojeras. Me recojo el pelo en un moño informal, me calzo unas comodísimas bailarinas negras y ya estoy lista.

No es hasta que subo a la moto, agarrada a la cintura de Oliver que recuerdo que hace menos de doce horas me estaba besando como si fuera a acabarse el mundo. Solo con recordarlo noto un espasmo y tengo que apretar fuerte los muslos, pero Oliver está en medio de ellos, ni los dos vaqueros impiden que me traspase su calor. El aire es frío y la media hora de trayecto se hace interminable. No es una queja, su olor —hoy solo huele a Oliver limpio, sin perfume ni nada— me gusta. Aprieto los labios hacia dentro para calmar las ganas. ¿Por qué le doy tantas vueltas? Fue solo un juego… Pero es que joder qué bien besa el cabrón.

—¿Estás bien? Vas muy callada.

—Sí, solo me duele la cabeza.

—Pues deja de apretarme tan fuerte que me vas a romper las costillas.

No es hasta que lo dice que me doy cuenta de que voy con la cabeza apoyada en su espalda y rodeándole la cintura apretada a él.

Me yergo y dejo que corra el aire entre nosotros. Necesito despejarme.

Llegamos y aparca enfrente de su casa, que es la última de la calle, tres más abajo que la nuestra. Al quitarme el casco oigo como los pájaros trinan felices y huele a hierba recién cortada. Huele a niñez y eso es reconfortante. La puerta se abre en ese momento, parece que nos estaban esperando. Su padre lo hace cargado con una nevera en la que habrá como mínimo un par de botellas de albariño y su crema de orujo casera y su madre con una bandeja que imagino que es pastelón de atún, una delicia y su plato estrella. Mis tripas rugen.

—Ni te acerques —me saluda Isabel sonriendo, después de darle un par de besos a su hijo.

Vaya reputación tengo…, pero bueno me la he ganado por propios medios, no te creas que es algo reciente, que mis años y algún dolor de tripa por gula me ha costado.

Isabel es profesora de danza clásica. Tiene esa belleza natural que aguanta muy bien el paso del tiempo. Es cariñosa y atenta con los suyos. De peque me apunté, creo que aguanté dos clases, pronto se vio que no era para mí. Cas fue hasta los dieciséis, luego se apuntó a danza del vientre… y sigue acudiendo a clases. Y venga, os lo chivo aunque sé que cuando sepa que os lo he contado se va a cabrear, pero Oli era un "Billy Elliot". Tenía todo para dedicarse a ello, menos las ganas, lo de bailar nunca le ha gustado demasiado.

De Fernando ya os he contado que es ebanista, y no hay duda de que es su padre, es un calco a él. Se parecen en la estatura, porte, forma de andar y hasta en el humor, pero a él solo le gusta la pesca como deporte.

Oliver tiene un hermano, Bosco, es seis años mayor; su madre era menor de edad cuando lo tuvo. Vive en Noruega con su marido Sven y una niña etíope que adoptaron hace un par de años.

Comemos en el porche, bajo las parras de albariño cuyos racimos dorados están casi a punto de ser recogidos a estas alturas del verano. La comida es la típica en esta casa y recuerdo muchos domingos así. Mis padres y los de Oliver son vecinos y muy buenos amigos.

Como en un ritual, al llegar al césped todos nos descalzamos y cada uno coge posiciones, las madres se van hacia las tumbonas para tomarse su vermut al sol; los padres, cerveza en mano y hablando de pesca, se van hacia la barbacoa y nosotros, los jóvenes, como si fuéramos vampiros vamos directos a la mesa, a buscar refugio bajo la parra.

Cas e Hilario ya han llegado y, mientras esperamos a los padres de la pelirroja y su hermana, charlamos de la fiesta. De las anécdotas que comentan, reconozco que no recuerdo ni la mitad. Y espero a que saquen el juego de la botella y nuestro beso pero no sé si es intencionado pero nadie lo nombra, y lo curioso es que no sé si me alegro de no ser el centro de atención y oír sus burlas o me molesta porque, a lo mejor, hablarlo y saber la opinión de Oliver me ayudaría a entender porque no puedo quitar ese momento de mi cabeza que se va repitiendo cada cierto tiempo.

Es guapo, pienso distraída. Viste vaqueros y una camiseta azul marino. Sencillo porque con semejante percha no se necesita ningún complemento para estar jodidamente irresistible. Está como si el beso no le hubiera afectado en absoluto. Y yo me pregunto si es normal. A ver si entre la pena y el alcohol me ha afectado la capacidad y estoy exaltando algo sin mayor valor. La falta de sexo de los últimos meses también puede afectar y enaltecer las sensaciones.

Para evitar seguir rumiando les hablo de Alba y Candela. Cas está deseando conocerlas y le digo que ya contaba con ella, que cuando quedemos para tomar algo que se venga. Les explico cómo las conocí y todo lo que me contaron sobre sus vidas.

—Nunca comprenderé a las tías, de verdad, ¿qué necesidad tenéis de contar a una completa desconocida toda vuestra vida?

Y yo interpreto la frase de mi hermano como una pregunta al aire, sin buscar respuesta alguna, pero Cas empieza un monólogo sobre las relaciones entre mujeres tan distinta a los hombres que parecen tener algún problema para hablar de cómo se sienten, como si al hacerlo mostraran debilidad. El tema da para un rato que acaba con mi hermano pellizcando la cintura de su novia para que se calle y ella soltando una gran carcajada que nos arrastra a todos.

—No sé cuál de las dos está más loca —termino cuando la conversación vuelve a centrarse en mis nuevas amigas.

—Si ya dicen que los locos se entienden de maravilla —me replica Oliver.

Está sentado frente a mí por lo que doy una patada bajo la mesa pero el cabrón es rápido y me coge el pie, lo apoya en su rodilla y empieza a hacerme cosquillas... Bueno a decir verdad es una deliciosa caricia con la yema de sus dedos resiguiendo el contorno subiendo hacia la pantorrilla.

—Nena, ¿estás bien? —La voz de mi madre, pegada a mi espalda, hace que dé un bote y me yerga al instante, estaba casi estirada en la silla entregada completamente a los mimos.

—Sí... eh... dolor de cabeza —balbuceo como una idiota.

Oli se ríe y yo quiero borrarle esa sonrisa diabólica. Lo que antes le hubiera puesto un bozal y ahora me dan ganas de borrársela...

con un beso. Con mi lengua bailando con la suya. Con sus labios hambrientos presionando sobre los míos…

¿Pero desde cuándo pienso en comerle la boca a Oliver?

El beso, el maldito beso ha terminado por fundirme el cerebro.

Virgen santísima, llévame contigo que mi vida ya no tiene solución.

*

La comida transcurre en un ambiente distendido y festivo. Admito que no recuerdo ni un solo detalle de lo que se ha hablado; puede que haya estado un "poquito" despistada. Solo sé que he reído cuando ellos lo han hecho y he lanzado algún "sí", "es verdad" y un par de "claro" como respuesta a unas preguntas que ni siquiera he escuchado con atención. Después del pastel y de soplar las velas dos veces (porque mi padre y la cámara de fotos de carrete que se regalaron para su primer aniversario de boda, la misma que ha fotografiado todas las cosas de esta familia, aún no estaban preparados) y un par de rondas de crema de orujo —solo los mayores, los jóvenes desistimos y dejamos trabajar a nuestros riñones a marchas forzadas para limpiar el exceso de ayer— llega la hora de los regalos, entre todos le hemos comprado un fin de semana para los dos en un parador y un viaje en paracaídas. Hilario siempre dice que es algo que le apetece pero que nunca se atreve, ahora ya no tendrá excusa.

Oliver empieza a las ocho el turno de noche, así que nos vamos pronto. Mi madre, mientras me prepara un táper para llevar, empieza con su ronda de preguntas como toda *mamágallina*: ¿Cómo estás? (Ayer me encontré con mi examante y me besé con Oliver, aparte de eso voy bien). ¿Ya has encontrado trabajo? (Si lo hubiera hecho te lo habría contado). ¿Estás segura de que no quieres quedarte aquí con nosotros una temporada? (No, gracias). Cada vez que te veo estás más flaca y con ojeras, a pesar de que quieras esconderlas... (sin comentarios).

Mi padre tiene un taller de reparación de maquinaria agrícola y mi madre trabaja por las tardes de recepcionista en una clínica dental. Y nada le gustaría más que tenerme en casa para cuidarme, según ella, pero todos sabemos que no tardaría ni dos horas en atosigarme sobre cada cosa que hiciera. A veces las buenas intenciones no son suficientes.

—¿Y con Oliver? —Mi madre no acaba de ver bien que vivamos juntos, dice que no es sano—. ¿Habéis discutido?

—Nada, ¿por qué dices eso? —respondo y mi voz suena chirriante, delatando todo lo contrario.

—Te has pasado la comida mirándolo de reojo. Y él igual. Casi no os habéis dirigido la palabra.

—Nada, mamá. Solo es resaca.

Pero no de alcohol, sino de beso.

19 TEN AMIGAS PARA ESTO

Oliver no pasa ni por casa, me deja frente al portal y se va al parque. Al final va a llegar con el tiempo justo. Después de mimar un rato a los geranios (y buscar sin éxito un nuevo corazón), me tumbo en el sofá y después de pensar un poco cómo voy a hacerlo decido arriesgar y mando un mensaje al grupo que creó Alba, es única hasta para encontrar títulos:

<u>Penas fuera, penes dentro</u>

Maca
Hola
Jorge es maravilloso <3
¡Qué hombre!
¡Qué noche!

Candela
Sí?
Y yo dudando de vuestro plan.
Tenemos que quedar y nos
lo cuentas TODOOOO.
Queremos detalles.
Mañana?

Maca

Por mí genial.
He hablado con mi amiga Cas y se
apunta.
Está deseando conoceros.

Candela

¡Y nosotras!

Las tres estamos conectadas pero Alba no da ninguna señal y no sé cómo interpretarlo. Estoy mirando la pantalla cuando veo que me llega un mensaje por otro lado.

Candela - Maca

Candela

He hablado esta mañana con Jorge
y me lo ha contado todo.
Gracias por unirte a la causa.

Maca

Hola!
Los dos se merecen ser felices.

Candela

Es cabezona pero la conozco y
sé que está a punto de romperse.

Maca

Eso espero.
Por cierto, es normal
que no diga nada?
La he fastidiado?

Candela
Qué va.
Solo se está tragando
su propio veneno.
Déjale tiempo.

Salgo corriendo cuando veo que la rubia ha contestado en el grupo.

<u>Penas fuera, penes dentro</u>

Alba
Mañana imposible.

Mac
No pasa nada.
Buscamos otro día.

<u>Candela - Maca</u>

Candela
Lo ves, está cabreada.
Dejamos lo de mañana
para otro día.

Mac
Claro.
No hace falta ponerla
contra las cuerdas.

Candela

O sí ;)
Con ella es complicado saber.
Ya te iré contando
cómo sigue el culebrón.

                                        Mac

                              Por favor ;)

Se te van a poner
las piernas duras de
tanto pasearte por
mi cabeza

20 REAL, NO FICTICIO

Levantarse un lunes con un nuevo corazón en el balcón es un aliciente y una señal de que la semana va a ir bien. O eso quiero creer. Las frases tienen un aire a piropo cursi, pero a pesar de eso me gusta. Como dice Cas, tiene un toque antiguo que lo hace más interesante.

Me pasé el día de ayer sin hacer absolutamente nada, pero ¿para qué son los domingos sino para vegetar en el sofá? Estuve dándole vueltas al artículo y la verdad es que aún no tengo claro sobre qué escribir.

Aún con el corazón en la mano recuerdo las palabras de Cas de que los utilice como tema. Al final, decido hacer una visita a mi hermano.

Nada mejor que empezar el día cantando en la ducha con el peine cómo micrófono. Bailoteo bajo el chorro de agua a ritmo de *Buscando el sol* de David Otero.

Poco después bajo las escaleras y entro en la cafetería de Sol para pedir un café grande para llevar. Llego al centro de la ciudad en poco tiempo y ando hasta la redacción del diario Es Noticia. El edificio es alto y aunque ellos están en la cuarta planta, desde las ventanas hay unas buenas vistas de la ría.

Desde que se abren las puertas del ascensor me fijo en cada detalle. Solo he estado una vez aquí, hace años. Hay bastante bullicio, pero no creo que sea algo extraño. Me fijo en que a mano izquierda, junto a unas alargadas jardineras — donde hay una kentia y una dracanea roja que necesitan un buen regado— hay tres mesas juntas formando un triángulo. Hay dos chicas sentadas en ellas, se ríen a pleno pulmón mientras se toman un café; la taza de una tiene forma de morro de cerdo y la otra de hipopótamo. Me caen bien solo de verlas.

El despacho de mi hermano está al fondo. Nadie repara en mí.

—¿Puedo pasar? — pregunto después de tocar con los nudillos en la puerta que está entornada.

—*Tapón*, qué sorpresa. ¿Qué haces aquí?

—Vengo a hablar del artículo.

—Soy todo oídos. —Me hace una invitación para que entre. Le doy un par de besos antes de sentarme.

—Por cierto, me gusta la mesa que hay junto a las plantas, las chicas parecen simpáticas.

—¿Has venido a ojear tu *supuesto nuevo* puesto de trabajo? — Sonríe algo cínico, pero sé que solo me está tomando el pelo.

—Es una motivación como cualquier otra. Y yo me encargaré de que nos les falte agua a esas plantas, están secas.

Su teléfono suena interrumpiéndonos, después de contestar y consultar algo en una pila de papeles vuelve a mí.

—*Tapón*, al grano.

Le hablo de los corazones en el balcón. Los dejo sobre su mesa, quedan tan bonitos sobre esos papeles blancos. Lástima que el primero lo echara a volar creyendo que era una cadena.

—¿Y cómo quieres enfocarlo?

—Aún no estoy segura.

Se recuesta en su silla, pensativo.

—Pero no sabes ni quién es ni por qué … No tienes nada.

—Ya lo sé.

—Ni siquiera cómo termina.

—Podría dar algunos finales alternativos, que la gente escoja.

—No. Te pago por un artículo real; es periodismo, no ficción. Para eso ya tienes tu blog y tus periquitos.

—Pero son reales.

Se pone en pie, y los recoge uno por uno, cuando coge el que ha quedado más cerca de mí, suelta un gruñido. Me mira, después al corazón y de nuevo a mí. Casi puedo oír los engranajes de su cerebro.

—He depositado mi confianza en ti, no me falles. Y ahora sal de aquí que tengo que hacer una llamada urgente. —Me entrega los corazones y me incita a marcharme con un movimiento de cabeza.

Me sorprende un poco su reacción, pero no le doy más vueltas, lo achaco a que tiene un mal día o la mañana complicada y que mi idea le ha parecido pésima. Habré de buscar otra cosa.

21 EN LLAMAS

Llevo tres días metida en casa, buscando en la red, ojeando todos los libros que tengo en busca de algo, algo que no encuentro. Nada tiene la sustancia necesaria para hacer un artículo. EL ARTÍCULO. Mi lanzadera. Le falta la magia que busco, la que Hilario espera de mí. He ido a la biblioteca, me he paseado por las librerías... Hasta ayer por la tarde me senté en un banco del parque y me fijé en la gente, buscando alguna señal que me advirtiera de que allí estaba mi historia. Pero nada.

Son las tres de la tarde cuando Hilario me llama para que vaya hasta la calle Flores, ha habido un incendio y me pide que lo cubra. Contenta de tener algo que hacer, me visto de reportera de guerra y cojo un taxi para llegar lo antes posible.

El incendio es mayor de lo que esperaba. Todo el edificio está prendido en llamas. Hay tres camiones de bomberos y pienso en Oliver. No lo veo desde el sábado cuando me dejó en el portal de casa. O está durmiendo o trabajando y yo estos días ando casi todo el tiempo fuera.

Le mando un mensaje:

Mac

¿Estás en el incendio?
Dime algo lo antes posible.
Cuídate, bss.

Intento hablar con un policía pero me veta el paso y me empuja como si fuera como esa gente que se ha acercado solo para curiosear. Voy hasta las ambulancias buscando acercarme lo máximo posible. Una mujer mayor está tumbada en la camilla, lleva una mascarilla y llorando mira como arde su casa. Tiene una brecha fea en la frente, sobre el ojo izquierdo. Se me encoge el corazón. Nada ni nadie me impide que me acerque y que le dé la mano. Ella ladea la cabeza, parece agotada.

—¿Es usted un familiar? —me pregunta una enfermera.

La abuela aprieta mi mano, y sin saber cómo me veo dentro de la ambulancia, acariciando sus dedos huesudos y diciéndole que todo irá bien. Cierra los ojos y yo suspiro, impotente.

—¿Qué ha pasado? —pregunto a la enfermera.

—No se sabe, pero en pocos minutos se ha incendiado todo el edificio. Solo vive gente mayor. Por suerte parece que no hay víctimas. Han sacado a seis ancianos, ella es la última.

La abuela intenta decir algo, quiere quitarse la mascarilla del oxígeno pero no tiene fuerzas y le entra la tos.

—María Fernanda, no se la quite. Ahora descanse.

Me mira y por un momento dudo de si quiere decir: «¿quién eres?» y yo solo le puedo sonreír. La mano de la abuela tiembla, y la sujeto entre las mías, ofreciéndole una sonrisa que quiere darle mi apoyo. Su ropa huele a humo y me pica la nariz.

En la sala de espera hay mucha gente y todos ellos hablan sobre lo ocurrido. Sin querer estoy anotando un montón de información como que el edificio estaba en muy malas condiciones, que de los veinte pisos solo quedaban cuatro habitados y todos ellos por gente mayor. Algunos dicen que se veía venir.

Lo apunto todo y escribo en el mismo móvil el artículo que mando directamente a Hilario.

De: macariosc@fmail.com
Asunto: Incendio
Fecha: 22 agosto 2019 17:11h
Para: hilariorios@esnoticia.info

Hola, estoy en el hospital y de momento esto es lo que he podido recoger.
Te informo de todo lo que vaya sabiendo.
Un saludo,
Maca

De: hilariorios@esnoticia.info
Asunto: Re: Incendio
Fecha: 22 agosto 2019 17:22h
Para: macariosc@fmail.com

Perfecto.
Hablamos luego.

Atentamente,
Hilario Ríos
Redactor jefe
Es Noticia

Antes de guardar el móvil en el bolso veo que Oli me ha contestado.

OLI · MAC

OLI
Estaba.
Todo ok.
Bss

*

Pasan cuatro horas sin que tenga noticias del estado de la abuela, la enfermera que hay en atención en urgencias, cada vez que me ve acercarme, niega con la cabeza. Ya me he bebido dos de ese aguachirri que según la máquina es café, cuando por fin veo que se acerca una médica.

—¿Familiares de María Fernanda Olivares? —Me levanto sin estar segura de lo que hago ni si es correcto. Solo pienso en su mirada y en cómo me cogía de la mano—. Está estable. Ha inhalado mucho humo, pero la peor parte se la ha llevado la cadera. La tiene rota, supongo que ha intentado huir y se ha caído. —Solo con pensar en la escena se me eriza la piel y me pican los ojos—. La hemos operado y está en reanimación. Cuento que en una horita ya la subirán a planta, estará en la habitación 517.

—¿Se pondrá bien?

—Es mayor y su cuerpo está cansado, pero todo pinta que sí.

Sabiendo que tengo una horita por delante decido pasar por la cafetería para comer algo. Aunque ahora mismo lo último que tengo es hambre, me conozco y sé que puede que dentro de un rato me dé el bajón. Trago a duras penas un reseco bocadillo de tortilla y una botella de agua. El resto del tiempo aprovecho para salir fuera del hospital y tomar un poco de aire fresco. No sé si hago bien en quedarme, pero nadie ha preguntado por ella y soy incapaz de marcharme.

Abro despacio la puerta, la habitación está en penumbra, es noche cerrada y las luces de la ciudad se cuelan por la ventana. Me acerco despacio, le han curado la brecha y sigue con el oxígeno, pero solo con el tubo en la nariz. Estoy a punto de irme cuando abre los ojos.

—Discúlpeme, solo quería saber si estaba bien.

—¿Eres la chica de la ambulancia?

Asiento. Me sorprende que me reconozca. Por la edad, por lo ocurrido y por el chute de anestesia que aún debe llevar en el cuerpo.

—Soy Macaria, aunque todos me llaman Maca. —Creo que es la primera vez que me presento usando mi nombre completo y real.

Hace años, cuando salía, solíamos cambiarnos los nombres. Cas siempre escogía nombres inspirados en la naturaleza: Sol, Brisa, Aurora, Alba, Mar... Yo, por el contrario los más normales: María, Silvia...

—Yo soy María Fernanda, pero para todos soy Mafer. —Me regala una sonrisa adormilada.

—Un placer. Puedo hacer algo por usted, ¿le traigo algo?

—No hace falta, gracias.

—¿Quiere que llame a alguien?

—No. Estoy sola. Mi marido murió hace tres años y no pudimos tener hijos.

—Pues aquí me tiene para lo que necesite.

—Gracias, niña.

Tose y hace una mueca.

—¿Le duele?

—Llevo anestesia para dormir a un elefante.

—La dejaré descansar.

—¿Tienes prisa?

—Ninguna.

—¿Te importa quedarte y hacerme compañía un ratito?

Me gusta la gente que no tiene reparo en pedir ayuda. En decir lo que necesita a la cara, sin florituras ni esperando que tu interpretes sus necesidades.

—Claro que no. —Cojo la silla y la coloco a su lado. Dejo el bolso sobre la mesa.

—Gracias por quedarte.

—No ha sido nada. —Le quito importancia con un movimiento de mano.

—Pues a mí me ha hecho mucho bien saberte ahí al lado y más cuando te he visto entrar. Gracias.

Tose y le digo que intente descansar. Le cojo de nuevo la mano, intentando reconfortarla. Cierra los ojos y nos sumimos en el silencio. Estoy a punto de irme un par de veces, pero al final algo me lo impide, no sé explicarlo. No puedo dejarla sola.

Solo he conocido a un abuelo, Hilario Ríos, el padre de mi padre. Mi madre no se lleva muy bien con los suyos y casi ni los conocemos.

Intentando hacer el mínimo ruido, quito la silla y arrastro el sillón lo más cerca de la cama que puedo, le doy a la manivela para que se estire, pero para variar no funciona a la primera ni a la segunda. Desisto evitando hacer más ruido. Estoy demasiado despierta e inquieta como para dormir. Aprovecho para leer, soy de las que le gusta el papel y no lleva muy bien lo de leer en digital, pero me he acostumbrado a tener siempre un par de libros en el móvil con los que suelo matar el tiempo cuando tengo que esperar o voy en bus. Este es epistolar y la historia me atrapa hasta que en medio de la pantalla aparece un mensaje de Oliver. Son las dos de la madrugada.

OLI · MAC

OLI
¿Dónde coño estás?

Mac
En el hospital

Poco después el teléfono empieza a vibrarme en la mano, descuelgo y le pido que espere un segundo. Salgo de la habitación y voy hasta la sala de espera.

—Hola.

—¿Qué ha pasado? ¿Qué haces en el hospital?

—Es una larga historia.

—Llevo esperándote toda la noche, no vendrá de media hora — refunfuña sarcástico.

—Hilario me mandó a cubrir el incendio. Cuando llegué había una señora en una camilla, y no sé cómo acabé con ella en la ambulancia. Está sola y me he quedado a hacerle compañía.

—¿Quién es? —Su voz ya no es mordaz, ahora solo suena agotado.

—Mafer, la de la brecha y cadera rota. La última que sacasteis.

—Fui yo. —Hace una pausa y suspira hondo antes de continuar—. Estaba preocupado, podías avisar que no vendrías a casa.

—Lo siento. —Me regaño por no haber pensado en avisarlo, pero la verdad es que ni siquiera se me ha pasado por la cabeza—. La han operado y he esperado a saber cómo estaba. Cuando he ido a verla en la habitación, bueno, está sola y me ha pedido que me quedara un rato. Me da mucha pena y he sido incapaz de irme, pasaré aquí la noche.

—¿Estás bien, necesitas algo?

—No, estamos bien. Siento haberte preocupado.

—Es que siempre avisas si vas a volver tarde… —hace una pausa y al final desiste en decirme lo que fuera—. Da igual, me voy a la cama.

—Hasta mañana.

Cuelga, preocupado y cabreado, esa mezcla tan él. En el fondo es un cabrón encantador.

Y sin venir a cuento a mi mente vuelve el beso que nos dimos. Riño a mi mente y le prohíbo perderse en ese recuerdo. No es el momento, ni ahora y mucho me temo que nunca lo será. Debo olvidarme de él como parece que ha hecho Oli.

Cuando vuelvo a la habitación Mafer está despierta.

—¿Tienes que irte? Seguro que alguien te espera.

—No, me quedaré. Ese sillón pide a gritos que durmamos juntos. Solo era Oliver.

—¿Tu novio?

Me echo a reír, negando fervientemente con la cabeza.

—No, es un amigo de la familia y por esas cosas del destino ahora también mi compañero de piso.

—Da igual quien sea, es bueno tener gente que se preocupa por ti.

—Es verdad. —Porque mi vida es un auténtico caos, pero tengo gente a mi alrededor que me sujetan para que no me pierda.

22 MACA, AL PIE DE LA NOTICIA

—Buenos días —susurro cuando veo que Mafer está despierta. Desde la ventana, el amanecer va apagando la noche.

Me mira desorientada, después de pasear la vista por la habitación, como si le costara ubicarse y saber dónde está y por qué.

—Macaria, ¿verdad?

—Si, pero llámeme Maca, no me gusta mi nombre.

—¿Y eso? Es original, singular. No conozco a nadie más con ese nombre.

—Por algo será —murmuro sonriendo.

Le cuento la historia de mi nombre y llega el desayuno. Dice que tiene poca hambre, pero la entretengo hablándole de mi familia. De Oliver, de Cas... Como veo que funciona sigo con el artículo, de las ganas que tengo de encontrar un trabajo y un piso. De los corazones del balcón... Ella me habla de su marido, Ricardo. De cómo se conocieron, de los años cuando él se fue a Francia buscando trabajo y de las cartas que se mandaron durante años y que es su mayor tesoro. Me dice que las guarda en una caja de latón en forma de carpa de circo y que espera que eso las haya salvado del fuego.

—¿Has dicho que Oliver es bombero? —pregunta y su voz suena fuerte y firme por primera vez desde que la conozco.

—Sí, fue él quien la sacó —Mi voz delata lo orgullosa que me hace decir eso.

—¿Crees que podría ir a buscarlas? —me pide como una niña pequeña llena de esperanza y anhelo.

—Haré todo lo posible por conseguirlas.

—Gracias. Por cierto, tengo una noticia para ti, saca papel y boli.

—Tengo buena memoria.

—Eso creemos todos. —Al final hago lo que dice y rebusco en el bolso el bloc de notas, el boli y encima busco en el móvil la grabadora.

Asiento cuando estoy lista.

—El incendio fue provocado por el *oso pelirrojo*.

Eh…

¿Ha dicho oso pelirrojo? Hasta ahora me había parecido que estaba en sus cabales, es más me sorprendía su lucidez para tener más de noventa años.

—¿Por qué dice eso?

Se le forma una tormenta oscura en los ojos y aprieta la mandíbula con rabia.

—El edificio se cae a pedazos desde que murió don Simón. Los pisos son de renta antigua y el rufián de su hijo lleva años queriéndonos echar. Solo quedamos seis supervivientes, los otros o Dios los tiene en su gloria o han aceptado sus cuatro perrillas de soborno y se han ido. El incendio es otra forma más de asustarnos.

Ay, madre…

—¿Está segura de lo que dice? No es un susto, ¡han estado a punto de morir ahí dentro!

—No tengo pruebas, pero seguro que tu amigo las puede conseguir.

—¿Y el *oso pelirrojo*? —pregunto alucinada.

—Es el hijo del dueño, tiene un nombre raro del que nunca me acuerdo. La madre era de un país de esos de arriba del todo y le pasó todos sus genes desde la altura, anchura y encima es pelirrojo. Lleva el pelo largo, barba... su voz es ruda, todo él lo es. Parece un hombre de los bosques. —Me río, porque con su descripción y las caras que va poniendo mientras lo describe hasta me da miedo.

Una enfermera entra para ayudarla a lavarse y me dice que me vaya a desayunar y hacer lo que quiera porque van a estar un buen rato entretenidas. Tiene que empezar a andar.

—Tranquila, vete, ya has hecho suficiente por esta vieja.

Me acerco para darle un beso en la mejilla y me despido diciendo que me pasaré más tarde.

23 EL OSO PELIRROJO

Tengo la cabeza que me va a mil. No paso ni por casa para cambiarme ni ducharme, siento que por fin tengo una noticia. Si la teoría de Mafer es cierta, hay que desenmascararlo antes de que se le ocurra otra macabra idea. No creo que me sirva para el artículo, pero no puedo dejar que el *oso pelirrojo* se salga con la suya. ¡Ha incendiado un edificio con gente en el interior! «Somos el camino de regreso a las estrellas. Somos los soñadores, somos los soñadores...», el estribillo de *Dreamers* del grupo Oh Gravity interrumpe mis pensamientos y tarareo sin mover los labios, no quiero ser la loca que va en un bus camino al parque de bomberos. Tengo que hablar con ellos a ver si tienen algún indicio de que ha sido intencionado. La puerta grande está abierta, hay dos camiones, pero no veo a nadie.

—Hola..., hola...

—Voyyy —grita alguien. Me giro hacia la izquierda y veo deslizarse al calvo del otro día por la barra. Siempre he pensado que debe molar eso de bajar así.

—¿Has venido a buscar a Cruz? Está en la ducha, justo ahora han terminado el entrenamiento.

—Sí, no... la verdad es que estoy aquí como periodista. Tengo algunas preguntas.

—Entonces soy tu hombre.

—Es mucha mujer para ti, Magnum —grita alguien detrás de nosotros.

Cuando me doy la vuelta compruebo que no lo conozco, pero que no me importaría nada hacerlo. Es guapo, alto, cuadrado —en exceso pero no tanto como para hacerle un feo—, de mirada oscura igual que su pelo, algo largo que le da un aire salvaje. Todo él desprende un aire sombrío que aumenta su atractivo.

Céntrate, Maca, ¡estás por trabajo!

—Robles, meterte con quien organiza tu calendario laboral revela una importante falta de materia gris. —Me muerdo el labio para evitar reírme, mandar a la mierda con educación es un arte que muy pocos dominan.

—¿Estuvisteis en el incendio de ayer en el edificio de la calle Flores? —pregunto a los dos.

—Fuimos las tres unidades de la ciudad. Por suerte llegamos pronto y no se tienen que lamentar víctimas —me responde el calvo, que entiendo que es el capitán de la unidad. Es un tipo larguirucho y por cuatro pelos, unicejo.

—¿Hay alguna hipótesis, tenéis idea de qué lo causó?

—Se originó en el cuarto de la máquina del ascensor y se expandió por las escaleras con mucha rapidez. Los vecinos se refugiaron en los balcones y ventanas porque no podían salir —continúa.

Pienso en Mafer y noto un escalofrío recorrerme la espina dorsal.

—¿Hay alguna posibilidad de que fuera intencionado?

—¿Qué haces aquí? —Oliver acaba de aparecer, por detrás de mí, tan sigiloso como siempre. Odio que haga eso y lo sabe, pero sigue sin hacerme caso.

—Cruz, estamos hablando —le contesta Robles, algo chulito.

—Y yo le he cambiado los pañales, así que tengo derecho a preguntar.

Refunfuño entre dientes y le doy un codazo. Es insoportable. Aunque ya ni me molesta, la bromita es tan repetitiva que ya ni me afecta.

—Es un amigo de la familia —digo, y me giro hacia Oli quitando el brazo que ha apoyado sobre mi hombro—. Estoy aquí como reportera. Repito la pregunta, ¿creéis que fue intencionado?

No me pasa desapercibida la mirada que el calvo les echa a los dos. No se ha presentado y yo me recrimino no haber preguntado. Robles lo ha llamado Magnum, pero sé que casi todos tienen apodos. Necesito saber los nombres de mis informadores. Es de primero de carrera.

—¿Por qué preguntas eso, sabes algo? —me pide Oli.

—Solo hago mi trabajo y ese consiste en estar abierta a todas las posibilidades hasta dar con la correcta.

—Eres periodista. No detective.

—No hay nada que confirme ni desmienta esa teoría —afirma el calvo.

Miro a los tres, y aunque sigo teniendo preguntas, no sé si son de fiar y no quiero alertar más. Solo confío en Oliver, por eso les doy las gracias y le pido si podemos hablar a solas.

—Vamos fuera.

Nos sentamos en el banco que hay al lado de la puerta, junto a la pared.

—¿Quieres un café?

—No, aún estoy depurando los que me tomé ayer de la máquina de la sala de espera.

Se sienta con las piernas estiradas, y lleva los brazos detrás de la nuca, con la cabeza alzada hacia el sol. Viste con el uniforme y en esta postura la camiseta se le pega permitiendo distinguir cada músculo, parece a punto de ser fotografiado para un calendario solidario de esos que tanto les gusta hacer por Navidad. Mi mano queda suspendida en el aire cuando la freno, la muy loca estaba dispuesta a recorrerle el cuerpo minuciosamente como si fuera el mapa de un tesoro… Últimamente tengo ideas de lo más absurdas.

—¿Cómo está la abuela? —pregunta sin abrir los ojos.

—Bien —carraspeo apartando la mirada esperando que no se me haya quedado cara de idiota. La concentro en el muñequito del semáforo del paso de cebra que queda justo enfrente y que acaba de cambiar a rojo—. Se llama Mafer. Es un encanto.

—A ti todos los abuelitos te lo parecen. Menos el de la tienda de chuches de la playa.

—Aquel era un ogro. —Río. Otra vez verde…

—Pensaba que ya habías acabado con el artículo, lo leí esta mañana en el periódico. Mi niña se hace mayor, mírala ya, escribiendo para un diario serio. —Sus labios dibujan una sonrisa impertinente que me acelera el pulso.

—No te rías.

—Sabes que no, estoy orgulloso de ti. —Admito que sus palabras me agradan y me hacen sentir bien.

—Estoy aquí por Mafer. —Le hablo de su teoría de que fue intencionado. De los alquileres de renta antigua, del *oso pelirrojo*.

—¿*Oso pelirrojo*?

—Sí. Es el hijo del dueño. Dice que es alto y corpulento, con el pelo y la barba largos y pelirrojo. Su descripción encaja con un vikingo con muy mala hostia… ¿Qué pasa? —me interrumpo, porque ya he dicho que su rostro es un reflejo de sus pensamientos.

—Nada, te estoy escuchando.

—Has puesto esa cara, dímelo.

—Solo es que se me ha olvidado cambiar las pesas y Magnum se cabrea.

Me sostiene la mirada, sé que sabe que no me lo creo y me provoca para saber si voy a seguir, pero prefiero dejarlo así. Si continúo tengo todas las de perder porque se cerrará en banda y aún no le he pedido el favor.

—Entiendo que tengas ganas de dar con una noticia bomba, pero creo que no te puedes fiar mucho de esa abuela —continúa después de un largo y pesado silencio.

—Tiene noventa y cuatro años pero te juro que está mejor de la cabeza que muchos de treinta. Hablando de Mafer... tengo que pedirte un favor.

—Conozco esa mirada de corderito, miedo me das. —Qué asco da que nos conozcamos tan bien, se pierde el factor sorpresa—. ¿Qué quieres que te haga?

De todo...

¡¡Maca!!

Sacudo la cabeza y creo que mis mejillas arden, aprieto los párpados para quitar esa imagen de nosotros besándonos... Oigo su carcajada, mierda, ¿sabrá que estoy pensando? Cuando los abro veo que se está mordiendo el labio, como estaba soñando hacerle hace tan solo un instante. ¿Es que ahora puede leer la mente?

Mientras yo sigo aturdida, el sigue ahí, con su sonrisa peligrosamente ladeada, pero la única que va a caer seré yo como siga así.

Céntrate, por la virgen, céntrate.

—¿Es peligroso entrar en el edificio?

—No.

—Ah, perfecto —digo girándome hacia él—. Porque quiero...

—Estoy diciendo que ni se te ocurra —me interrumpe—. No puedes entrar ahí.

Le hablo de Mafer y de las cartas de su marido, de la lata con forma carpa de circo...

—A ver, si hay que jugarse la vida, ni te lo plantees, pero eres bombero, así que conoces el estado de la estructura y si es posible entrar. La caja está en su habitación, sobre la mesita.

Suspira hondo, negando con la cabeza.

—¿Por qué te importa tanto esa abuela?

—Me cae bien y está muy sola. Quiero ayudarla en todo lo que pueda. ¿Me ayudarás?

—No te puedo prometer nada.

Lo sé, Oliver es de esas personas para quien las promesas son sagradas y no dirá nunca nada que no crea.

—Gracias. —Y no insisto porque no es una negativa cerrada.

—Tengo que volver y tú deberías descansar, pareces agotada.

Se levanta, y se va sin darme ni siquiera un beso. Es raro, pero intento no darle más vueltas.

24 SIEMPRE HAY UNA RESPUESTA

No he dado ni una docena de pasos hacia la parada del bus cuando veo a Bruno a unos metros delante de mí. Es demasiado tarde para esconderme o para dar media vuelta porque me ha visto y se para, esperándome. Sus ojos me atrapan y me da un vuelco el corazón. Vuelvo a estar sentada en mi mesa, frente a él a solo un pasillo de distancia, leyendo en la pantalla algún mensaje suyo… A caminar hasta la escalera evitando que mis pasos revelen las ganas que tengo de besarlo e intentando calmar las mariposas que me agitan el estómago. Vuelvo a oler el bosque de eucaliptos del fin de semana que escapamos del mundo, donde paseamos cogidos de la mano por primera vez. La libertad de estar lejos y sentirnos seguros, aunque ese miedo a ser pillados nunca se desprendiera de nosotros al cien por cien.

Vuelvo a estar sentada en la misma mesa al fondo del bar. Para variar llego antes de la hora, pido un café, mis pies son incapaces de estarse quietos. La ilusión hace que sea imposible borrarme la sonrisa de los labios. Pero a medida que la aguja del reloj avanza, completamente ajena a mi espera, el café se enfría, me he comido el pintalabios de tanto morderlos y un nubarrón se instala en mis pupilas. La cabeza me pesa buscando razones, puede que sea la causa de que cada vez esté más gacha, por eso y por esconderme de las miradas ajenas. El murmullo a mi alrededor va variando hasta que al final cesa, es hora de marcharse. Aceptar. Salgo del local, estoy parada en medio de la acera, sin saber hacia dónde ir, me siento perdida. Bajo mis pies, en el charco que ha dejado la lluvia del mediodía, se ve el reflejo del hotel que hay justo enfrente. Esa fuerza interior que sale en los momentos más ineludibles mueve los hilos para que llegue hasta allí, como una marioneta de cartón. Esa fuerza es la que hace que al tumbarme en la cama, fría y desolada, envíe un mensaje a Edu diciendo que no me espere que duermo en casa de Cas. Vuelvo a cerrar la luz. A quedarme a oscuras, sola.

Esa mezcla de recuerdos me secuestra durante unos instantes, los que tardo en llegar a su lado. Sigue igual de guapo. Lleva el pelo, negro azabache, algo más corto; antes lo llevaba escalado hasta rozarle el inferior de las orejas. Sus malditos ojos verdes siguen igual de profundos, donde me gustaba hundirme hasta desaparecer del mundo. Creo que ha cogido algo de peso, ya no está tan flacucho, llena la camiseta blanca que lleva y aunque no lo vea, sé que tiene un tatuaje sobre el pecho derecho, un triskel que se extiende por el hombro hasta la mitad del bíceps. Contengo los recuerdos que salen a la superficie —yo encima de él, besando su pecho, tirando de su pelo, sus labios jadeando mi nombre, su maldita risa en el momento del orgasmo… —y flotan a nuestro alrededor, esperando que los pesquemos. Cierro los ojos obligándolos a volver al fondo.

—Hola, ¿tendrías un minuto? —Carraspea y suspira hondo antes de continuar—: Necesito respuestas.

Sus palabras son como un jarro de agua fría que me despejan de golpe.

—¿Respuestas? —Mi voz refleja inquina y le sigue la arrogancia—. ¿Tú? No hay nada de que hablar, no fuiste. Te esperé más de tres horas y me plantaste.

Se rasca la barbilla, y se pellizca el labio inferior tirando de él, recuerdo ese gesto. Recuerdo esa barba haciéndome cosquillas en el interior de los muslos. Recuerdo con tanta facilidad como si hubiera sido ayer mismo, todo parece igual. El suelo se abre y caigo en mi propio infierno.

—Pero ¿qué dices? ¡Fuiste tú la que no se presentó! Estaba dispuesto a dejarlo todo por ti y tú ni siquiera apareciste. Al día siguiente no fuiste a trabajar y al mandarte emails volvían rechazados. Desapareciste de la faz de la tierra.

Dicen que la pena y el enfado van de la mano. Puede que por eso explote y en lugar de llorar o gritar, me eche a reír.

—Mira, es cosa del pasado, pero no me mientas. No, entre nosotros. Te entró el pánico, cambiaste de opinión, dime lo que quieras pero no que fuiste al Molinete, porque yo estaba allí y tú no.

—Espera… ¿al Molinete? —Su rostro se contrae en una mueca cargada de significado; apoya la espalda en la pared—. Maca, el primer café lo tomamos en el bar Tropical. ¡¡Yo estaba allí!! Maldita sea. Te esperé hasta que cerraron a medianoche.

La calle se arremolina a mis pies. Lo miro pero no lo veo.

Pero…, ¿qué dice?

Hago memoria… Al Tropical íbamos muchas veces porque estaba justo en la esquina donde se encontraba la sede de la revista.

Creo que se da cuenta de mi aturdimiento y me da más detalles.

—Fue el mismo día que nos liamos por primera vez. Comimos en el mejicano con todos para celebrar las vacaciones y luego nos escaqueamos y nos fuimos los dos allí a tomar el café.

En los emails siempre hablábamos en código, sin horas exactas ni nombre de lugares, por si alguien los veía por casualidad que no pudieran relacionarnos.

—Yo… lo recuerdo —admito aturdida—. Pero para mí eso fue antes de estar juntos, ni lo consideré. Pensé que fue a la vuelta de las vacaciones, cuando quedamos para hablar y fuimos al Molinete.

Los dos nos quedamos mirando.

No puedo creer que por algo así lo perdiera todo.

—No puede ser verdad. —Su voz es un silbido perplejo.

El silencio se adueña de nosotros.

He pasado mucho tiempo esperando obtener una respuesta y ahora que la tengo no sé qué hacer con ella, si desmenuzarla y tragármela, darle una patada que la mande a lo más oscuro del universo, o dejarla en una esquina y que alguien la recoja; puede que le ayude porque me he dado cuenta de que estaba equivocada, no me sirve. La creí necesaria para avanzar y no es verdad, eso solo depende de mí. Solo afrontando lo que hice y aceptándolo podré volver a empezar.

—Cuando entendí que no aparecerías, no fui capaz de ir a casa. Me fui a un hotel y pasé la noche allí. A la mañana siguiente, dejé el trabajo, recogí mis cosas y le dije a Edu que no podía seguir con él.

Nunca creí lo fácil que resulta engañar, no a tu pareja, sino a ti mismo. Como caes en esa espiral y a pesar de saber que está mal eres incapaz de ponerle fin.

—¿Lo dejaste por mí?

¿De qué se sorprende? ¡Eso estábamos a punto de hacer! Dejar nuestras parejas e intentar un "nosotros".

—No, lo dejé porque estaba enamorada de otro hombre.

El aire se torna denso a nuestro alrededor, está cargado de viejas promesas, de decepciones…

—Y tú por fin cumpliste con el sueño de ser repostero —continuo.

—Aguanté un mes más en la revista. Me apunté a unos cursos de repostería, busqué un local…

Ahora recuerdo de qué me suena la chica de la cafetería, es Elvira, Vir, su novia. Vino un par de veces a buscarlo a la oficina, antes de nuestro *affaire*.

—Sigues con ella.

La pausa que sigue es más elocuente que mil palabras. Me mira y no sé interpretarla. A mí solo se me viene una cosa a la cabeza: cobarde. Casi que me alegro de no estar juntos, no tiene suficiente valor.

—Está embarazada de cuatro meses. Vamos a tener un niño, Kai.

Sufro un colapso, no puedo procesar la noticia. Tardo unos instantes en roerla para convertirla en aire que expulso de un resoplido.

Otro jarro de agua fría. Casi prefiero bañarme en el Antártico y que se me entumezca todo. Hasta el cerebro.

—Me alegro mucho por los dos —consigo decir sin saber muy bien cómo, ni cómo sigo en pie después de semejante noticia.

—Maca…

Muevo la cabeza intentando expresar mis sentimientos pero no sale nada. Estoy aturdida. Soy incapaz de asimilar nada.

—Ahora voy a ponerme de pie. Daré un paso, tú seguirás tu camino y yo el mío.

—Si las cosas han terminado así seguro que hay un motivo — murmura, justo antes de que le dé la espalda.

Puede, pero yo no lo entiendo. No puedo. Supongo que el universo no tiene la obligación de tener sentido. Lo miro sabiendo que va a ser la última vez, y frente a mí su rostro se deforma hasta que veo la cara de un bebé, ahí tengo un motivo, llamado Kai.

25 SEIS MESES

Le doy la espalda y empiezo a andar de nuevo —como si este alto en el camino, en este lapso de tiempo, no hubiera sido de esos que dejan una profunda cicatriz— hacia la parada del bus. Los recuerdos se amontonan, se solapan, se mezclan... contengo el alud de emociones que tengo encima apretando los puños. No bajo la vista, la alzo hacia el sol esperando que la brisa me refresque. Tengo que llegar a casa. Fue William Faulkner quien dijo: «enciende una cerilla en mitad de la noche y solo servirá para ver cuanta oscuridad hay a tu alrededor». Tengo la respuesta, pero no ha aportado la luz que esperaba. La oscuridad me rodea, me ahoga, me zarandea, me desequilibra. Trastrabillo.

Como vía de escape, buscando que algo me distraiga, donde sostenerme, me pongo los cascos y busco a Adele. Su voz, siempre a punto de desgarrarse, es la mía.

> *«Aprendí a prender fuego a tu nombre*
> *y a todos los recuerdos...*
> *Cuestión de decisión.*
> *Costó... Dolió....*
> *Y la herida aún sangra...*
> *Ya sanará».*

No llego a entender como la misma situación nos ha afectado de tan distinta forma. Él ha seguido con su vida como si lo nuestro no hubiera ocurrido. En cambio para mí fue la cerilla que calcinó toda mi vida. Han pasado seis meses. SEIS. En estos casi dos cientos días yo me he quedado sin trabajo, sin casa, sin prometido, me he sentido una auténtica mierda de la que no consigo remontar; y él... ha hecho realidad su sueño de abrir un negocio de repostería y ahora va a ser padre.

NO puedo entenderlo.

He terminado siendo la amante celosa que acaba más atormentada que la propia mujer.

Somos nosotros mismos quien damos la fuerza e importancia a la gente que nos rodea. Un día no lo conoces, al siguiente eres capaz de cambiar tu vida por él. Les damos el poder de ignorarnos o de dejarnos hechos polvo. Sé que la culpa es mía, mis decisiones, mi responsabilidad. Había algo en mí que no encajaba, que me disgustaba de mi vida, no me sentía nada cómoda en ella. Mi decisión de mandarlo todo a la mierda fue solo mía, pero no impide que duela ver que todo lo que compartimos, hablo de algo más profundo que el sexo, no ha dejado en él el menor rastro.

Cuando me hablaba de estar juntos me sentía dichosa, ganadora. Triunfante. Sentía que merecía más de lo que tenía. Un mejor trabajo, alguien a mi lado que me diera alas, ilusión... La magia con la que se le llenaba la boca y que al final resultó que, como tantos otros, la confundimos con sexo. Igual que el "siempre" que de tanto usarlo ha perdido toda su esencia. Su grandilocuencia. Nada es para siempre. La naturaleza nos lo recuerda constantemente, nada es eterno.

Eres la flor
más bonita
del balcón

26 SALVARSE

Por mucho que me diga que ya no hay solución ni vuelta atrás, me cuesta entender que por un estúpido malentendido estemos en esta situación.

¿Qué hubiera pasado si nos hubiéramos encontrado?

¿Dónde estaríamos ahora?

Y antes de que mi mente se ponga a imaginar, freno porque hay un bebé en camino. Un niño que en esa otra realidad no existiría y yo no soy nadie para arrebatarle la vida.

Me pregunto si le habrá contado a Vir que tuvo una aventura.

Una en la que se planteó hasta dejarla.

«Pero ¿qué dices? ¡Fuiste tú la que no se presentó! Estaba dispuesto a dejarlo todo por ti y tú ni siquiera apareciste. Al día siguiente no fuiste a trabajar y al mandarte emails volvían rechazados. Desapareciste de la faz de la tierra» sus palabras vuelven a mí.

Pero ya nada importa, me repito.

Para salvarme de mí misma, me centro en el presente más inmediato, en llegar a casa, ducharme, descansar un poco y a la tarde iré a ver a Mafer y le llevaré cuatro cosas de aseo que imagino que le harán falta.

«Maca, el primer café lo tomamos en el bar Tropical. ¡¡Yo estaba allí!! Maldita sea. Te esperé hasta que cerraron a medianoche».

¡Cállate!

La teoría era buena, a la práctica solo consigo ducharme, darle un par de bocados a una manzana, de pie en la cocina, mientras suena *Where the heart is* de Haevn. «Da el salto de tu vida mientras la tierra está temblando...». No es hasta que riego los geranios que me acuerdo de los corazones y busco si hay alguno nuevo. Lo encuentro dentro del último tiesto y reconozco que consigue hacerme sonreír y con eso me conformo, y más un día como hoy.

Un rato después decido tumbarme en la cama, en un intento de acallar mi mente centrándola en otras prioridades, miro lo que dicen otros periódicos del incendio, pero aún son más escuetos y tienen menos información que el que yo escribí. Doy vueltas sobre cómo proseguir. Podría hablar con los vecinos de Mafer, y conocer su opinión. En cuanto llegue al hospital preguntaré para saber si hay alguien más hospitalizado.

A mediodía me llama mi hermano.

—¿Explícame por qué has ido al parque de bomberos a hacer preguntas si no te he mandado ningún encargo?

—¿Cómo lo sabes? ¿Ha sido Oli?

—Me han llamado, y no ha sido él —su respuesta activa mis alarmas y mi cabeza empieza a ejercitarse a toda velocidad.

—Eso es porque estoy detrás de la pista correcta. Mafer tiene razón, ha sido intencionado.

Entonces le hablo de su teoría y de todo lo que me ha contado esta mañana.

—Te llamo para decirte que te olvides del artículo; *tapón*, lo digo en serio. He hecho algunas averiguaciones y es mejor que de momento no publiquemos nada. Me oyes. NA-DA. Deja que hagan su trabajo y cuando esté claro el asunto ya hablaremos de ello, te prometo que te lo dejo escribir a ti.

—Pero, a ver, dime qué sabes.

—Nada —repite—. Macaria Ríos Cobos, prométemelo. Si quieres ayudar a esa abuelita, debes permanecer a la espera.

—Vale, pero la noticia es mía.

—Que sí. ¿Cómo va el artículo para el mensual?

—Eh…

Oigo abrir cajones.

—No hagas que me arrepienta de haberte dado la oportunidad.

—No te defraudaré.

A cada minuto que pasa estoy más segura de que Mafer tiene razón. También de que el *oso pelirrojo* es más peligroso de lo que me imaginaba.

Tengo la cabeza que me va a explotar. Esta vez no tiene nada que ver con el tiempo, sino más bien es porque tengo el cerebro saturado. No dejo de pensar en Bruno. En el incendio y cómo proceder y qué contarle o no a Mafer. La noche casi sin dormir tampoco ayuda a mi estado. Me tomo un ibuprofeno, bajo la persiana, no vendrá de un poco más de oscuridad. Ya no me quedan más fuerzas y pierdo, dejo que venza.

«Está embarazada de cuatro meses. Vamos a tener un niño, Kai».

La vida sigue sin esperar a que tú te levantes para continuar.

27 RECORDAR (VOLVER AL CORAZÓN)

Los intríngulis que hay en la memoria son completamente indescifrables. Recuerdas algo, tu pensamiento coge una curva a la derecha, de ahí, salta a dos más allá, gira, un lado, al otro, se mueve como la reina sobre un tablero de ajedrez, concatenas recuerdos, vivencias. Sonríes por ese instante, para al siguiente llorar al sentir ese escozor bajo la piel. Inspiras hondo porque sí, los recuerdos huelen, sienten y tú te dejas llevar incapaz de negarles nada. Y cuando te das cuenta estás perdido en el laberinto de tu propia cabeza, sin saber cómo volver. Hasta que puede contigo. He comprobado a lo largo de estos seis meses que el cerebro a veces satura, y se apaga. Son unos instantes fugaces, pero existen. La mente queda en blanco y todo desaparece. Olvidas. No hay dolor. No hay vacío. Un silencio absoluto, el tiempo de reiniciarse y volver a la carga.

Recordar, viene del latín: "recordari". Re (volver) y cordis (corazón). Yo solo espero que el tiempo haga pronto su labor y que cuando Bruno "vuelva al corazón" ya no duela.

Son casi las diez de la noche cuando Oliver llega a casa. Me encuentra en el balancín con una sudadera de él puesta y una infusión entre las manos. No me gustan las hierbas, pero me he obligado a tomarme una tila, aunque solo he podido darle unos sorbos. Está asquerosa por mucha miel y limón que le haya echado.

La siesta ha durado media horita escasa, visto que era imposible al final me he levantado y me he ido al hospital. He pasado por el supermercado y le he comprado algunos artículos de aseo, unas galletas y en la tienda de la entrada al hospital un ramo de margaritas de colores. Cuando he llegado he visto que estaba dormida, había un enfermero cambiándole el suero que me ha dicho que después de comer ha empezado a quejarse y le han dado algo para el dolor. Me ha aconsejado que vuelva mañana. Supongo que el chute que le han metido ha sido grande. He dejado las cosas sobre la mesa y me he vuelto a casa. Por el camino he llamado a Cas y le he contado todo, necesitaba hablar con alguien.

—¿Qué haces aquí fuera? —Está apoyado en la baranda, con su silueta recortada con un increíble crepúsculo a lo infinito.

Torturarme sería la respuesta correcta.

—Ver la puesta de sol —contesto con una evasiva—. Pensaba que llegarías pronto.

—He tenido un par de cosas que hacer.

Se sienta a mi lado y automáticamente subo los pies a su regazo. Como siempre, me pellizca el dedo gordo pero luego empieza a masajearlos de forma distraída. Mueve los suyos para balancearnos, me encanta y mis labios esbozan una sonrisa, soy tan bajita que si me siento no toco al suelo y pocas veces puedo columpiarme como me gustaría, solo lo consigo con Oli a mi lado. Me roba uno de los auriculares, justo cuando Needtobreathe, canta en su tema *Brother*: "todos necesitamos a alguien al lado, brillando como un faro en el mar. Hermano déjame ser tu refugio, nunca te dejaré solo. Puedo ser al que llames cuando estés derrotado. Hermano déjame ser tu fortaleza, cuando los vientos de la noche soplen seré el que ilumine tu camino para traerte a casa".

—Tienes mala cara —dice al cabo de un par de minutos.

—Ha sido un día de mierda. Hilario se ha enterado de que he ido a veros y he estado preguntando. Creo que Mafer tiene razón y esto es algo gordo.

—Sí, nos han avisado de andarnos con mil ojos y de no hablar con nadie. La policía ha venido al mediodía. Creo que tu abuelita tenía razón en temer al oso.

El silencio se apropia de nosotros. Al final le cuento el encontronazo con Bruno.

—¡Joder! —Se ríe y le doy un codazo. Voy a levantarme pero me lo impide y me pasa el brazo por encima de los hombros y me acerca a él—. Perdona, pero reconoce que es el típico argumento de una de esas pelis que te gusta ver los sábados por la tarde.

—En la vida real te deja hecha papilla.

Acabo apoyando la cabeza en su pecho, siempre me he sentido a salvo a su lado. Y esta noche necesito ese calor que reconforta.

—¿Aún lo quieres?

—Llevo todo el día haciéndome esa pregunta y no sé la respuesta.

—Eso es una buena señal, quiero decir, que si no es un sí rotundo ya es un avance.

—Supongo.

Cuando Oli me ve así dice que soy una terrorista emocional que se inmola, arrasando con todo.

—¿Has cenado?

—No tengo hambre.

—¿Y si te preparo un sándwich especial y abro una botella de albariño?

Se refiere a un sándwich que prepara con manzana o pera, rúcula y queso roquefort. No sé cómo consigue que por fuera le quede muy crujiente y el interior se te derrita en la boca. Me lo preparó la primera noche que dormí aquí, y desde entonces es uno de mis platos favoritos. A veces tengo que casi suplicar que me lo haga, una vez hasta me hizo compensárselo comprándole unas zapatillas que había visto al pasar por una tienda del barrio. Esta noche parece que está generoso y no me va a pedir nada a cambio.

—Mi madre me sobornaba con macarrones con queso gratinado y Coca Cola.

—La mía con tortilla de patatas con chorizo —sonríe.

También dice que él es el rompehielos que evita que la capa con la que me protejo se haga cada vez más gruesa.

Se levanta y me tiende la mano. Una vez de pie, me aparta el pelo de la cara y lo coloca detrás de la oreja. Cuando me roza la mejilla con los nudillos, siento que su caricia se extiende por todo mi cuerpo. Algo cambia, es una sensación extraña, la noto bajo la piel, pero no sé ni ubicarla ni identificarla. No es la primera vez que hace ese gesto pero desde el beso cada ínfimo detalle es como si fuera la primera vez y no entiendo qué pasa. Le resto importancia, uno no puede hacer caso de lo que siente cuando está bajo los efectos de una sobredosis sentimental.

Tarda lo que me parece una eternidad en apartar la mano, tengo la corazonada de que quiere decirme algo, pero al final se da la vuelta para ir a la cocina.

28 LATEN RECUERDOS

Miro por la ventana, pero el sol aún tardará unas horas en salir. Dicen que son las horas más oscuras, yo siento que estoy hecha de recuerdos. Solo eso late desde ayer. Me he paseado por cada uno de los lugares que forman parte de ese efímero nosotros, he escuchado las canciones que compartimos; en mi memoria he saboreado sus besos, he recorrido su piel despidiéndome para siempre. Tengo que decir adiós antes de cerrar la tapa y dejar la caja en el desván.

Sigo sin ser capaz de entender cómo hemos llegado a este punto en el que él está a punto de ser padre y yo... siento que solo soy un borrón, un esquema incompleto de lo que quiero ser.

La botella de albariño que nos bebimos durante la cena y los chupitos de aguardiente "para limpiar la taza" no sirvieron ni para aligerar el pesar ni para iluminarme con su sabiduría milenaria. Nada. Soy como ese cursor parpadeando en la pantalla, dando señales de vida, esperando una acción que no llega.

Oli dice que lo ocurrido solo es una señal de que lo mío con Bruno no tenía más sentido que el de una aventura. Lo justifica porque no lo busqué para que me dijera a la cara por qué no había acudido. Corté toda comunicación posible. Para él fue porque no estaba segura, aquella relación había empezado a caminar perseguida por la culpa.

—No seríamos los primeros que tienen una aventura y luego son pareja —defendí.

—Ya, pero creo que las relaciones ya son complicadas de por sí, como para empezar con una infidelidad.

—No importa el inicio, importa el final.

—Claro que importa el inicio, son pilares fundamentales.

Apreté los labios, porque ya había tenido una charla parecida con Cas y le había confesado que tenía miedo porque, si le había sido infiel conmigo, ¿qué impedía que después no me fuera infiel a mí con otra? Cas empezó a hablar de amor verdadero… pero visto donde hemos acabado de verdadero había poco.

Yo opté por cerrar ese episodio, huir y no afrontarlo.

Bruno… por seguir con la relación con Vir hasta el punto de ser padres.

Y no siento ni celos ni rabia… solo recuerdo.

Sigo aferrada a esos recuerdos porque… porque la verdad es que me hacían sentir viva.

Oigo un ruido, es Oliver. Sigo sus movimientos a pesar de no verlo. Como sube la persiana intentado no hacer ruido. Como abre los cajones… es el tercero donde guarda las camisetas de entreno. Miro hacia la ventana, el cielo empieza a clarear. Admiro su fuerza de voluntad, nos acostamos pasadas la una de la madrugada y no son ni las siete y ya tiene suficiente energía como para levantarse y salir a correr.

Yo solo tengo fuerzas para darme la vuelta, cobijarme bajo la sabana y apretar fuerte la almohada contra mi pecho.

Sigo pensando en la charla de anoche.

—Creo que lo que de verdad te molesta es que Bruno ha seguido con su vida como si nada, como si no hubieras pasado por ella y tú, en cambio, te has reiniciado. Pero siento decirte que no fue por él, había algo en esa Macaria que no te gustaba y quisiste cambiarlo.

Eres una inconformista. Lo que vale para unos para ti es insuficiente. Quieres más de la vida, de los que te rodean, de ti misma, y no es malo pero el camino se vuelve más duro. Llevas seis meses, empieza a ser hora de que vuelvas a coger el rumbo. Quiero ver a esa Mac que se ríe sola, y lo haces hasta con los ojos cerrados como todo lo bonito de esta vida como soñar, besar...

Me sorprendió (no solo sus palabras sino que fuera él quien las dijera porque sé que no era para complacer) y ahora al recordarlo, sonrío de nuevo. Me gusta la mujer que define, no me había dado cuenta y deseo ser ella. Esa Mac que ve Oli.

No sé el rato que ha pasado, pero un rayo impacta en el espejo y me roza la nariz.

Me llega el olor de café recién hecho.

El ruido de la ducha.

Oliver tan cargado de energía, y yo tan adormecida.

Creo que hasta lo oigo tararear.

El vecino de arriba opta por pasar la aspiradora. Recuerdo a mi madre cuando se colaba a media mañana en nuestras habitaciones y se ponía a limpiar. Daba igual que te quejaras, siempre terminaba con un: «si no hago ruido». Solo era alguien en tu habitación quitando el polvo mientras dormías. Si respondías era peor porque luego decía: «ya que estás despierta...» y después soltaba una lista de tareas infinita.

Solo una cosa me motiva a abandonar la cama y es que últimamente la esperanza es de color rojo pasión. Me levanto de un salto al recordar los corazones.

Sonríe y
vuélveme loco

29 COMPENSAR EL COSMOS

Nada más abrir la puerta del balcón lo veo. Allí en medio, gritándome y haciendo que sonría antes incluso de ver qué frase hay hoy. Así es la vida, un día sientes que no puedes respirar y al siguiente un corazón volador te trae el aire que necesitas.

Y puede que mi vida sea un caos, que no sepa sobre qué escribir el artículo, que no debería acomodarme ni sentir que esta casa es mi hogar, porque solo estoy de paso. Pero ahí fuera hay alguien que piensa en mí, que se curra unos aviones en papiroflexia y los lanza para que me llegue su mensaje. Me acerco a la barandilla y grito un gracias.

Voy a la cocina con la intención de prepararme un café. De golpe me siento con la energía suficiente para darle al coco y encontrar una gran idea. Es justo cuando cojo la taza que mis ojos chocan con algo que hay sobre la mesa. Algo que no había visto nunca pero que lo reconozco. Salgo corriendo hacia la habitación de Oliver abriendo la puerta con ímpetu.

—Joder, ¿no te han enseñado a llamar?

Está de espaldas, subiéndose los calzoncillos; avisto un trocito de trasero, con el mismo tono uniforme porque es de los que, si va a la playa, va a la nudista. Odia los bañadores, dice que la sensación de pasarse horas con los huevos pasados por agua es de lo peor que hay en esta vida.

Bueno, que me despisto.

Sin pensarlo me lanzo a su cuello, pierde el equilibrio y caemos al suelo.

—Gracias —grito—, ¡gracias! —Besito en la mejilla—. ¡Gracias! —Besito en la otra mejilla.

Sus manos están en mi cintura, agarrándome firme y solo entonces me percato del calor. De que estoy sobre él, a horcajadas, de la tela fina de mis braguitas, de mi camisón arrugado hasta la cintura, de su olor…

Nuestros ojos se encuentran. Nada de esto es nuevo, ni jugar, ni abrazarnos, ni rozarnos… pero desde el beso siento que algo ha cambiado. Ya nada me parece inofensivo, ni su calor, ni su forma de mirar… todo me enciende. Y las siento, llámalas mariposas, una marabunta de hormigas pellizcándome la barriga; llámalo como quieras, pero para mí este dolor no puede ser nada más que hambre porque no he tomado nada desde anoche, porque mi estómago reclama café… Sí, es hambre, está claro.

No entiendo qué ocurre, no quiero que nada cambie, me gusta Oliver como amigo. No quiero sentir nada por él, porque él es de los que no sienten. Es un alma libre y no lo esconde. Pero, ¿qué gritan sus ojos sino es deseo?

¿O es lo que YO quiero que griten? Quiero desear y ser deseada.

Los corazones me tienen más pendiente, viendo fantasmas donde no hay.

Eso, seguro que lo que hay en mi estómago son unicornios bailando claqué por culpa de los corazones y su mensaje de *love is in the air*.

Me alza sin esfuerzo —distingo un *clac* al despegarnos— y me separa de su cuerpo.

—Deberíamos levantarnos.

Se me pasa por la mente bromear sobre que algo ya está más que levantado, pero estoy de demasiado buen humor y esto no puede ser bueno.

¡Es Oli, joder!

—Lo siento, es que me ha podido la ilusión.

Nos sentamos en el suelo, él echa la cabeza hacia atrás para apoyarla en el lateral de la cama. Con el cuello estirado, la nuez marcada... la necesidad de lamer y morderle se asemeja a la de un vampiro.

—Gracias —digo en un susurro, como si mi voz no quisiera romper este instante.

—No ha sido nada. —Sigue con los ojos cerrados, por un momento pienso que está evitando mirarme.

—Verás cuando Mafer la vea. —Porque ha recuperado la cajita con las cartas. Me la ha dejado sobre la mesa de la cocina, llena de hollín, pero solo con verla he sabido lo que era—. ¿Te ha costado mucho?

Ladea la cabeza y me mira, se yergue para sentarse más derecho y su rostro se transforma en el de ese niño al que le entusiasma su trabajo.

—Te hablé del proyecto *Fénix* de Santiaguiño, ¿no? —Asiento, si no recuerdo mal es un dron que ha creado él, ignífugo, con garras y con cámaras integradas con la intención de poder entrar en los incendios o después y poder recuperar pistas etc...—. Pues se lo conté y hemos aprovechado para grabarlo todo y utilizarlo como demostración, a finales de año quiere presentarlo.

—Gracias, vas a ser el héroe de Mafer; primero la sacas del incendio y ahora recuperas las cartas.

—Déjalo —me interrumpe y se pone en pie—. Es solo una caja de latón.

Lo miro mientras se termina de vestir.

—No lo es —recalco—. Ahí dentro cabe un amor de casi ochenta años. Te has ganado que te invite a comer, hasta te permito escoger el sitio.

—He quedado.

Abre el armario y saca unos vaqueros que se pone dándome la espalda.

—Pues queda pendiente para otro día. —Intento que mi voz no denote la decepción y ni siquiera pienso mencionar que me pregunto con quién habrá quedado—. Paso un segundo por la ducha y nos vamos al hospital.

—¿Al hospital? Llévasela tú, yo no puedo, acabo de decírtelo.

Lo veo ponerse la camisa sin abrocharse y salir de la habitación, yo tardo unos instantes en reaccionar.

Pero no sé de que me extraña, es Oliver. Con él siempre es lo mismo, una de cal y otra de arena; como si necesitara estar constantemente equilibrando su sitio en el mundo.

30 AMOR EN LATA

No permito que el comportamiento de Oliver me afecte, porque estoy a punto de volverme loca. O más loca de lo normal. Él es así, y hay que aceptarlo. Es la persona que te hace un bocata para subirte la moral y al mismo tiempo te dice que dejes de lloriquear y empieces a actuar. Es el mismo que vuelve al edificio para buscar una caja llena de cartas porque son importantes para Mafer, pero después es incapaz de llevárselas y ver con sus propios ojos qué ha conseguido con ese acto.

Durante el trayecto en bus escucho una lista de reproducción de música de esa que digo que es como cafeína para el oído, ahora suena *Without you* de Parachute. No permito distracciones para evitar pasarme de parada. Pero de tanto en tanto la vista se me va a la bolsa de tela donde llevo la lata y me pregunto cómo serán las cartas. Si serán muchas... ¿Cómo será la letra? Cuando estaba en la anterior revista, entrevisté a una grafóloga forense de Barcelona que me enseñó algunas ideas muy básicas.

Ya no sabemos lo que es esa sensación, la de coger un papel y un bolígrafo y buscar las palabras para expresar lo que sentimos. No sabemos que es ese anhelo, ni tampoco que es que el cartero sea una de tus personas favoritas y a la que esperas ver con una suerte de ansiedad día tras día. La emoción de abrir el sobre. De echar una primera mirada rápida para empaparnos del contenido. De leer una vez, rápido. Una segunda, mucho más lenta. Olerla. Acariciar las palabras buscando un latido. Releer palabra por palabra hasta aprenderla.

Ahora mandamos emoticonos para expresar lo que antes eran palabras, un gif en lugar de párrafos.

Un *check* visto.

Un *en línea* sin respuesta. Una ignorancia evidente frente a tus ojos. Y para la que a veces encontramos excusa.

Ya no quedan amores así.

—Perdona, *chata* —grita una voz petulante dentro de mi cabeza— pero te recuerdo que recibimos corazones, escritos a mano y con mensajes *monísimos.*

Es verdad, y como dijo el otro día Oli, me río sola en medio del bus y lo hago con la cabeza apoyada en el frío cristal y los ojos cerrados.

Antes de abrir la puerta de la habitación, me llegan a través de ella voces y risas, Mafer está acompañada, me alegro por ella. Una vez dentro, las saludo y Sofía se presenta como una amiga, de la que nos despedimos después de intercambiar un par de frases.

—¿La has traído? —me pregunta Mafer, mirándome suspicaz.

—¿Como lo sabes?

—Porque sonríes como lo hago yo cuando tengo una bonita sorpresa.

Asiento y acerco la mesa para poder dejarla sobre ella. Con un trapo mojado le he quitado buena parte del hollín. Veo como se emociona al verla y hasta a mí se me hace un nudo en la garganta.

—Oliver fue a buscarla.

—Deberías casarte con él, alguien que hace esto es digno de querer.

—Él no quiere.

—¿Casarse contigo?

Hay cosas tan absurdas como creer en el sueldo Nescafé.

—Digo que él no quiere, en general. No es de esas personas.

—Ya dicen que todo ángel necesita un diablo al lado.

Una chica joven, supongo que de prácticas, entra para dejar la comida. Hago sitio para la bandeja. Huele… a comida de hospital.

—Lo que daría por una empanada de carne, con panceta, su choricito…

Quito la tapa y aparece un caldo de pasta con estrellitas, y en otro plato, un muslo de pollo asado y una patata hervida. Pan, y una gelatina roja, imagino que de fresa. Nunca he podido con ellas. Alzo un poco el cabecero de la cama y acerco más la mesa; Mafer, haciendo morros como una niña pequeña, coge la cuchara y prueba la sopa.

—¿De cuáles?

—¿*Hmm*? —respondo sin entender su pregunta.

—Dices que Oliver no es de esas personas, te pregunto de cuáles hablas.

—Ah, de las que se enamoran. —Suspiro y camino hacia la ventana. Las vistas no son nada del otro mundo, pero como mínimo entra la luz del sol.

—¿Estás segura? Quizá solo es que no ha encontrado a la persona correcta.

—Pues no será por no buscar.

Vuelvo sobre mis pasos y me siento a su lado, le hablo de las chicas que pasan por el piso, de su forma de ser.

—Estás enfadada con él.

Y lo que me sorprende no es la frase en sí, es que es una afirmación, nada de interrogación.

—¿Tanto se nota? Esperaba que viniera a verte.

—No pasa nada, está ocupado. —Le quita importancia haciendo un gesto con la mano antes de tomar otra cucharada—. Ya le darás las gracias de mi parte. Y tú, ¿no tienes nada que hacer?

Me encojo de hombros y después de un silencio, uno que me recuerda a una de esas técnicas para las entrevistas que nos enseñaron en la facultad. Consiste en que, en lugar de insistir con la pregunta, dejar que el silencio pese lo suficiente para que el entrevistado acabe hablando; pero que en este caso no contesto nada porque la pregunta engloba todas las dudas de mi vida.

Come despacio, casi sin hambre. Supongo que después de lo de ayer debe de tener los pulmones agotados.

Poco después me pide que retire la bandeja.

—¿La has abierto? —Sus ojos están fijos en la caja y de sus labios florece un conato de sonrisa.

—No. A ver, claro que me intriga, pero es algo personal. Algo vuestro.

—¿Me las leerías? —Ahora son mis labios los que se alzan, mientras asiento.

Abro la tapa con cuidado y ella mete la mano y saca un fajo. Las mira, las observa con detenimiento, no hay duda de que sabe qué contiene cada una de ellas y me entrega un sobre amarillento, con las esquinas algo dobladas y la letra borrosa como si hubieran caído algunas gotas sobre ellas. Reconozco que la mano me tiembla y mi voz suena algo rasgada cuando empiezo a leer.

No tengo sueño y la única ventaja de no estar a tu lado ahora mismo es que no importa que encienda la luz y me levante. He dado un centenar de pasos antes no me he sentado a escribirte. Quiero hablar contigo. Quiero sentirte a mi lado en esta lloviosa noche de abril.

Es la primera carta que voy a escribirte ilusionado, porque en las otras, y sé que no te he engañado, había más ganas que verdad; no está saliendo como esperaba. Tengo miedo a haber tomado una decisión que, en lugar de ayudarnos, nos priva. No quiero arrepentirme de esto. Solo busco felicidad, pero esta noche solo hay soledad.

Me llaman el serio, pero supongo que me olvidé de meter mi humor en la maleta. Tus cartas son como las bolitas de anís, pequeñas dosis de felicidad que guardo en el bolsillo y me dura hasta la noche donde por fin vuelvo a tenerte en mis brazos hasta que el sueño se desvanece con el alba.

¿Te puedes creer que hasta me cuesta dormirme sin oír el ruidito ese que hace la cisterna? Nunca pensé que se podía echar de menos un ruido, pero supongo que todo forma parte de mi vida contigo y por eso todo me falta.

Pero hoy por fin he visto la ciudad bonita, llena de flores y sé que te encantaría. A la vuelta del trabajo, he paseado por el barrio observándolo todo como lo harías tú. He sentido tu brazo agarrado al mío y he imaginado la conversación, qué dirías al ver cómo visten las mujeres con las que nos cruzamos, la forma de los edificios, la rara costumbre de comer por la calle sin sentarse siquiera. Tú y tu manía de sentarnos a la mesa, siempre. Ni una vez me has dejado llevarte el desayuno a la cama.

(...)

Cada carta está firmada con la misma frase: *Te vivo*.

Me cuenta que es su forma de decir "te quiero". Que nunca se lo dijo con esas palabras. Él prefería decir: te vivo. Te respiro, te veo de día y de noche en mis sueños. Formas parte de mí.

—Hay algo peor que la muerte y es sentir que te acecha el olvido —dice con la voz casi rota cuando le digo que me hable más sobre Ricardo—. Temo que me robe lo único que de verdad me importa, que me prive de poder volver a estar con él cada vez que recuerdo mi vida.

Así pasamos la tarde. Sumergidas en unas cartas de hace cincuenta años que hablan de un mundo irreconocible. De aventuras, miedos que ni siquiera eran considerados como tal. Y me doy cuenta de la suerte que tenemos los de mi generación. No hemos vivido nada, ni experimentado y nos creemos los dueños de un mundo que algún día, sin avisar, nos sacudirá para que despertemos.

Mando un mensaje a Oliver avisándole que me quedo a dormir en el hospital. Quiero quedarme con ella y escuchar todo lo que le apetezca contarme.

31 AFRONTAR

Paso la noche en el hospital, acompañando a Mafer, aunque la verdad no sé quién aprecia más la compañía, si ella o yo, porque estar a su lado me carga de una paz difícil de explicar. Además, creo que he dado con la idea para el artículo y cuando se la cuento, sé que le gusta solo con ver el destello en sus pupilas. Estoy deseando poder hablarlo con Hilario a ver qué le parece.

Vuelvo a casa después de ayudarla con el desayuno. Me gustan las mañanas de domingo y el ritmo que tienen. Es como si supieras que se termina el fin de semana y quieres aprovechar cada minuto. Saborearlo con un café y un libro. Con los rayos de sol en la cara… bueno cuando hay sol, no como hoy que ha amanecido algo encapotado. Los del norte tenemos el sol como una especie de dios al que vemos tan poco que adoramos al mínimo rayo.

Nada más meter la llave y abrir la puerta de casa oigo una risita y sé que Oli no está solo. No entiendo como consigue ligar tanto ni dónde va para conseguir todo ese séquito.

Aunque no quiero, tengo que pasar delante de ellos para llegar al pasillo que lleva a las habitaciones, me armo de valor, que no tengo, y entro.

—Hola, ¿qué tal está Mafer? —me pregunta Oli nada más verme.

—Bien.

—¿Quieres un café?

—¿Quién eres? —las preguntas se solapan.

Para variar parece sacada de uno de esos anuncios de lencería. Es demasiado guapa, lleva la camisa de él abierta —la misma que ayer se puso frente a mí—, dejando ver un sujetador negro a juego con un minúsculo tanga.

Él va a abrir la boca, pero levanto la mano y freno antes de que lo diga.

—Solo soy una compañera de piso y espero que por muy muy muy poco tiempo. Déjame decirte algo, ten orgullo propio y vete. No esperes a que un tío te diga que te vayas. Márchate y si quiere que te quedes, ya te lo pedirá. Y tú, aprende a afrontar los problemas como me pides a mí que lo haga.

Voy hacia el pasillo y cierro de un portazo la puerta del baño. Estoy deseando meterme en la cama, pero necesito que una ducha me quite ese peculiar olor a hospital. Nada sienta mejor que bailar en bragas y con el peine en la mano. Y más si es la colega Tina Turner, nada como ella para mejorar el ánimo. Subo el volumen. Hoy soy yo la que va a despertar a los vecinos, pero oye, diente por diente.

Estoy con la toalla enrollada en el cuerpo y peinándome para quitar los enredos cuando la puerta se abre. En esta casa no hay ninguna puerta con pestillo, Oliver los quitó todos, tiene un trauma con ellos ya que de niño se quedó encerrado y la fobia aún le dura.

—¿Es que no te han enseñado a llamar?

Alza las cejas y me dedica su expresión más diabólica. Tardo un par de segundos en recordar que yo ayer hice lo mismo cuando entré en su habitación y lo encontré casi con el culo al aire. Ese casi que marca la diferencia.

—He llamado pero ni te has enterado, *reina del rock*.

—Vete. —Me doy la vuelta y me sujeto la toalla no vaya a hacer un espectáculo gratuito.

—¿Estás enfadada conmigo?

—No lo sé.

Claro que lo estoy. Pero fue tan bonito lo que hiciste con las cartas que no quiero estarlo, además Mafer me pidió que no lo hiciera.

Sus ojos sonríen y al final se le escapa la sonrisa por la comisura de los labios. Pocas cosas hay más bonitas que cuando hace eso. Maldita sonrisa.

Maldito beso.

Maldito Oli.

—¿Y cuándo lo sabrás?

—No lo sé —farfullo, abriendo el bote de crema facial e intentando ignorar su mirada. Sé que mi respuesta no hace más que alimentar su burla pero es que no sé ni qué decirle porque últimamente Oli me despista más de lo normal.

— ¿Y si preparo una paellita?

—¡Deja de sobornarme con comida! —Hoy soy yo la que no quiere estar cerca de él.

—Es que no te puedo compensar con sexo de reconciliación. — Apoya el hombro en el marco de la puerta y se ríe de su propia broma, pero a mí me entra un calor súbito al imaginarlo dando un paso y arrancándome la toalla, sentándome sobre el mármol y... ¿Desde cuándo Oliver me despierta este tipo de fantasías? Ni lo pienso, lo atribuyo a la regla y el vuelco en el estómago por el agua de castañas que me han dado en el hospital como si fuera café.

—Tengo trabajo —digo, para cambiar de pensamiento.

—¿Has encontrado tema para el artículo?

—¡Sal de aquí!

PERICO Y PAQUITA 2

—¿Qué pasa, Perico? ¿Qué es ese jaleo? No sé si se están riendo o gritando...

—Eh... creo que las dos cosas. Ay, no. Otra vez no. Es peor que cuando viene de visita la sobrinita... Porque mira que le gustaba a la pequeña Julita el mambo... Aún recuerdo aquella noche que se presentó primero con el cubano y se liaron en el sofá y luego con aquel turco de pelo largo... Con ese no llegaron ni a entrar, se quedaron en el recibidor. Pero bueno, el peor fue aquel con el que salió al balcón, el exhibicionista... Sus gritos eran peor que los de una urraca.

—Perico, al grano...

—¡Será alpiste!

—A veces me desesperas.

—Pero me quieres igual.

—A veces pongo en duda mi juicio, no te creas.

-Hay algo que no te he contado, es sobre aquellas hierbas…
-Es verdad, no se los oye muy muertos…
-No, me equivoqué. No era para matarlo, era para revivirlo.
-No te comprendo, mira que ya no tenemos edad para acertijos.
-Que las hierbecitas eran para subirle… la moral. Y diría que funcionan, llevan un par de días que están en plan conejos… Y con el calor abren las ventanas para compartir con el vecindario su amor… Es peor que el culebrón que mira Carmelita por las tardes.
-Carmelita está sorda y en las telenovelas les gusta mucho gritar.

Quien fuera taza para besarte todas las mañanas

32 LIBERTAD

Empezar la semana con una idea para el artículo es bien.

Empezarla encontrando un corazón es muy bien.

Empezarla sabiendo que alguien sueña con besarme es muy muy bien.

Hablo con Hilario a primera hora sobre el artículo, me dice que le mande un esbozo más detallado, pero que le gusta el planteamiento. También le hablo de otra idea, escribir sobre el protagonismo que han tenido las cartas de amor en los últimos siglos. Le gusta tanto que me dice que lo tire también adelante y que la publicará en el mensual de octubre.

Y a eso dedico el resto de la mañana hasta que el teléfono suena con la entrada de un mensaje y sin mirar la pantalla sé quién es, o lo imagino, porque forma parte ya de nuestras costumbres.

Cuando lo abro no puedo evitar soltar una carcajada. Hacía mucho tiempo que Oliver no me mandaba sus conversaciones con Perico.

OLI

¡Chaval, habla con tu amiga!
Ser famoso no está mal, pero necesito,
NECESITAMOS libertad.
Quiero llevarme a la parienta lejos y vivir la jubilación
como nos merecemos.
Tenme al corriente. Y sé insistente, que ya sabes
como es la JEFA.
Picos de Paquita.

Le he prometido que hablaría contigo.

Mac

Echaba de menos tus dibujitos;)

OLI

Ya...
Hacía tiempo que no hablábamos,
pero ya sabes que las buenas
amistades aguantan todo.
Meses sin hablar...
Hasta los enfados...

Mac

Es una indirecta?

OLI

Depende...
Sigues enfadada?

Mac

No

OLI

Mejor.
Es complicado empezar
las negociaciones
con un ambiente hostil.

Empieza a pensar cómo
liberarlos o me tendré
que abrir una cuenta en
Change.org o algo.
Quedas avisada.

Mac

Y por qué pasan por ti?
Si tienen alguna queja tienen
que hablar con LA JEFA,
no mandarte a ti.

OLI

Venga,
lo pensarás?

Mac

Y qué haré luego?
Son muchos años…

OLI

Te ayudaré a encontrar
otra historia.
Ya son viejos para seguir así,
quieren libertad e intimidad.
Superaremos su marcha
como hicimos con la de Hilario.

No puedo evitar sonreír cuando habla de mi hermano. Las semanas después de que se marchara a vivir con Cas solía bromear con que éramos como unos padres sufriendo por la marcha del hijo.

Mac

De momento mi cabeza
solo da para hacer el artículo.

OLI

Cómo lo llevas?

Mac

Creo que he dado con la idea.
Hilario me ha dado luz verde
Y me ha comprado otra
idea para el de octubre.
Estoy en racha!

OLI

Me alegro.
Me las cuentas?

Mac

Cuando termine ;)
Nos vemos, bss

OLI

Así me gusta,
Creando *hype*, bss

33 BUSCANDO PISTAS

—No nos podemos fiar mucho de lo que salga de aquí, tú puntería sigue siendo un asco —bromea Cas.

—Lo sé —refunfuño y cojo otro papel y repito la operación, que a cabezota no me gana nadie—. Qué le voy a hacer.

Ha venido esta tarde después de salir de trabajar. Me ha devuelto un par de libros que le dejé y no sé cómo hemos acabado en el balcón con una vieja libreta haciendo aviones e intentando ver dónde aterrizaban. ¡Quiero saber quién es mi pretendiente! Y de ahí viene nuestra exhaustiva investigación. Hemos empezado como lo harían los de la científica; sin chuchos rastreadores a mano, nos ha tocado a nosotras hacer el trabajo de husmear corazón por corazón, por cada lado, arriba y abajo, buscando cualquier rastro de olor, perfume, pero no hemos conseguido nada.

La primera opción que hemos barajado ha sido que sea el vecino de arriba, pero cuando al mediodía me he cruzado con él, en la entrada, justo en la zona de los buzones ni me ha mirado. Así que creo que él no puede ser porque dudo siquiera que sepa quién soy y mucho menos dónde vivo.

Así que toda nuestra atención se ha centrado en el edificio de enfrente. ¿Sabes la distancia que puede recorrer un avión de papel? No mires en Google que ya lo he hecho yo y te chivo, el Guinness lo tiene John 'Paper Airplane Guy' Collins que llegó a los 65 metros en diez segundos. El tipo tiene hasta un canal en YouTube con diferentes tutoriales de cómo elaborarlos. Hemos intentado seguir uno de ellos, pero hemos desistido al tercer pliegue de papel. Es por eso por lo que hemos centrado toda nuestra atención en el edificio de enfrente, a ver si hay un crack de la papiroflexia.

Es de tres plantas, con dos pisos que dan a la calle, lo que nos da seis posibilidades. Hemos ido por descarte: en el tercero B vive una yogui que el rato que la hemos estado observando se ha dedicado solo a hacer posturas. Pero solo delante de la cámara. Hasta se ha cambiado dos veces de ropa. Yo creo que es para un libro o algo así, Cas dice que soy demasiado benévola en todo y ella cree que es solo una *instagrammer* posturitas.

También hemos descartado a los abuelos del primero B. Llevan un buen rato bailando, como si ensayaran unos pasos de academia. Ella no parece estar muy por la labor, él es quien lleva la voz cantante. Y por como mueve los labios estoy segura de que tararea las canciones. Ella es más un "un, dos, tres…"

Todo ello lo sabemos porque hemos cogido "prestados" los prismáticos de Oliver. Como se entere me deja sin comida una semana. Hemos sido precavidas, nos hemos agachado y "espiado" entre las macetas.

Puede que no encuentre a mi Casanova, pero os aseguro que el rato de risas que nos estamos echando no se paga con nada.

El primero A: tiene todas las persianas bajadas y con pinta de no vivir nadie.

~~El primero B: los abuelos.~~

El segundo A: tiene pasadas las cortinas y son de un color fucsia, yo ya lo he descartado, pero Cas dice que no me deje influenciar por algo tan básico como el color de las cortinas.

El segundo B: Tiene todas las persianas bajadas a medias, y por lo que se ve las ventanas abiertas. A seguir vigilando.

El tercero A: Ni cortinas ni nada. El reflejo no nos permite ver el interior, pero parece habitado. Otro a tener controlado.

El tercero B: la yogui.

*

—¿Qué es todo esto? —pregunta Oliver cuando llega a casa.

—No preguntes.

—¿Son aviones? —insiste cogiendo uno de los que tengo sobre la mesa. Sonrío orgullosa de que ese churro se parezca lo suficiente a un avión para que lo reconozca. La otra teoría es que es demasiado listo y lo ha supuesto más que por lo que parece, pero tampoco nos vamos a poner quisquillosos con el asunto que de ego ya va bien servido.

—Podría ser... Cas ha estado aquí. —Entonces le hablo de los corazones que he ido encontrando, de los mensajes que hay en ellos. Oliver no me mira ni un solo instante, solo juguetea con el papel en sus manos, lo desdobla, dobla, aprieta una punta, después la otra...

—Y crees que tienes un admirador secreto.

Como no, tiene que venir con su realismo a joderme las ilusiones.

—¿Qué crees tú que es, sino?

—Da igual, si son el motivo por el que últimamente se te ve más contenta.

—También está el encargo del artículo... pero sí, saber que alguien piensa en ti es bonito, aunque no sepa quién es.

—Pues no lo busques, cuando quiera aparecerá y te encontrará. —Y antes de marcharse, me lanza un avión perfecto que impacta justo en mi pecho.

34 ERES TÚ

El placer lo componen centenares de pequeñas cosas, algunas están en nuestra forma de ser, otras llegan sin avisar. Yo en muy poco tiempo me he acostumbrado a levantarme e ir a buscar un corazón. Hoy no hay nada, he mirado cada rincón un par de veces y esa ausencia hace que tuerza la boca y me lleve una desilusión.

Tengo que ponerme con el artículo, voy muy justa de tiempo, además tengo que seguir con los encargos de la revista (el horóscopo, y «microencapsulación, la cosmética del futuro»), pero antes de nada decido bajar al Café de Sol y que me prepare un termo de su capuchino. Ni me cambio de ropa, bajo en chanclas, leggins y una camiseta de cuello desbocado descolorida. El pelo lo llevo recogido en una cola-moñete. En el rellano me recibe el olor a café tostado, inspiro profundamente, y mi estómago ruge con ansiedad.

La cafetería está bastante concurrida a estas horas, por los altavoces me llega una versión de la célebre *Ain't no sunshine*, y es que yo seré ecléctica, pero lo de Sol con la música es algo fuera de lo común. En la mesa más cercana a la puerta, hay tres abuelos hablando de política. Detrás de ellos, un par de ancianas se ponen tibias a churros con chocolate, ignorando el calor que hace.

—Buenos días —me saluda Sol cuando llego a la barra, donde me siento—. ¿Lleno? —me pregunta cuando ve el termo.

—Por favor. Y me sirves también una de tus madalenas caseras y un zumo de naranja. Lo tomaré aquí.

A mi lado, hay un chico con la cabeza gacha, pendiente de su Tablet.

—En seguida. ¿Día duro? —continúa y me cuesta un poco oírla a través del ruido del molinillo de café.

—Tengo que escribir el artículo que me cambiará la vida. Así que haz un poco de magia y échala al brebaje.

—Hecho. —Me sonríe por encima del hombro.

—Suerte con eso —dice una voz grave. Giro el taburete hacia el lado derecho, siguiendo su procedencia.

—*Ehmm*…, gracias.

—Él es Álvaro, hace poco que se ha mudado. Vive en el edificio de enfrente —me lo presenta Sol.

—Bienvenido al barrio.

—Gracias.

Álvaro lleva gafas de pasta negra, el pelo, largo negro y lacio le cae sobre ellas, mi madre diría que es una forma de esconderse del mundo. Los ojos verdes, algo pequeñitos, igual que la boca. Barba cuidada y cuerpo esbelto, aunque dudo que haga deporte.

Entre los tres intercambiamos algunas impresiones del barrio, Sol me sirve el desayuno y se va a atender una mesa.

—¿Eres periodista? —Su expresión de pasota se disuelve cuando se dirige a mí.

—Eh, sí. *Freelance* de momento, espero que cambie pronto.

—Con ese artículo que te cambiara la vida. —Su mirada es clara y su sonrisa ligera, tiene algo que inspira confianza. Desayuna té verde y una tostada con tomate.

—Exacto.

—Espera… Ya sé de qué te conozco —dice, tocándose la frente con la punta del índice—, eres la chica de las flores.

—¿De las flores? —repito, sin seguirle.

—Vives aquí encima, tu balcón está lleno de flores. Te he visto.

¿Será él mi admirador secreto?

¡Creo que sí!

Oliver tenía razón, no hace falta buscar, aparecerá cuando sea el momento y por fin ha llegado.

—Sí. Soy Maca —me presento irguiéndome para sacar pecho y buscando que mi postura sea lo más sexy posible, teniendo en cuenta que voy sin peinar, no recuerdo ni si me he lavado la cara y la camiseta está arrugada y tiene una mancha de sofrito que es imposible de quitar.

—Encantado. —Alarga la mano y sus dedos rozan los míos, es solo eso. Nada de un apretón, de esos que se alargan demasiado, tampoco hay sacudida. Solo un roce con la punta de los dedos—. Es sorprendente lo que sé de ti y eso que acabo de conocerte. Adoras el café, eres de las que necesita su chute de buena mañana. Eres natural, te importa poco lo que opinan de ti, te gustan los geranios, cantar y eres periodista. Y optimista, añadiría. —Su forma de hablar es reflexiva, tiene un poco de acento que no logro identificar.

—¿Cómo has llegado a todas esas conclusiones? —pregunto, perpleja.

—Son las ocho y media de la mañana, bajas con la ropa de casa sin importar quién te vea, lo del café —señala la taza como toda respuesta—, y optimista porque te he visto cuidar a los geranios, cantarles mientras sonríes… Confías que escribiendo un artículo cambie tu vida y que Sol tiene magia que echará en tu café. —Mi cara supongo que habla por mí. A ver, da un poco de grima, enumerado así—. ¿Te he asustado? Lo siento no era mi intención, supongo que es deformación profesional. Me gusta observar a la gente y me hago un croquis rápido.

—Ya sabes más que yo de ti. —No escondo que me tiene completamente desconcertada, es de esas personas que parecen ajenas a todo, cuando la verdad es todo lo contrario.

—Álvaro. Treinta y seis años. Psicoanalista forense. No sigo modas —dice señalando su vestimenta— no llevo anillo porque no tengo pareja y que esté a estas horas aquí, desayunando, revela que mi nevera está vacía. De eso hace tres días, lo que evidencia lo poco que me gusta ir a hacer la compra, aunque sea por pura supervivencia.

Suelto una carcajada, es raro, pero me gusta.

Le hablo del super de Pepe, a dos calles de aquí. El negocio lo llevan padre e hijo, este último ha sabido sacarle beneficio y modernizarlo. Tanto como para que a los clientes fijos les proponga hacer la compra semanal directa porque más o menos todos compramos los mismos básicos cada semana. Ellos, a partir de una lista personalizada, preparan sin que se lo pidas y te lo entregan cada miércoles. Siempre puedes llamar y añadir o quitar algo. Es comodísimo. La idea le parece fantástica.

Sol nos interrumpe y deja el termo frente a mí.

—Te he echado un "final feliz".

—¡Eres la mejor! —Le guiño un ojo.

—¿Final feliz? —pregunta el vecino, con la risa escapando entre las palabras.

—Sol, ponle uno, que yo invito —digo dejando un billete de diez euros—. Un placer Álvaro. Nos vemos por aquí.

—Que las musas te acompañen.

Y sí, creo que las musas, el cosmos… todo está alineado. Tengo la mente a toda marcha, los dedos me hormiguean de ganas y tengo el corazón contento porque creo, estoy casi convencida, de que he encontrado a mi admirador secreto.

*

Cuando Oliver llega me pilla trabajando en el comedor, sentada en el sofá con el portátil sobre las piernas. Es como mejor escribo, y hasta que no noto como se sienta a mi lado, no reacciono. Reconozco que cuando me pongo a trabajar acabo abstrayéndome de todo, con la música creando una especie de burbuja en la que me cobijo. Me roba uno de los auriculares inalámbricos y se lo coloca antes de apoyar la cabeza en mi hombro. El olor de su pelo me roza la nariz y su olor viaja dentro hasta hacerme cosquillas. Cierro los ojos y el beso vuelve a mi mente. Bely Basarte junto a Rayden cantan *Malditas las ganas*.

Malditas las ganas que me despiertan el beso.

«Buscándote, se me pasa el tiempo.
Pensándote, me cuesta tanto controlar».

Necesito salir y enrollarme con alguien, necesito que me quiten ese último recuerdo.

—¿Es el artículo? —pregunta, ajeno a mis pensamientos.

—Sí.

«Mirándote, fallo en el intento.
Callándome».

—¿Cómo va?

—Avanzando. Me gusta la sensación.

—Eso es bueno. La primera que tiene que creer en ello eres tú.

Alza un poco la cabeza para poder mirarme y sus labios quedan solo a una locura de distancia. Aparto la vista y la dirijo de nuevo a la pantalla.

«*Que quiero que se junte el hambre con las ganas de comer.*
Que quiero que se rompa el hielo y se derrita por la piel».

—¿Cómo te ha ido hoy? —cambio de tema.

Malditas las ganas de volver a besarte.

Malditas las ganas de despojarme de nombre y apellido.

Malditas las ganas de olvidar quienes somos y de donde venimos.

Malditas las ganas de perder el norte y la ropa esta noche.

Malditas las ganas de algo que no va a pasar ni pasará.

—Una guardia tranquila, pero estoy agotado.

—Tenemos la nevera que hace eco, ¿pedimos una pizza?

—Claro. Pareces contenta.

—Lo estoy. ¡He encontrado a mi admirador secreto! —He repasado un montón de veces la conversación y al final he llegado a la conclusión de que es él. Álvaro. Tiene que serlo. No te fijas en todos esos detalles si no es por interés.

—¿Ya sabes quién es? —Frunce el ceño. La vena de la frente se le hincha y sin poder evitar se la toco con la yema del pulgar. Es una broma interna, pero si normalmente me saca la lengua, hoy se aparta, molesto.

Se incorpora y apoya los codos en las rodillas. Resopla sacando el aire lentamente. Mi piel echa de menos el calor de la suya.

—He bajado al café de Sol y lo he conocido en la barra.

—Pero ¿te ha dicho que es él quien te manda los corazones? —me interrumpe.

—No, pero no hay duda de que le intereso.

—Voy a la ducha, salgo.

—Pero ¿no has dicho que estabas agotado? ¿Y la pizza?

—Había olvidado que he quedado.

Me deja aquí plantada, y cuando mi cerebro se pone a intentar entender su comportamiento, lo freno. No pienso perder ni un instante con Oliver. Tengo trabajo; antes de seguir con el artículo me levanto y me sirvo una copa de vino y saco la tableta de chocolate, una cena perfecta.

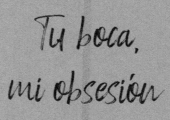

35 PROVOCAR LA CASUALIDAD

Al día siguiente me levanto con sigilo, pero pronto me doy cuenta de que estoy sola en casa. Oliver volvió acompañado a casa, qué novedad, y la tía parecía una cantante de ópera, pero terminaron pronto. Por un momento pienso en haberlo soñado, pero hay un rastro de perfume dulzón en el comedor que descarta esa teoría. Me doy una ducha y antes de ir a la cocina a desayunar paso por el balcón. Hoy sí hay un corazón y dice que ¡le vuelve loco mi boca! Me pregunto la razón de tanto secretismo, ¿por qué no da la cara? Quiero una cita. Quiero el post-cita. Mi boca está deseando conocerlo...

Casi me he dado la vuelta cuando veo a Álvaro cruzar la calle e ir en dirección al café. Creo en las casualidades, también creo en el "si quieres algo, sírvete tú mismo". Por eso me visto en un plis con un vestido veraniego y bajo corriendo las escaleras.

Abro la puerta del café con ímpetu, Álvaro está delante de mí, y muy guapo. Va con traje gris y camisa negra. Va con la vista fija en el móvil que lleva en la mano.

—Hola, de nuevo —lo saludo.

Al oírme alza la vista de la pantalla, le sonrío y adopto una pose sexy.

—Buenos días, tengo prisa. Nos vemos —se despide sin más.

Vale, no era lo que esperaba, pero ¿has visto como me ha echado un repaso? Las mujeres notamos esas cosas, diría que hasta se ha quedado con los ojos fijos en mi boca un tiempo alarmante.

—¿Entras o qué? —berrea la hija del vecino de arriba, detrás de mí.

La envidia, que agria el carácter de cualquiera.

36 JÚPITER

Domingo y llevo rato oyendo las risitas, para especificar mejor: TODA LA JODIDA NOCHE.

Estoy segura de que es la misma que estuvo aquí el miércoles, y el viernes... Me choca la sola idea de pensar que Oliver lleva repitiendo con la misma chica tres noches en la misma semana.

Estoy agotada, llevo toda la semana entregada por completo al artículo, solo me he tomado un descanso en los ratos que he ido a ver a Mafer en el hospital. Me gusta ver que cada día está algo mejor.

Otra risita. Una hiena. Es una hiena presumida y escandalosa. No la conozco, pero lleva horas haciendo notar su presencia, y solo por eso ya me cae mal. Ha hecho todos los pinitos para cubrirse de gloria... Bueno, gloria la que debe haberle dado él...

No, Maca, no te desvíes... vuelve... No te pierdas.

Quien te oiga pensará que estás celosa.

Yo... qué va.

¿Ni un poquito?

No son celos. Es poner en evidencia que la tía lleva gritando desde que llegaron a las tres y cuarenta y dos minutos de la madrugada. Y son las nueve pasadas y la sigo oyendo reír.

No respeta nada. Quiere hacer partícipe a todo el vecindario que está follando con un semental. Como si a alguien le pudiera resultar interesante.

Eso o quiere elevar el ego de Oliver… Como si lo necesitara…

No quiero salir solo para no tener que hacer el papelito. Estoy harta, pero me estoy haciendo pis, así que ideo un plan: pasar por el baño, después por la cocina a por provisiones y encerrarme en mi cuarto hasta que se hayan marchado. Me hago la promesa de no volver a hacer el numerito ni seguirle el juego a Oliver. Si todo va bien pronto podré irme del piso.

El plan va sobre la marcha, voy a la cocina en el más riguroso sigilo. Opto por hacerle un feo a mi querido café, solo para no conectar la cafetera, y me sirvo un vaso de leche. Cojo una nectarina y un par de esas barritas que tiene Oliver para entrenar. Cierro el armario, y mi sonrisa, esa que tenía porque sentía que ya casi lo había conseguido se queda congelada al oír unas pisadas detrás de mí.

—Hola, tú debes de ser Maca.

—Eh… sí. —Primero me sorprende que sepa mi nombre y segundo… Joder, ¿hace falta ser tan guapa?

—Soy Beca. Voy a preparar el desayuno, ¿quieres un café?

—La verdad es que tengo trabajo.

—Buenos días. —Estoy tan distraída que no siento a Oliver llegar. Me pasa el brazo por el hombro y me da un beso en la coronilla—. Veo que ya os habéis presentado.

Cuando me doy la vuelta, choco con su torso desnudo. Ese que mi boca reclama que me acerque, quiere saborearlo, lamerlo. Empezar por el cuello, bajar lentamente por la clavícula, hombros, desviarme un pelín hacia el centro, bajar por su pecho…

Lo mismo que habrá hecho ella las últimas tres noches…

Gracias, conciencia, por darme la colleja a tiempo. Me obligo a apartar la vista y centrarme.

—Sabe quién soy —murmuro sin voz.

Asiente y me sonríe de esa forma aniñada y endiabladamente peligrosa.

—No quiero que te enfades conmigo.

Eso es una novedad y tan desconcertante que me deja noqueada.

—Anda, sentaros, yo me encargo.

—Yo me voy a mi habitación, tengo que seguir trabajando. —Lo último que me apetece es desayunar junto a ellos.

—Seguro, pero deja eso. —Me quita las barritas de la mano. Y me empuja hacia uno de los taburetes—. Tienes tiempo para un café y unas tostadas.

Beca es guapa, divertida y simpática. Demasiado. No me cae bien, tiene algo que no me cuadra... ¿Por qué da tanta desconfianza la gente en apariencia perfecta?

Lleva el pelo corto, moreno, ese corte *pixie* que tanto me gusta y que nunca me he atrevido con él. Va vestida solo con una camisa, que reconozco inmediatamente que es de Oliver. Le va grande, pero en algunas zonas, como en el pecho o las caderas se le ajusta a sus curvas y parece... joder, ¡parece una Diosa *pin-up* recién levantada! Tengo que reconocer que no me extraña que la haya escogido. No tengo problemas para admitir que es un pibón y que viéndola me repita que el mundo está muy mal repartido. Hasta en las pestañas, caray. Todo en ella es natural, sin artificio. Y mejor no comparar las pintas que tenemos las dos... yo parezco una marmota recién salida de hibernar y ella... ella un jodido caniche a punto de participar en un concurso de belleza. Además, lleva un montón de anillos, en casi todos los dedos... La bautizo como *Júpiter*.

Es charlatana, descarada y extrovertida. Demasiado, repito. Ahora que la conozco no tengo ninguna duda de que es Beca con quien Oliver ha pasado estas noches. Por lo que pillo, de esa conversación en la que se comunican como una pareja, con su propia jerga, es la primera noche que decide quedarse a dormir. Trago saliva, creo que estos dos se gustan de verdad.

Oliver le ha dicho quién soy, dice que no más mentiras, pero de ahí a esto…

Cuando puedo me escabullo a mi habitación y Oliver respeta mi encierro y no me molesta en todo el día. Escribo, machaco, borro, vuelvo a escribir… tengo que entregar el artículo el lunes y quiero que sea perfecto.

37 EN EL MISMO INFIERNO

¿Te ha pasado alguna vez que al despertar aún sigues soñando?, en ese baipás entre realidad y fantasía... Pero una cosa es la mente y otra muy distinta es la parte física y el calor que siento a mi espalda es de un cuerpo, igual que la mano que me abraza la cintura no es fruto de mi imaginación.

Mi corazón se acelera pero le digo que se calme, que no me delate, me muerdo los labios hacia dentro y ahogo el suspiro. No quiero moverme, la sensación es demasiado buena. Todo huele a Oliver. Intento hacer memoria, no entiendo qué hago en su cama.

Ayer, después de que se marcharan a media mañana, me mudé al sofá y estuve trabajando en el artículo, me quedé hasta tarde. Puede que cuando llegara me llevara a la cama, pero no entiendo por qué no me dejó en mi cuarto.

Su olor... ese maldito olor que me recuerda al maldito beso. Que me despierta las malditas ganas...

—Deja de pensar, sigue durmiendo —murmura, soñoliento.

—¿Qué hago aquí?

—Se ha levantado el viento y está a punto de llover.

No, no tengo dolor de cabeza. No me siento mal... solo estoy... cachonda.

Así que aún entiendo menos.

—Leí el artículo. Enhorabuena, es fantástico. —La voz de Oliver, en susurros contra mi pelo, me provoca una sensación agradable en la nuca.

No es la primera vez que me coge el portátil y los lee. Tiene esa manía y a mí tanto me da, al contrario, me gusta que le eche un ojo antes de mandarlo. Pensaba pedírselo esta mañana.

—¿Crees que va a funcionar? ¿Que es suficiente? Que…

—Para —me interrumpe tapándome la boca con la mano que hasta hace un instante descansaba sobre mi cadera—. Es tierno, toca la fibra, pero tiene fuerza y tu toque sarcástico. Creo que has conseguido lo que buscabas.

No sé el rato que permanecemos en silencio hasta que al final exploto.

—Esto es raro.

—¿Por qué?

¿Me lo preguntas en serio?

—Porque somos amigos.

—Aja. Llevamos años durmiendo juntos.

Su brazo, que vuelve a su lugar inicial en la cadera, aún me estrecha más contra él y el otro aparece bajo la almohada buscando mi mano, cuando la encuentra la acaricia de una forma tan liviana que me hace cosquillas. Aguanto la respiración para evitar no ponerme a ronronear del gusto.

—Ya, de pequeños o en casos de emergencia.

—El otro día fuiste tú quien se metió en mi cama.

—Pero no estábamos haciendo la cucharita… ni haciendo manitas.

—¿Te molesta? Si eres la más mimosa de todos.

Consigo emitir un gruñido seco.

—Está Beca, tu novia.

—Aja.

Que no me corrija, dispara mis alarmas. ¿La considera novia? ¿Oliver? Pero, ¿qué está pasando aquí? ¿Desde cuándo Oliver tiene una relación estable?

—Y porque nos besamos... —acabo diciendo. Me prometí no hablar del tema, no hacerlo si él no decía nada. Pero no puedo callar más.

Se da la vuelta y en un movimiento queda sobre mí, se apoya con las manos, no me toca, pero ardo.

—¿De verdad quieres hablar de ello? —murmura, tan cerca, tan lejos. Puto Oliver.

—¿De verdad vamos a seguir como si no hubiera ocurrido? —Aún no sé ni cómo consigo hablar.

—Me gustó besarte. —Su confesión hace que algo dentro de mí estalle y me llene de luz.

—Y a mí —admito.

—¿Tanto como para repetir?

¡Sí!

¡No, nunca jamás!

—No podemos, somos amigos. Sería un error. —No sé si intento convencerlo a él o a mí.

—Un magnífico error. —Flexiona un poco los brazos y acorta la distancia—. Lo presientes, ¿verdad? Se huele como el mar cuando llegas a las dunas. Sabes que está ahí, justo ahí. —Jadeo y me trago su suspiro.

—Lo dices como si fuéramos animales en celo oliendo el deseo.

—Y lo somos. Sería tan fácil dejarse llevar, caer rendido a este deseo. Solo tendrías que rodearme con tus brazos y los míos cederían.

Baja un poco más las caderas y me deja sentir todo su peso sobre mí. Ni sus calzoncillos, ni el short de mi pijama de inocentes gatitos y mucho menos la etiqueta de "amigos" son capaces de detener ni disimular las ganas.

—Oliver… —Y ni yo sé si le estoy pidiendo que siga, que termine con esta locura, o que se aparte y deje de jugar conmigo.

—Estoy seguro de que encima sería la hostia de bueno. —Con la nariz roza la mía en una caricia que quiere ser beso—. Tanto como para no querer parar nunca… Te huelo, noto como tu calor me rodea, tus pezones clavados en mi pecho…

—Joder… —Me agarro a su espalda, hasta con las uñas.

No sé qué hacer, porque por hacerle quiero hacer de todo y una parte de él parece más que dispuesta.

—El problema es que no sería solo joder y no creo que estemos preparados para aceptar las consecuencias.

Me mira un instante, tiempo de sobra para formarse una nueva galaxia, y se inclina. Noto su respiración cerca, su aliento haciéndome cosquillas sobre mis labios, y cuando creo que va a ocurrir, cierro los ojos… Pero lo único que me besa es el aire.

Abro los ojos y veo que se pone en pie y abre la puerta.

Gruño y suelto un:

—Cabrón.

Lo oigo reír.

—Salgo a correr, necesito quemar esta energía matutina.

¿Qué coño acaba de ocurrir?

No puedo sacarte
de mi cabeza y
miedo me da que llegues
al corazón

38 DONG

Hasta que no oigo la puerta de la calle no salgo de mi escondite de sábanas y cojines.

¡¡¡Socorro!!!

No sé qué está pasando ni en este piso, ni en mi vida y mucho menos qué pasa por la cabeza de Oliver.

Bueno, para ser sincera ya sería un gran avance saber qué pienso yo, qué siento. Tengo la sensación de que todo esto es un puñado de células, de un zigoto que no sabe qué va a ser de mayor. Si algo bonito o un monstruo del que me arrepentiré de haber engendrado y alimentado. Pero es imposible negar la evidencia y es que desde el beso algo ha cambiado entre nosotros.

Una parte de mí quiere quedarse en esta cama, coger su almohada, estrujarla contra mi pecho, cerrar los ojos y dejarme arrastrar soñando con él. Oli tiene demasiada razón, si me guío por la sensación de sentirlo sobre mí, por el beso, por lo que mi imaginación dibuja… sería la hostia de bueno.

Por otra parte, la más cuerda, ¿quién dijo que ser cuerdo era la buena actitud? me pide (a gritos y empujándome desde dentro como si tuviera chinches) que me levante de esta cama, ignore lo que ha pasado y empiece el día que tengo mucho qué hacer, como por ejemplo mandar el artículo a mi hermano y rezar tres avemarías y cuatro padrenuestros para que sea lo que quería.

Antes, pero, necesito un café y releerlo de nuevo para estar del todo satisfecha. Después de pasar por el baño y antes de ir a la cocina, mis pies, por inercia y rutina, van hasta el balcón. Lo veo sin tener que abrir la puerta y su fuerza radia a través del cristal. Reconozco que se me acelera la respiración y el pulso, noto un sutil cosquilleo en la punta de los dedos cuando me agacho a cogerlo.

"No puedo sacarte de mi cabeza y miedo me da que llegues al corazón".

Espero que "quien sea, alias Álvaro" no vea la cara de imbécil que se me queda cuando leo la nota, con esa risa tonta que no puedes contener.

Esto es una tortura. Hay que ser muy malvado para mandar un mensaje así sin decir quién eres. No digo que no me guste, pero no entiendo a qué viene tanto secretismo. Vale, al principio era divertido, halagador… ahora empieza a ser molesto. Mi vida ya está bastante patas arriba cómo para tener que aguantar secretitos, que ya no tengo diez años para meter notitas en las mochilas.

A las ocho en punto mando el artículo.

De: macariosc@fmail.com
Asunto: Dime algo cuanto antes
Fecha: 2 septiembre 2019 08:00h
Para: hilarioríos@esnoticia.info

Hola, ahí va el artículo.
Espero que sea lo que tenías en mente. Si no, lo puedo volver a hacer. O buscar otro tema, el enfoque… No sé…

Un saludo,
Maca (tu hermanita a punto del colapso)

De: hilarioríos@esnoticia.info
Asunto: Re: Dime algo cuanto antes
Fecha: 2 septiembre 2019 08:01h
Para: macariosc@fmail.com

Tapón, ¡que esto no es un examen!
Entrando en una reunión. En cuanto pueda te digo algo.

Pd: Respira. Es necesario para vivir.

Atentamente,
Hilario Ríos
Redactor jefe
Es Noticia

Pero la sensación es que sí es un examen. Uno que me evalúa si ya he superado el bache y puedo volver a encarrilar mi vida. Creo que he puesto demasiadas expectativas en este trabajo, cuando la verdad es que solo depende de mí y mi actitud hacer frente a esta nueva Maca. No es justo poner a mi hermano en un aprieto, no por hacer un artículo me va a dar trabajo. Soy yo quien tiene que buscar y enfocar su vida hacia nuevos objetivos. Claro que sería bueno definir cuáles son. Tom Bodett dijo que una persona solo necesita tres cosas para ser feliz: alguien a quien amar, algo que hacer y algo que esperar.

- o Alguien a quien amar. (Tengo un admirador secreto (alias Álvaro), así que es un muy posible candidato).
- o Algo que hacer. (La lista es interminable).
- o Algo que esperar. (Que mi hermano diga algo sobre el artículo).

Bueno, supongo que es un buen comienzo.

Voy a mi cuarto y observo las cajas abiertas llenas de ropa. Sin contar las que hay en la bodega, en el aparcamiento, con los libros y objetos que empaqueté de forma rápida y que no he vuelto a mirar para no recordar de dónde vengo. Oliver tiene razón no puedo seguir viviendo en este caos. Tengo que tomar decisiones. Hacer limpieza, pero no sé por dónde empezar… Es como si me obligaran a poner orden en un archivo que ha sido arrasado por un huracán. Ordenar, clasificar por pilas en "esto para guardar", "esto para olvidar"…

O sí. Claro que sé por dónde empezar. A veces negamos tanto la evidencia, renegamos de ella que seríamos capaces de refutar la presencia de un mamut a escasos centímetros de nuestra cara.

El primer punto está dentro del armario. Cuando era pequeña tenía miedo a abrir las puertas y que saliera una especie de kraken de tres cabezas y ocho pies. En aquella época había horrendos ogros, nada de mundos extraordinarios. Ahora sé qué monstruo hay, pero igualmente con el pulgar derecho me masajeo la palma de la otra mano, en ese ejercicio que hace años me enseñaron para liberar el estrés. Abro y ahí está, mi vestido de novia. Ahí sigue, colgado, midiéndome. Si hasta ahora me miraba con aire de superioridad y algo irreverente, ahora, (sucio y arrugado de la noche que me lo puse) lo hace desencantado, sabe que lo nuestro es imposible y que ha llegado la hora de despedirnos. Lo meto en una bolsa, me calzo y salgo a la calle.

Siguiendo las instrucciones que me ha dado Genara, pues aún voy algo perdida en este barrio, primero voy a la derecha; paso delante de una barbería, me gusta el pirulo de colores (azul, blanco y rojo) que hay en la fachada y que da vueltas, es hipnotizante y un peligro, casi me doy con una farola. Sigo adelante, noto el peso del vestido, sé que es algo metafórico. En cada paso que doy me despido de mi pasado y afronto el presente-futuro. Improviso porque no tengo ni idea de lo qué hago ni de cómo hacerlo. Me guio por instinto. Supongo que ese al que llaman instinto de supervivencia. Para algunos es sobrevivir en una isla desierta o no morir congelado de camino al Everest. Para mí es algo tan sencillo como vender un vestido. Buscar un trabajo que me permita mudarme y encontrar un piso.

Y Oliver tenía razón (tres veces ya se la he dado y no son ni las diez de la mañana... por favor que quede entre nosotras), lo más difícil ya lo hice hace seis meses cuando dejé a mi prometido, mi casa y mi trabajo. Ahora el lienzo está en blanco. Nunca entenderé mejor que en este momento el agobio que eso supone para los artistas. Cada vez estoy más convencida que romperse para saber qué hay realmente dentro de nosotros no es tan malo.

Para no pensar en el artículo, me centro en el vestido. Para que no me duela deshacerme de esa parte de mi pasado, recuerdo los nervios del artículo. Si salgo viva de esto, puedo con cualquier cosa.

Después de pasar por un colegio donde los enanos gritan y corren en el patio, llego frente a la tintorería que Genara me ha recomendado. "Lourditas hace milagros". Como viene siendo lo normal con mi vecina, me he enterado de que la regenta la nieta de Lourdes, que ha heredado no solo el negocio familiar, sino también el nombre. Que se casó el año pasado con un hombre que ya tenía dos niños y ahora está embarazada de cinco meses, lleva gemelas.

Y es que por mucho que quiera librarme del vestido, soy una cagaprisas que cuando toma una decisión lo quiere al momento; me siento obligada a limpiarlo porque me da como cosa pensar que aquella noche dejé en él demasiadas lágrimas y demasiado malestar y esas vibraciones no son buenas. Deseo que este vestido llegue a una chica que sepa darle una buena historia y comparta con él un día de lo más especial. Los dos necesitan brillar.

Al abrir la puerta del local suena una campana, es el "dong" que da el pistoletazo de salida a mi nueva vida.

39 AMOR LIBRE

Lourditas me dice que lo tendrá listo en dos horas. Cuando salgo me fijo en la fachada que hay un par de números más allá, como aún no sé nada de Hilario decido acercarme. Es una pequeña librería de segunda mano que regenta una asociación, la chica joven que lo lleva me cuenta que el dinero recaudado va destinado a niños de familias en exclusión social. Me parece una gran iniciativa y decido que repasaré las cajas con los libros que tengo en la bodega y haré una selección y los traeré para donar. Al final son muy pocos los que quiero guardar, esos que solo con mirar hacia ellos y leer su nombre en el lomo o ver su portada recuerdas la trama y te dan ganas de volver a leer.

Estoy en la sección de thriller, acabo de pasar media hora en la de histórica y ya llevo bajo el brazo tres libros, cuando oigo mi móvil. Pienso que es mi hermano pero no, es Oli.

—Hola —saludo algo cohibida después de lo que ha ocurrido esta mañana.

—¿Cómo van los nervios? ¿Has llegado al nivel Spiderman o sigues en el de loca del mocho? —Sonrío aliviada al ver que se comporta como siempre.

—Aún no me subo por las paredes. De momento. Y he empezado a hacer limpieza, pero de la existencial.

—Suena interesante.

—Bueno, he empezado que ya es algo. Ahora me he perdido en una librería de segunda mano que he descubierto.

—Peligro… Tranquila, si para cuando vuelva a casa aún no has llegado envío un equipo de búsqueda. Mándame tus coordenadas al colgar.

—Eres tonto.

—Seré tonto, pero eres tú la que cuando entra en una librería el tiempo se le escurre. Te imagino ahora mismo, apoyada en una de las estanterías, con un par de libros bajo el brazo mientras lees la última página de otro. ¡Oh, sacrilegio! —se burla y yo acabo soltando una carcajada—. No sé ni porqué se molestan en hacer sinopsis, casi nunca te las miras. Tú eres así de rarita, lees la primera y la última página antes de decidir si te lo llevas porque dices que el autor (te lo contó una escritora que entrevistaste hace años) al inicio aún no ha cogido del todo el punto; en cambio, en el final ya ha hecho el viaje con los personajes y tiene toda su esencia. No te importa el *spoiler* porque lo que realmente te importa es cómo el autor te lleva con su pluma. ¿Me equivoco?

—¿Ahora te dedicas a la clarividencia? —balbuceo sorprendida haciendo memoria de cuándo hemos ido juntos a comprar libros. Me viene a la mente la feria del libro de hace un par de meses, y es verdad que me pasé buena parte de la tarde de una parada a otra.

—Solo te conozco. ¿Qué te ha dicho *Larios*? —dice, cambiando de tema.

—Que me dirá algo cuando pueda, pero estoy agotando la paciencia.

—Resiste —ríe—; pilla algo para mí.

—Estoy en la sección de thriller. Te tengo que traer, ¡te va a encantar!

—No escatimes, luego te doy el dinero. Tengo que colgar. Avísame cuándo sepas algo.

Nos despedimos con un beso y un hasta luego. La sonrisa tonta permanece en mis labios hasta mucho después.

Al cabo de un rato —como ha dicho no sé decirte exactamente cuánto porque he perdido la noción del tiempo—, vuelve a pitar, ahora es un mensaje. Es de esos días que cada señal de notificación acelera el corazón. Es Oli de nuevo.

OLI - MAC

Oli

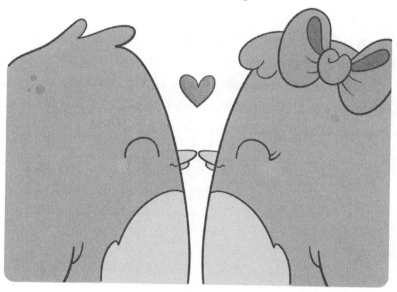

Suelto una risotada. Qué mono. Digo el dibujo. Vale, y Oliver. ¿A quién pretendo engañar? Disculpa si te he ofendido con semejante estupidez.

Mac
Deseo concedido

Oli
En serio?
Así, tan fácil?

Llevo días pensando en ello, ya son muchos años y puede que sea buen momento para cerrar también este capítulo de mi vida. Nadie sabe, porque nunca lo he contado, que Perico y Paquita nacieron como una terapia. Hilario y Oli pasaron por una etapa (la de granos en la cara y pajas como hobby) en la que solo veían pelis de miedo, y Cas buscaba la cercanía con mi hermano como yo lo hacía con el armario de las chuches. En fin… el caso es que una noche decidieron mirar (después de *Los chicos del maíz*, eran así de sádicos) *Los pájaros* de Hitchcock, creo que no hace falta añadir más. Salí de allí con una fobia, sin uñas y con una madeja de lana en la mano porque me había pasado buena parte de las dos horas tirando del hilo con el que estaba hecho uno de los cojines.

Mac
No es lo que querías?
Es hora de que vuelen del nido.

Oli
Ya sabes cómo
vas a liberarlos?

Mac

Aún no.

Algo se me ocurrirá.

Oli

Si necesitas ayuda para
organizar la liberación,
aquí me tienes

Casi dos horas y media después salgo de la tienda con dos bolsas de libros y un artículo. Mientras me paseaba por los pasillos he tenido una idea. Cuando he ido a pagar se la he comentado a Paula, que ha accedido sin dudarlo. Voy a escribir un artículo hablando de este proyecto, al que le auguro un gran futuro.

40 1 DÍA... DÍA 1

Me pregunto cómo se me ha podido pasar por la cabeza que era un buen plan. Hace una escasa media hora me parecía una idea magnífica. Últimamente estoy irreconocible, hasta para mí. Puedo echarle la culpa al día, que ha sido tan lleno de emociones que puede que se me haya ido de las manos.

A Hilario le ha encantado el artículo. «Es lo que esperaba» ha dicho ufano. Me ha enviado algunas correcciones y he pasado el mediodía corrigiéndolas. Cuando he pasado a recoger el vestido, la misma Lourditas me ha dado un par de direcciones de tiendas donde podía venderlo. En la primera de ellas, ya me lo han comprado y me han dado un buen pellizco. Más de lo que creía. He salido de allí tan feliz que lo primero que he hecho ha sido ir a comprar y he llenado la nevera y la despensa.

Al salir del super ha sido cuando he tenido la "gran" idea. Después de ducharme y mimarme, me he puesto el vestido que compré en rebajas el año pasado y aún no había estrenado. Es algo *vintage*, rojo, de topitos, de cintura ceñida, con botones en el escote, muy sugerentes, la falda tiene algo de vuelo y me llega a medio muslo. Lo combino con un cinturón blanco ancho, a juego con las cuñas. Me maquillo un poco y dudo de qué hacerme en el pelo, si dejarlo suelto o hacerme un recogido. Al final, aunque nunca lo confiese, me decido por una cola alta solo por el magnífico recuerdo que me trae del cumple de mi hermano... Cuando me miro en el espejo me gusta el resultado. Sobre todo ese brillo en los ojos y esa sonrisa.

¡Hola, Maca! Encantada de volver a verte.

Y aquí estoy ahora, esperando apoyada en el banco que hay justo al lado de la puerta del parque de bomberos. He dado un buen rodeo solo por no pasar delante de la cafetería de Bruno.

Pasan pocos minutos de las ocho cuando lo veo salir con sus compañeros. No me ha visto, pero Robles se percata de mi presencia y silba. Eso llama la atención de Oli que mira qué es lo que le ha llamado la atención. Como una idiota, alzo la mano y saludo.

—¿Qué haces aquí? —me saluda con un escueto pico, que la mayor parte se la lleva la mejilla y la comisura de la boca.

—Esperarte.

—Qué suerte tienen algunos. —Robles le da una palmada en el hombro, me guiña el ojo y nos deja solos.

—Hola —murmuro, algo cohibida dudando aún de mi plan.

—¿Ha pasado algo?

—No —sonrío—, solo que estoy de celebración y he pensado en invitarte a cenar.

—Suena bien. ¿Dónde vamos?

—Donde no existen los problemas. ¿Se te ocurre algún sitio?

—Déjame verte. —Coge mi mano y me hace dar una vuelta sobre mí misma.—. ¿Te has puesto guapa para mí?

—Me he puesto guapa para mí —recalco—, que me estaba olvidando. Entonces, ¿doy otra vuelta o ya sabes dónde?

—Creo que tengo el sitio perfecto, ¿vamos al Cisne negro? Después, si nos quedan ganas, podemos tomar una copa en el Siete mares.

—Me gusta el plan.

El Cisne negro es un local de tapas, muy moderno, con jardineras verticales, grandes cristaleras que dan hacia la ría, las vistas son fabulosas. Los aromas que nos reciben al abrir la puerta son cálidos y envolventes. Es pronto y lunes, así que podemos escoger la mesa que queramos, nos decantamos por una cerca de las cristaleras. Pedimos una botella de albariño y algunas raciones para compartir. Estoy nerviosa, no es la primera vez que cenamos juntos, ni mucho menos. ¡Vivimos juntos, maldita sea!, pero esta noche estamos solos, en un local chulo, y desde el beso Oliver me desestabiliza... sin contar lo de esta mañana.

—¿Nerviosa?

—¿Por qué debería estarlo? —respondo altiva.

—Por nada —afirma de forma condescendiente.

—Pues eso. No es la primera vez que cenamos juntos ni que salimos.

—¿Intentas convencerme a mí o a ti?

¿A los dos? Porque es verdad que esto no es nuevo, nos conocemos de toda la vida, pero lo que Oliver despierta en mí, sí lo es. Nos miramos y no sé exactamente qué es, pero algo ha cambiado entre nosotros. Está en el aire, se huele, se respira, es casi tangible. Traen el vino e inspiro fuerte, doy un sorbo esperando que al tragar me la lleve dentro y desaparezca. Ni decir que no funciona.

—Está muy bueno. —Cambio de tema.

—¿Qué celebramos? —pregunta con la copa alzada—. Aunque la verdad es que me importa poco lo que sea. Hacía tiempo que no te veía sonreír así. La echaba de menos.

—¿Echabas de menos mi sonrisa? —le pido después de brindar y dar otro sorbo.

—Echaba de menos a la Maca alegre, disparatada. —Se yergue un poco más y abre los ojos como si hubiera tenido una idea. Espera, ¿no será que Larios te ha hecho fija?

—No —niego con la cabeza—. El artículo le ha gustado, pero de momento nada. Pero he conseguido dos nuevos encargos.

Le hablo de la idea sobre las cartas de amor, su influencia en la historia.

—Suena interesante. Cuando te emocionas por algo, brillas. Me gusta esta Maca.

—Lo es. Mafer ha resultado ser una gran inspiración.

—¿Cómo está?

Le hablo de las últimas visitas, de que están planteando trasladarla a un geriátrico porque ella sola no puede valerse y menos ahora que se ha quedado sin casa.

También le comento el artículo sobre la librería de la asociación, tiene ganas de ir, además le gusta la idea de hacer un repaso y llevarles algunas cajas de libros que ya no queremos.

Suspiro hondo y le cuento el motivo real de la invitación.

41 PERDER EL CORAZÓN

—He vendido el vestido de novia —digo al fin.

Su mirada resulta incomprensible. Dudo que algún día logre descifrarla, a ella y a Oliver. Aunque admito que tiene su punto saber que siempre es capaz de sorprenderme.

—Es un gran paso.

—Supongo.

—¿Supones? ¿Tienes dudas?

—Nada, olvida lo que he dicho. —Me revuelvo en la silla.

—No puedo. Ese nada ha hecho que se te ensombrezca la mirada.

Enderezo la espalda.

—Te he invitado para compensarte por estos meses. Sé que ha sido dificilísimo vivir conmigo, que no he sido nada fácil de tratar.

—Para eso están los amigos.

Eso, somos amigos, ¿recuerdas?

Así que deja de fijarte en su boca, en su cuello...

Pero es que está absurdamente atractivo esta noche.

—He ido a comprar y he llenado la nevera y la despensa.

—No era necesario. Lo llevamos bien.

—Sí que era necesario —digo—. Te pago un alquiler irrisorio, tengo la sensación de que me he aprovechado de ti. Te has visto obligado a acogerme…

Solo cuando Hilario se fue y me planteó que me quedara a vivir con él, descubrí que hacía un par de años que había comprado el piso por un precio bastante más bajo de su valor, porque la propietaria tenía prisa por venderlo. Con lo que le pago debe cubrir a duras penas los gastos mensuales.

—Eh, frena. Me conoces, sabes que si no hubiera querido que te quedaras, te lo habría dicho.

—Lo sé. —La verdad es que no sé qué hubiera sido de mí sin su ayuda. Ha estado ahí, impidiendo que me instalara en el pozo—. Pero igualmente te quería dar las gracias.

—Me gusta tenerte en casa. Además, eres ese tipo de desastre del que no sabes si huir o abrazar.

Sonríe insolente y sus ojos se esconden bajo las pestañas.

Nos damos una pequeña tregua, los mejillones en salsa picante están de muerte, igual que las croquetas de centollo. Y de otro nivel el carpaccio de zamburiñas.

—Estoy contenta, tengo la sensación de que empiezo a encarrilar mi vida. Vender el vestido supone cerrar una etapa y al hacerlo pues me he puesto a hacer balance. No quiero ser esa clase de persona que deja cicatrices profundas. Lo que hice fue de mala persona.

—No, solo una persona, una humana que se equivoca. Como todos.

—Deja de suavizar lo ocurrido. Dejé a mi prometido a seis meses de la boda. Abandoné mi piso, dejé el trabajo y terminé con mi amante por un absurdo malentendido. Hice daño a mucha gente que me quería y que no se lo merecía.

—Deja de dramatizar.

—No sé cómo hago para acabar siempre tomando el camino más difícil.

—Mi madre te diría que solo los peces muertos siguen la corriente.

—Tu madre es la leche, la adoro —lo interrumpo.

Isabel cuando se enteró de lo ocurrido se presentó un día en el piso, a media tarde con una botella de crema de orujo de la que hace su marido. Estuvimos hablando un buen rato, fue ella la primera en decirme que había sido una valiente por frenar todo aquello si no me hacía feliz. Me dijo que madurar y convertirme en la mujer que quiero ser me iba a costar personas, relaciones, espacios.

—Y ella a ti. Creo que te quiere más que a mí.

—¿Celoso?

—No desvíes el tema, que nos conocemos. Acepta que eres diferente, eso no te hace menos que nadie. Tomaste decisiones, siempre has sido algo impulsiva, pero si lo hiciste es porque para ti tenía sentido. Querer a Edu no era suficiente como para casarte. Trabajar en una revista no es tu sueño como periodista. Bruno... no sé mucho de vuestra historia, pero supongo que si no buscaste una explicación es porque en el fondo te daba una excusa porque no veías futuro en ello. Una aventura empieza sabiendo que va a tener un final. Tarde o temprano. No te agobies con lo que has perdido y quédate con lo aprendido. No llores. —Alza la mano y se incorpora para secarme la lágrima.

Ni me había dado cuenta, me he quedado embobada escuchándolo.

—Deja de cuidarme.

—Siempre cuidaré de ti. Hasta cuando tú te olvides de hacerlo, yo seguiré aquí.

—Gracias.

Doy otro sorbo esperando tragar junto al vino el deseo de comerlo a besos.

—Hoy por ti, mañana por mí. —Es el lema que tienen con mi hermano.

Me echo a reír.

—¿Lo compartes?

—Esa frase, es muy de ti y de mi hermano. He pensado que tantos años detrás de vosotros para que me dejarais jugar y ahora me he sentido dentro del grupo.

—Eras un incordio.

Ahora los dos reímos con más ganas, supongo que a su mente, igual que a la mía, le vienen un montón de recuerdos.

—Dios, perdona, vaya compañía estoy hecha. Lloro, río. Parezco una loca.

—Sabemos que eres emocionalmente excesiva y eso te hace inestable. Pero prefiero tu locura que la cordura de este mundo.

Se ríe de mi lado más dramático.

—El otro día leí que la locura es como el arte, no todos tienen la sensibilidad para entenderlo —continúa después de una pausa.

—¿Crees que soy... arte? —balbuceo después de darle un buen trago a mi copa.

—Lo creo. Ahora, dime, Mac, ¿eres un lienzo en blanco o unas ruinas?

No tengo que pensar la respuesta, sale sin filtro alguno:

—Lienzo. Uno muy grande, tiene que haber sitio para todas esas nimiedades que dan la felicidad.

Tuerzo la boca antes de sonreír y sus ojos se tornan más oscuros al acariciar la curva de mis labios.

El camarero nos trae la segunda ronda de raciones y eso disuelve un poco el ambiente. Pedimos otra botella, la noche es muy calurosa y se está evaporando muy rápido... Fuera, nubes azules, rosadas y purpuras manchan el cielo que se va oscureciendo, las luces de los pueblos del otro lado de la ría se han encendido, desde aquí parecen pequeñas luciérnagas. Dentro… A ver cómo consigo yo explicarte la imagen de Oliver en este instante. Dale al coco, imagina… y te prometo que te quedarás corta porque la realidad siempre supera la ficción y Oli esta noche es esa expresión hecha hombre.

—Por ti, porque por fin has salido de la cueva. —Levanta de nuevo la copa.

—No sé muy bien qué estoy haciendo —admito.

—La vida es improvisar y mientras respires aún estas a tiempo.

—Volver a empezar es complicado. Acojona un montón —confieso, limpiándome con la servilleta.

—¿A que le tienes miedo?

—¿Y si la vuelvo a cagar? ¿Cuántas veces puedo equivocarme y volver a empezar?

—Juguemos a un juego. Dime, si no tuvieras miedo, ¿qué harías?

Tirarme a tus brazos y besarte. Pero el miedo me frena, porque temo perderte, como amigo. Y perder el corazón por el camino.

No respondo, sus ojos están fijos en mí, me sirve más albariño al ver que me queda poco. Juega con el dedo acariciando el borde de la copa. Es atento, curioso, sabe cuándo insistir y cuándo dejar aire.

—¿Es esto lo que haces? —pregunto, sin responder a su pregunta.

—¿Hago, el qué?

—Ser atento, mirarlas como si tuvieras delante una de las siete maravillas del mundo. No me extraña que caigan rendidas.

—¿Crees que te miro distinto? —Se inclina hacia delante, apoyando la barbilla sobre la mano y me torpedea con su mirada, cada vez más azulada.

—Lo haces.

—En mi defensa alegaré que tú y tu vestido me estáis poniendo a prueba. Esta noche estás impresionante.

Río y doy un sorbo de vino sin apartar mis ojos de los suyos.

—Te queda mejor que a mí.

—¿El qué? —pregunto con el ceño fruncido.

—Dices de mí, pero cuando ríes con suficiencia… —Hace una pausa más que intencionada y se inclina un poco más hacia delante, como si fuera a confesar un gran secreto—. Te comería la boca.

Tocada y hundida.

—Si tienes hambre podemos pedir otra cosa. —Habla mi sensualidad por mí al ver que me he quedado empanada con su respuesta.

—Lo que me apetece está en la mesa, no en el menú.

—Haré como que no te he oído. Con esta mañana ha sido suficiente.

Ahora es él el que ríe arrogante. Lo que yo llamo descaro y él confianza en sí mismo.

Qué suerte ir por la vida con esa seguridad, como si no tuviera miedo a nada.

—¿A qué le temes? —Inquiero, cambiando las tornas.

—¿Qué tipo de pregunta es esa?

—Estamos cenando, somos amigos. Estoy harta de hablar de mí. Dime Oli, ¿a qué le tienes miedo?

—¿Es algún tipo de juego, tipo verdad o prenda, la botella?

No me recuerdes el beso o no podré reprimir más las ganas.

—Solo responde.

Se cruza de brazos y me mira con tanta intensidad que creo que no resistiré. Pero lo consigo. Estoy segura de que el Oliver de hace unos meses me hubiera saltado con alguna tontería, pero el hombre que tengo delante me responde con tanta naturalidad y sinceridad que me deja aturdida.

—Temo a los arrepentimientos. A despreciar el tiempo. A defraudar a los que me importan. A subestimar o infravalorar lo realmente esencial. A seguir las huellas de otros en lugar de trazar mi camino.

En su respuesta hay tanto escondido, tanto a asimilar, que me limito a asentir.

42 HASTA EL PRÓXIMO BESO

Cuando salimos, damos una vuelta por el puertoj justo antes de llegar al Siete mares, Oli me coge de la cintura y me alza para que evite la tapa de una alcantarilla. Es una de esas fobias raras que tengo, ¿sabes esos sueños raros que provoca la fiebre? Son siempre repetitivos, como que no llegas a ningún sitio por mucho que corras; el mío siempre es que camino por la calle y me caigo por un agujero de esos sin poder salir. Desde entonces ando evitando cualquier tapa que haya en la acera. Edu nunca hizo caso, y eso que se lo conté. Cas me empuja hacia un lado, para que las evite... Y ahora aparece Oli que me alza con sus manos en mi cintura para que salte sobre mi miedo. No me da tiempo ni a reaccionar porque en seguida me suelta y actúa como si nada, contándome una anécdota de sus compañeros a la que soy incapaz de atender.

Al ser lunes, el Siete mares está bastante tranquilo, suena _Worth it_ de Emma Bale. «Despertar por el sol cuando nuestros corazones chocan, corriendo hacia el fuego, iluminando el cielo. Porque incluso si perdemos, bueno, tenemos esta noche. Valió la pena». Estamos sentados en la barra, charlando con Héctor, cuando llegan Álex y Candela, ella va a caballito. La morena, nada más verme, se tira a mis brazos y me dice que me tiene que contar un montón de cosas.

—¡Se casan!

—¿Eh? —Mi cabeza asimila la noticia y la asocia—. Espera… ¿Hablas de Jorge y Alba?

—Los mismos. —Está radiante.

—Pues sí que funcionó el plan —digo, sorprendida—. Espero que me inviten a la boda —rio al imaginarme la pedida.

—Eso tenlo por seguro. Siento que hayamos estado tan desaparecidas, pero han sido dos semanas muy locas, para las dos.

—Eh, no pasa nada —Le quito importancia, al fin y al cabo casi ni nos conocemos—. Me alegro por vosotras.

—Gracias, y tú, ¿es una cita?

—No, qué va .—Miro hacia Oli que charla con Álex mientras este coge una botella de champán, una cubitera…Sé de unos que esta noche lo van a pasar de lujo—. Solo hemos salido a cenar, estamos celebrando que por fin he puesto la primera y estoy saliendo del bache.

Su novio carraspea, diciendo que se dé prisa que ya lo tiene todo.

—¿Te va bien quedar el sábado para comer todas juntas?

—Claro —digo—, hablamos. Feliz noche.

Me da un beso y se despide con un "ok"; corre hacia Álex que la coge en volandas y desaparecen tras la puerta entre risas.

Ahora mismo les tengo mucha envidia. Hace tanto tiempo que no tengo sexo que me da miedo que se me cierre. Que me olvide de lo bueno que es… Dicen que es como ir en bici, pero aún hace más tiempo que no me subo a una así que no puedo comparar.

La cena, la copa… todo se ha alargado tanto que cuando decidimos volver a casa son pasadas las dos de la madrugada. Y reconozco que me lo he pasado genial. Ha sido divertido, hacía mucho tiempo que no me sentía tan yo, la Maca feliz.

La noche es fresca, pero aún queda el último coletazo del verano que hace que sea agradable pasear. No estamos muy lejos de casa, así que decidimos ir a pie, nos vendrá bien un poco de aire para despejar un poco la cabeza (de alcohol y de la fragancia de Oliver). Sigo tarareando una de las canciones que ha sonado durante la velada. Oliver me sigue en el estribillo y no puedo dejar de reír... Reírme de él porque será muy valiente y guapo pero lo que es cantar se le da fatal. Tan mal como a mí, para ser sincera.

Estoy algo mareada, necesito parar. Me curvo y me aprieto el estómago, creo que tengo hasta flato de tanto reír, y no solo de ahora, desde que pisamos el Siete mares que hemos dejado las conversaciones trascendentales y nos hemos centrado en la tontería. Siento los pies hinchados, me molestan los zapatos. Pongo una mano en el hombro de Oli y alzo la pierna para desatarme la hebilla. Suelto un suspiro de satisfacción cuando mi pie roza el fresco de la acera. Tanto como para repetir con la otra cuña. Por fin libre.

—¿Qué haces?

—Me duelen.

—¿Vas a ir descalza?

Miro hacia arriba, pero paso de largo de sus ojos, a pesar de estar en la ciudad, en esta zona las farolas emiten una luz suave y anaranjada que permite ver las estrellas sin mucho esfuerzo. Me fijo en las dos que están más juntas y brillan más que cualquier otra, creo recordar (para mi trabajo como Aura de Blue, la astróloga) que decían algo de que estos días había una conjunción (de las más importantes de la década) de Júpiter y Saturno.

Oliver también alza la vista y le señalo los planetas. Dice que no los ve, flexiona las piernas para estar a mi altura y cojo su mano para guiarla un poco más a la derecha.

—Los tengo —murmura pegado a mi oreja y un delicioso cosquilleo recorre mi piel. El mismo que incansable despierta con cada roce que hemos intercambiado y no han sido pocos.

Mueve su mano bajo la mía y enreda los dedos en una sutil caricia que se rompe al instante, escapa de mi agarre con suavidad, pero continúa por la muñeca, el antebrazo… Termina demasiado pronto, justo para dejarme con esa deliciosa sensación de frustración.

Qué bien se le da llevarme al límite.

Tengo que cambiar de pensamiento, ya.

—A veces cuando miro las estrellas, siento que me gritan: "eh, que nosotras no tenemos las respuestas que buscas, mira más cerca de ti".

Eso me da una idea, la frase para el próximo horóscopo:

"Hay que saber interpretar las señales que pedimos al universo".

—Estás loca —Ríe y se incorpora. Su carcajada me sacude todo el cuerpo.

—Antes has dicho que eso era bueno. Que te gustaba… Mi locura —aclaro. Mis dedos, con vida propia y de lo más imprudentes, salen volando hacia su pecho y se entretienen con los dos botones que hay en la camiseta.

—Sí, he dicho que me gustaba. —Sus labios dibujan una sonrisa lenta que exuda peligro—. Tu locura es demasiado bonita para este mundo.

Sigo pensando que es mala idea, pero Dios, qué difícil es resistirse. Se me escapa una sonrisita que acaba en un suspiro. Quiero besarlo de nuevo, tengo la certeza de que todo nos lleva hasta el próximo beso.

Me doy la vuelta y escapo antes de cometer una locura, con la que empiezo a pensar con demasiada asiduidad y a la que cada vez le veo más ventajas que inconvenientes, pero siempre hay un pero.

Las dudas de perder eso tan especial que nos une y estropear de lo poco bonito que tengo en mi vida. Ya he perdido suficientes cosas.

El silencio que nos rodea es casi irreal, los semáforos iluminan la calle con sus colores sin que ningún coche rompa el reflejo sobre el pavimento. Camino hasta la línea blanca que separa la calzada. Lo hago de puntillas, saltando cuando una se termina. Como esos juegos a los que jugaba de niña, saltando las baldosas y solo pisando las que tenían la cenefa.

Oliver camina a mi lado, también en silencio, aunque no diga nada, casi oigo los engranajes de su mente, igual que siento sus ojos clavados en mí. Me pregunto qué pensará, que verá. ¿Me seguirá viendo como la hermana chica de su mejor amigo? ¿Una amiga de toda la vida? ¿Para él ha cambiado algo entre nosotros desde el beso?

Estoy tan distraída, que me llevo un susto cuando Oliver tira de mi mano. Un coche viene por detrás. Nos aparta de su camino y quedamos en medio de una furgoneta amarilla y un monovolumen gris. Hasta que no mueve las manos no me doy cuenta de que me está abrazando, rodeando mi cintura. Las baja lentamente y empieza a moverse en un suave vaivén con el que me dejo llevar. En el Siete mares, que había una pista no hemos bailado, sé que no le gusta mucho, por eso me sorprende que estemos así, ahora. Pero reconozco que esto es más que bailar, es otra cosa. Seguimos unos acordes que aún no se han inventado porque ni nosotros sabemos hacia dónde vamos y qué giro está dando este "nosotros". Y vuelve el miedo, ese que me atenaza al pensar que la etiqueta de amigos la hemos dejado atrás y que ya es demasiado tarde para volver a ella.

43 TRAS LA PUERTA

—*Shhh*, vas a despertar a Genara.

Reconozco, sin vergüenza y menos a estas horas de la madrugada, que no recuerdo cómo hemos llegado. Cómo hemos pasado de estar en medio de la calle "bailando" a estar en el rellano de casa, con Oliver abriendo la puerta. Supongo que sigo de subidón porque me parece ver a Casiopea al lado del ascensor.

Y es que esta noche está resultando de lo más surrealista. Temo despertar y darme cuenta de que me he caído de la cama y estoy tumbada boca abajo en el suelo de mi habitación, que me he dado un golpe que me ha dejado medio tocada, algo más de lo de costumbre, y que he dejado un charco de babas que me tiene la boca seca.

Oliver va hasta la cocina y abre la nevera, yo me dejo caer en uno de los taburetes. Suelta un silbido.

—Llama a tu madre, invítala. Es el momento perfecto, así verá lo bien que te cuido.

Y es que mi madre no termina de ver con buenos ojos esta convivencia; pero mi padre sí. Él se alegró de que cuando lo mandé todo a la mierda me quedara con Oliver, pues cree que me cuidará bien y que él evitará que cometa alguna locura peor. Creo que temía que me diera a la bebida, a las hierbas o algo peor. Mi padre siempre ha depositado en él una confianza ciega; recuerdo hace años que no nos dejaban ir a un concierto, ni a mí ni a Cas, hasta que se nos ocurrió invitar a mi hermano y a su amigo. Entonces sabiendo que Oli iba a estar nos dio el permiso. Y es que, desde enano, Oliver ha mostrado que para los suyos es como un perro guardián siempre atento y dispuesto.

Vuelvo en mí cuando siento el ligero beso de Oliver en la coronilla.

—Buenas noches.

Mi voz suena lejana, casi un susurro cuando le respondo con la misma frase.

Tardo unos minutos en reaccionar. Actúo como una autómata, me levanto, apago la luz de la cocina y voy al baño para desmaquillarme. No es hasta que me estoy desnudando en mi habitación que parece que mi cuerpo despierta de algún tipo de trance. Algo se apodera, me quema por dentro y no es el sueño. Son ganas.

Ganas de tocar piel.

De oler su cuello y lamerlo.

De besar su sonrisa.

De oírlo jadear.

Mi estómago se revuelve.

Más abajo, late el deseo.

Camino hasta la puerta que está cerrada. Mi respiración se acelera, apoyo la frente en la madera. Cierro los ojos y me tomo un instante para intentar controlar mi cuerpo, pero está tan salido que ni me escucha. Cojo el pomo y lo abro con sigilo, de puntillas y a oscuras, me acerco a la puerta de Oliver, por la rendija veo que sigue con la luz encendida. Sin dudar la abro.

Está tumbado sobre las sábanas, desnudo. Tiene las manos tras la cabeza, mirando al techo, es como un guerrero griego esperando a Afrodita. Sus ojos se clavan en mí en cuanto me ve entrar. No dice nada, pero no se mueve y lo tomo como una invitación.

Nunca me he sentido tan segura de lo que hago. Puede que sea porque nunca he hecho nada por el estilo. Camino hasta llegar a su lado, solo llevo encima la ropa interior. El tanga y el sujetador balconet de color rojo.

Estira la mano y me acaricia el muslo, se incorpora hasta que noto su aliento en mi piel. Sus dedos ascienden por la cadera dejando un rastro de fuego a su camino hasta la espalda. Libera el sujetador con una sola mano, evidenciando su destreza. Mis dedos van hasta su pelo y lo acerco para que me bese en el ombligo. Tiro de su pelo para que alce la cabeza y me tiro a su boca sin red.

Su beso es posesivo. Hambriento de una sed primitiva e insaciable.

Se deja caer para atrás y me arrastra con él.

Todo huele a Oliver.

Al Oliver que esta noche me ha seducido.

El Oliver que me aprieta el pezón con fuerza y con la otra me hace cosquillas cuando me acaricia el interior del muslo con suavidad. Fuerte y suave, al mismo tiempo. Me pierdo en lo que me hace sentir.

Jadeo cuando siento que me quedo sin aire.

Nos da la vuelta para que ahora sea él quien se queda encima.

Me mira con las pupilas dilatadas, su erección se clava justo donde mi deseo lo reclama, y cuando alzo la cabeza para buscar de nuevo su boca me doy con algo duro. Abro los ojos y me doy cuenta de que sigo en mi habitación, la puerta sigue cerrada y que casi me corro soñando despierta con Oliver.

44 SONRÍE, YO INVITO

¿Has tenido alguna vez la sensación de dudar de si algo ha ocurrido realmente o solo ha sido un sueño maravilloso?

Llevo casi tres días con esa sensación agridulce. Estamos a jueves, y la "no-cita" con Oliver fue el lunes por la noche. Y fue tan bonita y especial que aún la pongo en duda. Me parece irreal porque en esas horas que compartimos descubrí a un Oli muy distinto al arrogante amigo de mi hermano y compañero de piso que he conocido toda mi vida. Lo que si fue irreal fue el sueño y me arrepiento de habértelo contado, pero ya está escrito y me he propuesto contártelo todo y eso significa también las partes más vergonzosas. Guárdame el secreto y sigamos como si no hubiera pasado.

¿Puedes pasar toda la vida con alguien y no conocerlo de verdad?

¿Cuántas caras puede tener una persona?

¿Por qué decidimos mostrarnos de una manera u otra dependiendo de quién tengamos enfrente?

La idea me parece tan interesante que ayer me pasé todo el día dando vueltas a este tema y escribí un artículo que de momento solo conoce mi Word. Me he planteado mandarlo a la revista por si lo quieren incluir, pero me parece demasiado profundo para sus lectores.

A nivel de trabajo me siento bastante a la deriva.

Y en el resto también, creí estúpidamente que vendiendo el vestido ya todo vendría rodado, pero supongo que todo tiene su momento.

Estoy en el balcón, son pasadas las ocho de la tarde, se nota que los días se van acortando, las sombras cada vez son más afiladas. Estoy cortando las flores secas, y mimando a los geranios a ritmo de *Libre*.

«Libre,
como el viento que recoge mi lamento».

Estoy sola en casa desde el martes. Fui a ver a Mafer y mientras le leía el artículo acabado me llegó un mensaje de Oli.

OLI · MAC

Oli
Robles se va unos días fuera
y me ha pedido que cuide
de Marilyn, su perra.
Disfruta de tener la casa para ti.
Bss

Lo tuve que leer un par de veces, me sorprendió. No era porque pasara esos días fuera, es que tuve la sensación de que estaba huyendo. El mensaje en sí ya era una alerta. Abría y cerraba la conversación sin dar pie a nada más. Leí entre líneas y en lugar de indagar más, como por ejemplo hasta qué día estaría fuera, o si no era más fácil traerse la perra a casa, yo también acorté.

¡Por fin la casa estará
limpia y ordenada!

Bss

Se me hace raro estar sola. No es que Oliver sea de esos que se pasan el día en casa, ya estoy acostumbrada a no verle casi el pelo, pero iba dejando su rastro, cosas que me crispaban y que ahora añoro. Como encontrar una lavadora sin tender, el plato y la taza con el desayuno sobre la mesa del comedor o el brick con solo un culín de leche que por esa mínima cantidad podía habérsela servido. Pero cuando él dice basta, ahí se queda, ni se fija en si guarda medio litro o la cantidad de un sorbo.

—Maca, Maca... —Alguien grita mi nombre y vuelvo a la realidad.

Siguiendo con las confesiones vergonzosas lo primero que hago es mirar hacia arriba, como si Dios me estuviera hablando... Pobre, como si no tuviera más trabajo que preocuparse por lo que ya no tiene solución.

—Arriba no, delante —grita la voz en un tono más que divertido. Casi burlón.

Y ahí, justo delante de mí está Álvaro, en el segundo B, el que el día que vigilamos los vecinos con Cas tenía las persianas medio bajadas. Tiene una libreta abierta en las manos, con un mensaje:

Sonrío, abro la mano pidiendo 5 minutos, él levanta el pulgar y después entro en casa corriendo. Los geranios pueden esperar. Me cambio de ropa y opto por un mono con un estampado étnico muy colorido. No me peino, me lo dejo tal como está, no es una cola ni un moño, es ese medio entre los dos que solo sirve para apartarte el pelo de la cara pero con el que te sientes cómoda y me gusta. No quiero que parezca que me arreglado para esa cita imprevista.

Cuando abro la puerta del portal, ya me está esperando. Está guapo, lleva vaqueros grises y una camiseta sencilla negra. El Café de Sol está bastante tranquilo a estas horas, optamos por una mesa al lado de la ventana. Pido un café con leche grande y un trozo de bizcocho casero, Álvaro se decanta por un café solo. Sin final feliz, dice que no le gustó, que él prefiere los sabores auténticos sin mezclar.

—¿Qué tal el artículo, ya lo has terminado?

—Sí, lo presenté el lunes y ha gustado. Me han pasado dos encargos más. —Le hablo de los otros artículos, parece interesado, hace preguntas, sugerencias.

En medio de la cafetería hay un grupo de chicas, bastante escandalosas, detrás de nosotros hay un padre, con el portátil y su hijo al lado, con la Tablet matando marcianos, por lo que se oye. Odio la musiquita de los videojuegos.

—¿Quieres un poco? —le pregunto cuando veo que no deja de mirar hacia la tarta.

—No, no consumo azúcar.

—Yo tampoco —miento sin saber muy bien porqué; o sí, todos fingimos ser quienes no somos frente a desconocidos y más si nos gustan—. Pero un día es un día.

El ruido es cacofónico, nada sobresale, pero entre el murmullo y que Álvaro habla con pausas y en voz baja, no es que busque su cercanía pero me voy inclinando sobre la mesa para agudizar el oído. Me habla de su trabajo, siempre me ha encantado escuchar a la gente hablar de lo que le apasiona. Y antes de darme cuenta disfruto del café y la compañía escuchándolo embelesada.

Me invita, dice que así le debo una. Me gusta que después del rato que hemos pasado tenga ganas de más, porque yo sí.

—Ha estado bien, ¿no? —dice, cuando abre la puerta para cederme el paso. El cielo ha tomado esos tonos naranjas y purpuras del crepúsculo.

—Como para repetir. —Sonrío.

—Nos vemos en el balcón —se despide y me da un beso en la mejilla.

Subo a casa contenta pensando que debería haberle comentado algo de los corazones, pero si él aún no los ha nombrado será por algo.

—Uy, ¿y esa sonrisa? —Genara está en el descansillo—. Diría que estás enamorada. Ay, bendita juventud.

—Mientras el corazón siga latiendo, el amor no tiene edad; me lo dijo una amiga nonagenaria no hace mucho.

—Soñadores los hay de todas las edades.

45 EL ELEFANTE ROSA

¿Cuántas veces has pensado que ojalá pudiéramos dejar de pensar? Desconectar el cerebro y dejarlo en *stand by*. Sería un gran adelanto para el mundo, la ciencia y para cada uno de nosotros cuando acabamos odiando nuestros propios pensamientos por no poder controlarlos. Evitaría que muchos termináramos locos. Ya sabes, es el "Efecto del elefante rosa" cuando te obligas a dejar de pensar en algo y lo que ocurre es que automáticamente piensas en ello. Y cuanto menos quieres, más lo haces. Es jodidamente frustrante.

Es sábado, el día ha amanecido húmedo, frío y yo lo he hecho con un dolor de cabeza que ha provocado que pasara buena parte del día en la cama, a oscuras y acompañada por mi elefante rosa, que no es otro que Oliver. Tanto que hasta he soñado con él montado en uno de ellos, que me pedía que subiera para dar una vuelta bajo la llovizna, como Braveheart cuando va a buscar a Murron. De lo más normal. La otra noche soñé que tenía orejas del tamaño de Dumbo, y ni siquiera con esas "Oli orejas de soplillo" dejaba de parecerme atractivo.

He descubierto que llevo bien lo de vivir sola. Me apaño mejor de lo que esperaba, hasta me he visto capaz de cambiar la bombilla del cuarto de baño que lleva más de una semana esperando que Oli encuentre el tiempo para cambiarla. Cuando lo hice me recriminé depender de un hombre para algo tan básico. Por eso me animé hasta a colgar un par de litografías (no me he atrevido con el taladro, pero sí con el martillo —que los golpes hicieron que viniera Genara a preguntar qué ocurría—) en mi cuarto que he ido haciendo mío. Aburrirse ha hecho que me dedique a vaciar cajas y colocar mis cosas.

Lo que no llevo tan bien es no ver a Oli. Estos días han servido para darme cuenta de que me gusta vivir con él, a pesar de sus manías. Supongo que cada uno tiene las suyas, pero es fácil la convivencia. Recuerdo lo que nos costó al principio con Edu. Con él fue todo muy... ¿rutinario? No había ni menús en la nevera ni horarios, pero actuábamos como si los hubiera. Yo soy más de improvisar, flexible, me importa poco si he comprado un paquete de rollos de papel de wáter que no es la marca de siempre, si se terminan las tostadas y he de comer cereales o si he metido mis bragas con la ropa sucia en lugar de hacerla con la colada de ropa interior. Pero a él le chirriaban esas nimiedades.

He intentado distraerme en cualquier cosa, he avanzado trabajo (dos horóscopos...), he leído el libro de Ángeles Caso, *Quiero escribirte esta noche una carta de amor*, donde ha recogido la correspondencia pasional de quince grandes escritoras. Ya solo por el prólogo y las preguntas que lanza merece la pena leerlo. Os dejo algunas.

> *«¿Alguien sabe de verdad lo que es el amor?*
>
> *¿Una descarga química, una tormenta hormonal que nos obliga a tendernos hacia el otro/la otra con el cuerpo anhelante y la mente al borde del abismo?*
>
> *¿El encuentro de dos almas predestinadas?*
>
> *¿El reencuentro de dos almas que se conocieron —y ya se amaron, inevitablemente— en el pasado o en aquello que existe antes del pasado?*

¿Es el amor un sentimiento universal?

¿Amamos como nos han dicho que debemos amar?

¿Somos acaso las hijas amorosas, los hijos enamorados de los cuentos que nos han contado, de los libros que hemos leído, de las películas que hemos visto...».

He escuchado música sin que nadie se burlara de mi gusto tan ecléctico, he hecho más Pilates en estos días que en lo que va de año... He estado más pendiente del balcón que nunca (nivel: la vieja del visillo) y para colmo y sorpresa me ha dado por cocinar. He sacado la caja de recetas de Oli, tiene una libreta pero la mayoría son hojas sueltas, escritas con todo tipo de letras, y sobre todo son hojas de revista o periódico. Cuando lo descubrí me eché a reír, me hubiera encantado poder bromear sobre ello con él, su faceta de "roba recetas" no me la imaginaba para nada. Tampoco se me había pasado por la mente que leyera revistas que contengan recetas y mucho menos que la lea, la recorte y la guarde. Lo veía más como un tipo de chef que se guía por instintos. Los que me faltan a mí porque ni siguiendo esos pasos he conseguido hacer una comida que merezca mención. Comida era, quiero decir que bien que lo comí, ahora que fuera sabrosa... dejémoslo en que el pollo se emborrachó porque creo que me pasé con el coñac, que a las judías les faltaba cocción y les sobraba sal... y que el bizcocho de naranja, que en la foto salía rechonchete y esponjoso, el mío era su primo el pudín, sin tener ni idea de en qué punto la había pifiado. De nuevo me alegré de estar sola en casa y de que nadie pudiera opinar. Pero bueno, dicen que lo que realmente importa es el esfuerzo, las ganas que le pones, la intención y yo os prometo que lo hice lo mejor que sé hacerlo, pero la cocina y yo nunca nos hemos entendido. Creo que la culpa es de las medidas, las hice a partir del tamaño de un elefante rosa y así no hay receta humana que salga bien.

46 EL AMOR DA VALOR AL NADA

Ayer mandé un mensaje a las chicas anulando la comida, la hemos aplazado para hoy, ¡estoy deseando que me lo cuenten todo! Pero en cuanto me despierto, mando un mensaje a Cas para saber si puede quedar antes, necesito hablar con ella.

CAS · MAC

Mac
Podemos quedar antes?
Como para desayunar?
Sálvame de volverme loca.

Cas
En una hora en
la plaza del Reloj?

Mac
PERFECTOO♥

Toda la culpa la tiene mi elefante rosa que parece que con la lluvia que cayó ayer se ha multiplicado como un Gremlin y desde entonces ya no se pasea solo por mi cabeza, como si hubiera sitio para algo más, ahora lo acompaña una elefantita sexy con la trompa llena de anillos. Porque en algún momento me acordé de *Júpiter,* de que Oliver había dejado claro la otra mañana que estaban en "plan novios" y que por lo tanto, estoy más que segura de que habían pasado estos días juntos. Ellos y Marilyn como una familia de esas que odias por ser tan felices. Y esa imagen hace que algo ruja en mi interior. Algo que va royendo, insaciable como las hormigas en verano.

Dos horas, un tazón de chocolate y media docena de churros después, termino de contarle mi comecocos a Cas. Me ha escuchado sin intervenir, solo la expresión de su cara me ha servido para saber cómo iba reaccionando a mis palabras. Le he contado todo, desde la noche que desperté en su cama, la no-cita del lunes... hasta las pesadillas.

—¿Estás enamorada de Oliver?

Hay momentos en que la respuesta a una pregunta que ni siquiera te habías planteado acude a ti y lo hace con fulgor y tanta lucidez que te preguntas cómo no habías caído antes. Puede que si no hubiera estado entretenida con mi safari me hubiera percatado antes.

Pero ahí está.

Sin dudas.

Pequeño, pero real.

El amor.

Me he enamorado de Oliver.

—No. Entre nosotros no hay nada.

Pero mi respuesta dice todo lo contrario y evidencia el miedo que me produce la situación. Una cosa es jugar a provocarnos, desearlo físicamente porque una no es de piedra y hace tiempo que no disfruta de los placeres de la carne, pero estamos hablando de sentimientos de esos que se enredan en el corazón, que enraízan, anudan y dejan marca.

Cas arquea las cejas de forma exagerada.

—El amor es el único capaz de darle a NADA un valor incalculable.

—Nada es igual a valor cero aquí y en la Conchinchina. Solo es... son ganas. El roce hace el deseo y llevo mucho tiempo en dique seco.

—¿Y él?

Sé que es querer algo que no puedes amar, que sabes que está mal y solo traerá problemas. Estaba mal obligarme a querer más a Edu porque él se lo merecía. Estaba mal querer a Bruno, de esa forma tan irracional hasta perder la cordura cuando no éramos libres. Y desear a Oliver como un capricho, ya era mala idea, pero de ahí a estar enamorada es otro error de esos que sacuden tu vida.

—Hablamos de Oliver. No tiene de eso.

—Ahora te has pasado.

Al inicio decía que los realistas van a todos lados en línea recta y los ilusionistas se pierden en las curvas. Ahora añado que los realistas al ver la piedra la saltan antes de tropezar con ella, los ilusionistas la amamos tanto que caemos sobre ella una y otra vez. La abrazamos, le ponemos un lacito y le ponemos nombres ridículos como Misifú (aunque tenga el tamaño de un elefante).

Siempre hay una última explosión, la traca final, el momento de máxima confusión antes del equilibrio. Solo deseo que este sea el mío y que la vida no me guarde más sorpresas. Al menos que me deje el tiempo de asumir todo esto.

Nadie puede vivir mucho tiempo en esta anarquía sin sentido.

—Al final sí que voy a terminar casándome —sisea entre dientes, tan suave que dudo haberla entendido bien.

—Eh...

—Nada, tú sigue auto-engañándote. —Cojo una servilleta que tenía ya hecha una bola y se la tiro. Para variar fallo y se ríe, porque es hasta ridículo que siga intentándolo sabiendo que mi puntería podría entrar en el record Guiness pero por ser la peor del mundo.

47 CAZADO

La mañana pasa rápida y cuando nos damos cuenta, después de dar un paseo por la playa, a pesar de que el día sigue algo encapotado, vamos hasta el centro donde hemos quedado con Candela y Alba.

Cas se integra perfectamente, no tenía ninguna duda. Aunque a cada minuto que pasa tengo más claro que quedar hoy ha sido otra de mis pésimas ideas. Si quería verlas era para evadirme y despistarme de mis pesadillas he conseguido todo lo contrario. Alba está eufórica, es tan feliz que da asco; y que conste que me alegro por ella, pero tampoco hace falta exhibirlo de esa forma, que otras estamos a años luz de estar en esa misma situación (hablo de felicidad no de estar enamoradísima de tu mejor amigo). Nos ha enseñado el vídeo de la pedida de mano en el Siete mares, nos habla de cómo han sido estas semanas, de los planes de boda...

Ay, *amigui*, quién te ha visto (u oído) y quién te ve ahora. Si es que el amor nos fulmina las neuronas en tiempo récord.

—Enamorarse de tu mejor amigo es perfecto —afirma soñadora—. Os conocéis tanto que no hay que mentir a nadie, conoce tus virtudes y defectos. Es una amistad que termina en la cama y Jorge en ese sentido es la *putahostia*.

Me he terminado el vermut, el pincho de tortilla y casi me he zampado sola el cuenco de aceitunas pero los nervios me dan hambre y parece que mientras como la sangre va al estómago y mi cabeza se queda un poco atontada.

—Siempre he creído que estaba enamorado de ti. —La voz de Cas me saca de mis cavilaciones y parece que la conversación se vuelve a centrar en mí—. Te salvó de un dragón.

Arqueo las cejas hasta que entiendo a qué se refiere.

—Era una lagartija.

Debía de tener unos seis años (ellos once) y fuimos las dos familias a Somiedo, dormimos en tres tiendas de campaña, los padres tenían una por pareja y nosotros tres dormimos en la misma. Aquella noche cuando me fui a meter en el saco mis pies rozaron algo viscoso. Creo que mi grito provocó la desaparición de los osos de la zona durante una larga temporada.

—Eso es amor —aplaude Candela y yo pongo los ojos en blanco y me pinzo el puente de la nariz.

—¿Te acuerdas de la fiesta que montamos para tus quince años? —continúa Cas.

—*Hmmm* —respondo, porque no tengo ni idea de a qué viene eso. Aprovecho que el camarero está cobrando a la mesa de al lado y pido otra ronda porqué intuyo que Cas está más que preparada para sacar a relucir buena parte de nuestro pasado y miedo me da.

—Quisiste hacerla temática, en aquella época se llevaba bastante. Fuimos todos de lo que queríamos ser de mayores.

—Me acuerdo. —Ella se vistió de médica, quería trabajar en Urgencias (la culpa era de *Anatomía de Grey*).

—Oliver apareció como Superman.

—Todos los niños sueñan con ser superhéroes —respondo.

—Ya, pero él siempre ha tenido claro que quería ser bombero. Igual que tú sabías que querías ser reportera y fuiste de Lois Lane. ¿Lo pillas?

El camarero nos trae la nueva ronda. Le doy un buen sorbo al vermut. Cojo la aceituna y la mojo antes de llevármela a la boca.

—Lo pillo, pero no lo veo una señal —farfullo, empiezo a mosquearme—. Solo es Oli intentando provocarme como siempre.

—Te ha acogido en su casa. —Esta vez es Alba quien hurga.

—Ese es el lado bueno de Oliver, el que se preocupa por todos y el malo, el engreído que no se compromete. Así que parad porque no me estáis ayudando. No somos Alba y Jorge. Por favor, Cas. —Me giro hacia ella—. Tú eres la que me tiene que frenar, decirme que es mala idea. No alimentar más a la bestia. Lo conoces tan bien como yo. No puedo pensar en Oliver en estos términos. Es amigo de la familia y no quiero ni imaginar en que algo se interponga.

Nos quedamos calladas cuando suena el teléfono de la pelirroja; para distraerme, y no dar vueltas a un elefante rosa que ahora lleva capa y vuela, me centro en unas palomas que hay picoteando bajo una de las mesas y acabo teniendo una idea para liberar a mis periquitos.

Necesito encontrar un piso lo antes posible, aunque sea una lata de sardinas sin ventanas. Me da igual, pero no puedo seguir al lado de Oli con estos nuevos sentimientos.

—Es tu hermano, quiere hablar contigo —me dice, alargando su móvil hacia mí.

—¡Hola!

—¿Dónde tienes el teléfono? Llevo llamándote un buen rato.

—En el bolso, no me he enterado. —Supongo que sigue en silencio desde ayer—. ¿Qué pasa?

—Tengo buenas noticias —hace una pausa para dar énfasis—, han detenido a Caoimhghin Teloy. Tu *oso* ha sido cazado.

Pego un grito, salto de la silla y me pongo en pie. Me despido de las chicas, le digo a mi hermano que ahora lo llamo desde mi teléfono para que me cuente lo que sabe mientras voy de camino al hospital. Tengo que contárselo a Mafer. Sí, ella es la primera a quien quiero contárselo, pero reconozco que después es a Oliver. ¡Vaya caos de vida!

48 LA DISTANCIA MÁS LARGA ENTRE DOS PERSONAS ES EL MALENTENDIDO

Estoy en la cocina preparándome la cena, una tostada con aguacate y salmón ahumado, cuando oigo el cerrojo de la puerta. El corazón se me detiene, no esperaba que volviera esta noche.

He pasado la tarde en el hospital, ¡qué bien sienta dar buenas noticias! A pesar de que la estructura del edificio ha quedado muy dañada y han decidido derribarlo, Mafer está contenta de que el *oso* haya sido cazado y ya no les pueda hacer más daño. Ahora toca ir a juicio y buscar cómo se compensa perder una casa con un montón de recuerdos dentro solo por la avaricia de un desgraciado.

De vuelta a casa me he propuesto hacer una lista de urgencias. He preparado un nuevo currículum, lo he puesto bonito y he preparado un *mailing* para todos los periódicos que hay por aquí y lo he dejado preparado para qué mañana se mande a las nueve de la mañana.

Tengo claro que no quiero seguir inventándome horóscopos y mucho menos hablar de liposucciones de pubis, criopolis como nuevo tratamiento contra la grasa, lift-lips o bichectomía. Quiero escribir cosas serias, he decidido que mientras seguiré haciendo artículos de opinión y los ofreceré como *freelance*. Me gusta esta parte de dar mi opinión sobre un tema en concreto. El otro punto primordial, el de buscar piso, es algo más complicado; ya esperaba que fuera difícil pero no hasta ese punto. Las latas de sardinas van buscadas y casi no hay, las cajas de zapatos o son de lujo o están anticuadas (algunas da yuyu hasta en fotos imagínate dormir allí con un cristo sobre la cabeza y tapetes en el sofá) Tampoco me convence la opción de compartir piso, e irme de la ciudad y depender de transporte para moverme aún menos. Lo sé, como dice mi madre, encima de pobre, delicada. Pero no me desanimo, sigo buscando, tengo el pálpito que encontraré algo.

—Hola —digo, sacando la cabeza y secándome las manos en el paño.

—¿Por qué me miras así? —dice Oli, dejando la bolsa con su ropa en el suelo—. Ni que vieras un fantasma.

Un fantasma no, solo que es la primera vez que te miro sabiendo que me he enamorado de ti. Y era algo tan imprevisible que ahora que ha sucedido tengo la sensación de que puede suceder cualquier cosa.

—Nada, no contaba contigo. Estoy haciendo la cena, ¿quieres?

—Eh, prefiero no morir esta noche. —Sonríe, está más moreno, como si le hiciera falta resaltar su atractivo.

—Qué gracioso. ¿Ya has acabado tu trabajo de *au-pair* perruno?

—Sí, es adorable, dan ganas de adoptar uno.

—Tengo un pedazo noticia: ¡han detenido al oso!

—Nos lo han contado. Me alegro por tu abuelita.

Está raro, esperaba algo más de efusividad, me molesta que ni me haya mandado un mensaje para contármelo. Y ahora dirás: tú tampoco lo has hecho, lo sé, pero es que quería decírselo en persona.

—¿Te acuerdas del día que viniste al parque y me hablaste de él? —Asiento y me apoyo en el marco de la cocina mientras lo veo descalzarse—. Lo vi, a primera hora de la mañana, merodeando por allí cerca. Ahora sabemos que fue a intentar sobornar a Magnum.

—Pues sabe disimular muy bien —digo recordando la conversación que tuve con el calvo, no me dio la sensación de estar escondiendo nada.

Se sienta en el sofá y aparta los cojines, la manta. Menos mal que el portátil ya lo había dejado bien colocado sobre la mesa. Me vuelvo a la cocina y sigo a lo mío, preparo un par de tostadas más porque estoy segura de que cuando las vea va a picar de mi plato a pesar de que no estén tan buenas como cuando él las prepara. No sé muy bien cómo comportarme, qué desagradable es sentirse incómodo con alguien tan cercano y al que conoces de toda la vida. Pero con mi reciente descubrimiento y ese juego que nos traemos últimamente estoy del todo fuera de juego.

Cuando salgo de la cocina con una bandeja —con dos platos y un par de cervezas— veo que ha cogido el portátil y lo tiene sobre las pantorrillas con la vista fija en la pantalla. Estoy segura de que pensaba que estaba trabajando con los periquitos pero el que se lleva la sorpresa es él y lo que ve en la pantalla no le gusta mucho visto como arruga el ceño y la vena de la frente se le hincha.

No estaba trabajando, estaba navegando por un portal inmobiliario.

—Veo que te ha gustado esto de vivir sin mí —gruñe con los dientes apretados, parece enfadado y no lo entiendo.

—No quiero aprovecharme de tu hospitalidad —Hago una pausa y sin querer suelto un poco de ese veneno que he ido tragando estos últimos días—. Así puedes jugar con *Júpiter* a las casitas sin mendigar casa a un colega.

—¿Júpiter?

—Beca —especifico e intento que los celos no se adueñen de mi voz.

—¿Qué pinta ella aquí? ¡Estamos hablando de nosotros! —Cuando está así ya sé que es mejor no responder ni intervenir—. Me da que estás cabreada por algo, y sinceramente de lo último que tengo ganas es de una pelea. Ha sido un turno de mierda.

—Eres tú el que ha llegado y se ha puesto como un energúmeno.

—Tranquila, en nada te vas y ya no tendrás que seguir aguantándome.

Se pone en pie y pasa por mi lado sin mirarme, hasta que no oigo el portazo de la puerta de su habitación no me doy cuenta de que sigo plantada en medio del salón con una bandeja con la cena para dos.

Qué bien había empezado la semana y hay que ver en qué asco ha terminado.

PERICO Y PAQUITA 3

—Perico, mira la señora esa, al lado del coche rojo. Ahí, alimentando a esas tontas palomas; ya me podría tocar vivir con una señora así. Estoy segura de que también me daría manzana. Y me hablaría.

—Parece encantadora, yo creo que hasta les está cantando.

—Qué chaqueta tan colorida lleva, me gustan las abuelas que no se olvidan de los colores con la edad. Ay… está mirando hacia nosotros, ¿tú crees que nos entiende?

—No digas tonterías, Paquita, eso solo es una leyenda. Los humanos no entienden a los animales.

—Mi madre me contó que en el pasado sí lo hacían. Sabían escuchar, ahora solo oyen.

—Sigue mirando hacia nosotros, está sonriendo y asintiendo con la cabeza.

—Creo que acaba de hablarme y decirme que hará lo posible por sacarnos de aquí. Ay, Perico, dime que no es una locura, que tiene sentido lo que digo.

-Paquita, creo que el momento de poder verte está muy cerca.

-Ay, que me estoy poniendo nerviosa.

-Cállate anda, disimula que si no te llevan para dentro y aún queda mucha tarde por delante.

¿Qué será de nosotros
si en esta vida
no existe un nosotros?

49 DESORDEN EN LA CABEZA Y EN EL CORAZÓN

Confieso que me paso el lunes pendiente del teléfono, esperando como una idiota que Oliver me mande algo sobre los periquitos. Tanto pedir su libertad y luego me ignora. No me gusta estar así con él. Me siento perdida con mis nuevos sentimientos. Quiero alejarme y cuando me da, sin saberlo, lo que quiero me cabreo y me enfado. Ya no es solo tener la cabeza desordenada, es tener el corazón.

Encima el corazón de hoy es poético pero me parece desencantado, como si diera algo por perdido.

La perdida soy yo en mi propia vida.

Ya tiene narices.

Por suerte el día pasa decentemente rápido, me concentro en el nuevo encargo de la revista y después escribo el artículo de la librería.

50 DE MAYOR QUIERO SER COMO TÚ

El miércoles me levanto haciendo el menor ruido, hace poco he oído a Oli volver del turno de noche.

Seguimos raros, no nos vemos desde el domingo por la noche y sin un mísero mensaje por los periquitos, por eso la sorpresa es mayúscula cuando llego a la cocina y al abrir la nevera para coger la leche encuentro un dibujo pegado con imanes en la puerta. Está al lado de una foto de nosotros, del día que celebramos mis treinta. Salimos con las cabezas juntas, solo se nos ve media cara, de la nariz para abajo; solo somos un par de sonrisas. Es otra de esas fotos que cualquiera hubiera descartado, pero que Oliver conserva y le gusta tanto que la colgó en la nevera.

Sonrío como una idiota porque me encanta, porque siento que, aunque sea con un dibujo, es una mínima señal de que Oliver no se está alejando. Que sigue aquí. Me gusta tanto que decido que en lugar de escribir una nueva entrada como tenía previsto y contar cómo la abuela del abrigo de colores los libera, solo pondré este dibujo. Es perfecto.

En su lugar decido dejar una nota, soy pésima dibujando:

Gracias, me ha encantado.

Me has tenido dos días esperando noticias tuyas.

Voy a ver a Mafer al geriátrico.

Nos vemos después. Bss

Me entretengo más de lo previsto y cuando al final salgo de casa son pasadas las once de la mañana. Nunca antes había entrado en un geriátrico y reconozco que esperaba algo más tétrico y desangelado de lo que me encuentro. En la entrada hay un gran jardín con varios bancos, a la derecha se distingue un huerto. Por lo que tengo entendido antiguamente era un convento de monjas, y hace unos años lo rehabilitaron. En recepción me informan de que Mafer está en la sala 3, en el primer piso. Paso por delante de una sala donde hay una televisión puesta, aunque parece que nadie presta atención. Hay tres personas, uno está junto a la ventana, haciendo crucigramas, el otro está pendiente de la radio escuchando algún partido, aunque me sorprende la hora y una mujer mira hacia la nada. La soledad se huele en el aire y me pellizca el corazón.

Paso por delante de otra sala, la puerta está entreabierta, hay un sanitario ayudando a estirar la pierna a una abuela que está tumbada en una camilla y rodeada de trastos que identifico como equipamiento de gimnasia, imagino que debe hacerles rehabilitación.

—Eres mi favorita —oigo que le dice él, zalamero.

—Eric, eso se lo dices a todas.

—Pero contigo es verdad.

—Eso también se lo dices a todas. —Sonrío, se ve que se tienen cariño. Me alegro de ver que Mafer va a ser atendida por personal al que le gusta su trabajo.

—Ya, pero tú eres la más lista y sabes que solo contigo es de verdad.

—Ay, casanova… si tuviera cuarenta años menos, no te me escapabas.

—Por ti me dejaba atrapar.

A la mujer se le cae una pelota y llega hasta donde estoy yo. La cojo y cuando alzo la vista veo que me han visto.

—Hola, ¿buscas a alguien? —Eric, me mira o mejor dicho, me torpedea con sus ojos azules.

—Eh, sí —balbuceo, dándole la pelota—. Busco a María Fernanda… La trajeron ayer. Tiene la cadera rota.

—¿Es la del incendio? —me pregunta la abuela que no puede ocultar que la noticia la ha afectado.

—Mafer, ¿no? —las dos preguntas se solapan.

—Sí, Mafer —digo aún algo atontada por la fuerza que desprende su mirada—. Y sí, es la del incendio, por suerte el domingo pillaron al culpable.

—Está en la sala contigua.

—Gracias.

—Nos vemos por aquí.

Sonrío y me despido con un movimiento de mano. Deseando volver a verte, Eric-ojosazules.

Desde el pasillo se oyen las risas. En la sala 3 hay jolgorio y entra mucha luz del exterior. Aquí las mesas son redondas y los sillones parecen confortables. En una mesa pintan, en otra hay una tutora ayudando a cortar unas telas. Mafer está en la del fondo, junto a otras tres mujeres, haciendo calceta.

—¡Qué sorpresa! —exclama al verme. Le doy un par de besos en la mejilla.

—Ayer te dije que vendría a verte. Te he traído una planta para decorar la habitación.

La veo alegre y me quedo más tranquila. No tiene que ser nada fácil aceptar que estás sola, que de repente te has vuelto dependiente, que tu casa está hecha cenizas y ahora tienes que vivir con un montón de gente que no has visto en tu vida.

Me presenta a sus compañeros de mesa, habla y habla. Hasta me dice si quiero ver su habitación. También han llevado allí a otra pareja del mismo edificio.

Después de pasar por su habitación para dejar la orquídea, y esconder la caja de galletas de mantequilla que le he traído —hace unos días me dijo si podía comprarle, que eran su vicio—, salimos al jardín a pasear un poco, ella sentada en una silla de ruedas.

—¿Cómo estás?, pareces triste —me pregunta cuando nos detenemos en un banco junto a una fuente y un pequeño estanque donde imagino debe haber ranas porque se oye su croar.

—Un poco, me siento a la deriva. No termino de salir del bache, encima acabo de descubrir que me he enamorado de Oli.

—¿Del bombero?

—El mismo. Y no puede ser. Ahora menos que nunca. Mi vida ya es un caos sin añadir más problemas.

—¿Quién puede controlar a quien ama o cuándo es buen momento para hacerlo? Si se puede detener, no es amor. No sé qué es, pero es otra cosa.

—No tengo suerte.

—La suerte es otro nombre del destino. Todo tiene su porqué —dice rozándome la mejilla con su mano.

—¿Realmente crees eso? ¿También el incendio?

—El incendio te ha traído a mi vida y es algo de lo que me siento agradecida. Vienes, me haces compañía, me traes flores y galletas. Las personas que te dan tiempo y amor te lo dan todo. Y ahora voy a poder afrontar otro largo invierno sin estar en una casa vacía. Aquí tengo con quién hablar, me cuidan, como caliente, se preocupan... Por fin ha llegado mi momento de vivir como una reina. —Sonrío y ella me copia—. Sí, creo que todo pasa por un motivo.

Y no sé por qué me sincero con ella, le hablo de la boda, de Edu, de Bruno... de todo.

—Saldrás, encontrarás tu camino —me dice, convencida—. Hay veces que no es solo recuperarse, hay que reinventarse. —Habla con la mirada perdida sobre el chal de colores que lleva sobre los hombros—. Llevamos toda la mañana trabajando en una colcha de *partwork*, o como se diga, y creo que la vida es igual, un montón de retales de diferentes momentos. Algunos están llenos de luz, y otros de oscuridad, blancos de niñez o rojos de pasión, floreados, estrellados, lisos o serpenteantes... Todos forman esa colcha de recuerdos de vida, que te cobija. Porque te prometo que nada protege más que un recuerdo. Mi niña, ha llegado la hora de coser los laterales e ir a por otro cuadradito.

Supongo que hay gente que se ahoga en un vaso de agua y otros que saben buscar siempre el lado positivo a todo lo que les ocurre. Y me prometo hacer el esfuerzo para ser como ella.

51 UN MELÓN Y UNA CITA BAJO EL BRAZO

Antes de ir a casa, paso por el super para comprar un par de cosas, y mientras escojo un melón, le doy unos golpes con los nudillos y lo huelo. Fue Isabel, la madre de Oliver, que me llevaba con ella al huerto quien me enseñó algunos trucos.

—Hola —me saludan desde detrás y sin girarme reconozco la voz, Álvaro.

—Hola, ¿qué haces aquí? —Ya, vaya pregunta... pero es lo primero que se me pasa por la cabeza.

—Lo mismo que tú, comprar —ríe—. Aunque ahora mismo dudo... ¿puede que estés en la sección de frutería abrazando un melón? ¿Es algún tipo de terapia de esas modernas?

Suelto una carcajada que suena más alto de lo que esperaba, un hombre que estaba escogiendo tomates me ha mirado como si se me hubiera escapado un pedo.

—Oh... Solo estoy escogiendo uno.

—¿Sabes? Yo siempre pillo el primero.

—Hace años me enseñaron —digo, pensando en hacerle la misma broma que me hizo ella—. Espera. —Le doy un melón, me mira suspicaz pero lo coge—. Primero tienes que olerlo, buscar los que desprenden un dulzor. Después tienes que darle unos golpes con los nudillos y luego te lo acercas al pecho para que te llegue la vibración. Como un diapasón.

Resisto las ganas de reírme, porque está serio, concentrado. Me imita, imagino la pinta que debemos tener los dos cada uno con un melón cerca del corazón, Álvaro hasta tiene los ojos cerrados. Esto si es un alumno aplicado.

—Diría que este es bueno. ¿Te vienes el viernes a cenar a casa? — Suelto sin pensarlo para que no me dé tiempo a arrepentirme. Hace un conato de mueca, casi inapreciable sino fuera porque lo estoy mirando. Puede que sean ideas mías pero por si acaso me apresuro a dejar claro que no es una cita—. Estará Oliver, Cas, mi mejor amiga, mi hermano…

—¿A qué hora sería?

—¿Sobre las nueve?

—Perfecto, nos vemos.

Y es así como salgo del super con un melón y una cita bajo el brazo. Y puede que Mafer tenga razón, no puedes obligarte a querer o desquerer, pero puedes abrirte a otras posibilidades.

52 DUEÑOS DE UN LATIDO

Llego a casa y me encuentro que Oliver está cocinando. Por fin vamos a vernos.

—¿Pizza?, Qué bien, estoy hambrienta.

—Pero ¿dónde vas tan cargada? Podías avisarme —dice cuando me ve dejar las dos bolsas en el suelo y mover los hombros para destensarme.

—Es que solo iba a por un par de cosas, pero me he liado y en fin... El resto lo trae mañana Pepe.

—¿Más? Pero ni que fuera a venir una invasión.

Se ha servido un vino tinto, y desde los altavoces suena U2, con su célebre tema *Song for someone*. Me gusta que haga estos rituales cuando cocina, música, una copa...

—El viernes viene Álvaro a cenar.

—¿Quién? —pregunta, alzando la mirada. Yo la esquivo haciendo que no me he dado cuenta y sigo colocando la compra.

—El vecino. El otro día me invitó a un café y ahora nos hemos encontrado en el super.

Sigue trabajando la masa, entorna los ojos como siempre hace cuando se concentra, aunque sea para una masa de pizza. Sus músculos se contraen, lleva una camiseta blanca que resalta sobre su piel morena... Toso para esconder un suspiro. Deja la masa reposar, la tapa con un paño y se lava las manos. Dejo el melón en la nevera y cuando me doy la vuelta lo encuentro con los brazos cruzados y mirándome con una intensidad que me desestabiliza.

—Pero, ¿es una cita? ¿Tengo que buscarme un plan para esa noche?

¡Ni se te ocurra dejarme sola!, grito sin pronunciarlo en voz alta.

—No, es solo una cena entre amigos, es nuevo en la ciudad. Le diré a Cas y Larios que se vengan.

—¿Sigues creyendo que es él el de los corazones?

—Sí. —Guardo las limas.

—Pero, ¿te lo ha dicho?

—No, aún no. Dile a Beca que se venga, cuantos más, mejor. —Meto el brie en la nevera, pero en el último momento lo dejo fuera, no sé qué va a echar a la pizza.

—No vendrá —dice, agachándose para comprobar algo en el horno.

—¿No puede? —¿Se ha notado mucho que me alegro?

—Digamos que ya no nos vemos.

—Pensé que con ella ibas en serio —comento, sirviéndome una copa de vino.

A la hora de descorchar una botella no ha escatimado, ha escogido un Peza do rei de barrica. Un jugo de uva de casi veinte euros.

—Das muchas cosas por sentadas —suelta antes de dar un sorbo a su mencía.

Voy a contestarle que fue él quien dejó caer aquella mañana que estaban juntos, pero prefiero no mentar ni de refilón algo que tenga que ver con nosotros dos en una situación, digamos… impura.

—Otra más que irá por ahí con el corazón roto —murmuro—. Parece que como tú no tienes corazón, nadie más puede tener.

En dos pasos se sitúa delante de mí, me coge la mano y se la lleva al pecho.

—¿Lo notas? —Asiento; caemos otra vez en esa especie de limbo en el que últimamente aparecemos a la menor oportunidad. Lo siento tan cerca, con su mano sobre la mía, notando su corazón. Su mirada se enreda con la mía, la escondo bajo los párpados para que no lea cómo me turba—. Sí que lo tengo, pero no todo el mundo lo hace latir.

—Perdona —es lo único que consigo decir al cabo de un silencio tenso.

Sus labios me quedan tan cerca, que me entran ganas de pasar la lengua sobre ellos buscando las notas del vino como lo haría un enólogo. Cuando mira así siento que nuestros cuerpos orbitan alineados. Se mueven por la influencia del otro.

—¿De qué quieres la pizza?

O no. Solo dos planetas que se tienen que entender por estar en el mismo universo.

Me pregunto
que será de nosotros
cuando sepas quién soy

53 UN OJO ABIERTO Y EL OTRO CERRADO

Miro el corazón con fuerza queriendo ver más palabras. La respuesta que busco. Una señal. Nada. Le doy la vuelta, observo cada esquina, pero nada.

Y me pongo nerviosa, o un poco más, porque es viernes y esta noche Álvaro viene a cenar. Y si al principio me pareció buena idea, en algunos momentos dudo de que esté haciendo lo correcto. Por un lado están esos sentimientos nuevos que siento por Oli y que me acongojan y acojonan porque… ¡Es Oli, por Dios!

Si es que lo intento, chuto la maldita piedra con toda la fuerza para mandarla a otro mundo, pero con la mala puntería que tengo, rebota y me da en toda la cara.

Enfoco mi energía en Álvaro, me gusta, y estoy deseando conocerlo más a fondo. Tengo que repasar la lista para la cena de esta noche, quiero que todo salga perfecto.

Estoy tan distraída que pego un pequeño salto cuando Oli, y su don para ser sigiloso, me abraza por detrás apoyando la barbilla en la coronilla después de darme un pequeño beso en el pelo.

—Buenos días.

—Un poco más y me da un infarto. Pensaba que los elefantes eran más ruidosos. —La última frase la digo en un susurro solo para mí.

—¿Eh?

—Nada.

Cierro un momento los ojos y disfruto de su cercanía que una no es de piedra y nada hay en esta vida más reconfortante que un abrazo; si además te lo da tu amor platónico pues es para acabar ronroneando. Por suerte no llego a ese punto, como mínimo en voz alta.

—¿Qué haces aquí fuera?

—El saludo al sol —bromeo.

—No tienes mucha pinta de hacer yoga ahora mismo. ¿Desayunamos?

—Claro.

Entre copos de cereales, olor a café y tostadas y huevos me pregunta qué he pensado hacer para la cena.

Algo fácil, que quede guay y que sepa hacerlo. Algo que no necesite más de tres o cuatro pasos.

—No lo tengo claro. Pensaba algo informal... Hacer tu sopa de melón, una tabla de quesos, otra de embutidos, pica-pica y tirando.

—Y que no sea muy complicado. Estaría bien que la primera vez que cenamos juntos no lo acabe intoxicando.

—Tengo que ir a entrenar y luego ayudar a Magnum con unos muebles, pero si quieres cuando vuelva podemos cocinar algo.

Y su propuesta me deja con la taza a medio camino. Lo miro con el ceño fruncido sorprendida.

—Eh, sería genial.

—Pues nos vemos luego.

Coge una botella de agua de la nevera, un plátano y una bolsa de esas que tiene preparada con un mix de frutos secos y se va.

Yo aún tardo unos cinco minutos en terminarme el café y ordenar mis prioridades.

*

Cuando Oliver vuelve, sobre las seis de la tarde, la casa está tan impoluta que cabrearía a los del CSI, como suele bromear. Pero es que con los nervios me vuelvo la loca del mocho.

—Joder, ¿a qué huele?

—Es pachuli, para dar buenas vibraciones. —Nunca he sido muy de velas ni de quemar incienso pero buscando en Pinterest alguna idea para decorar la mesa lo he visto y he bajado a la tienda de la esquina y he vuelto con un cargamento de velas que sin duda nos daría para un par de Semanas Santas. Y sí, huele raro, pero no sé si es normal o es que las barritas llevan caducadas desde el siglo pasado.

—Anda, abre un poco la ventana que esto parece un monasterio budista.

Deja la mochila en el suelo, justo detrás de la puerta, como suele hacer.

—Ni se te ocurra dejar la bolsa ahí —lo riño— no me he pasado el día limpiando para que tú llegues y dejes todo por ahí tirado oliendo a grajo.

La coge y se la cuelga de nuevo para ir a la cocina y poner una lavadora.

—Pues sí que has estado entretenida —dice, mirando la mesa—. Espera, ¿has planchado hasta el mantel?

—Estaba muy arrugado —me excuso, pasando por su lado y corrigiendo el ángulo de uno de los cuchillos y alisando una invisible arruga.

Oli me mira; me observa de esa forma que me pone nerviosa, como si esperara que yo confesara algo, o que él lea en mis ojos algún enigma que lo atormenta. Y ahí sigue y a mí me recorre un picor desagradable por todo el cuerpo.

Carraspea y sacude la cabeza de forma casi inapreciable.

—¿Estás lista para empezar con la cena o quieres planchar los cojines del sofá? ¿Puede que peinar la alfombra?

—No te burles, que estoy muy nerviosa.

—Mac, eso se ve a leguas, aunque no entiendo el porqué.

Dos horas después hemos preparado una sopa de melón, hecho el crujiente de ibérico, la tabla de quesos está lista con frutos secos y uvas para acompañar, repartido los encurtidos en diferentes cuencos de madera de mango que compré hace poco. Hasta hemos hecho el postre, crema de ricota con arándanos y menta. Ahí hemos tenido una pequeña pelea, cuando le he dicho que Álvaro no toma azúcar y que por ese motivo echara menos cantidad, se ha puesto una furia.

—Los postres son dulces, si no que se coma un limón.

Y como siempre que Oliver cocina ha puesto música y ha abierto una botella de vino, en este caso un albariño. Desde los altavoces nos llega Gavin James cantando The middle. «Mantenme cerca y nunca me dejes ir…» mientras me habla del trabajo, del último cotilleo de sus compañeros y las ganas que le han entrado de adoptar un perro después de pasar casi una semana cuidando de Marilyn.

«Te siento en mis huesos, oh oh oh.
Desde mi cabeza hasta los pies, oh oh oh…».

Le comento mis avances en el artículo sobre las cartas y algo que me ha sorprendido muchísimo y es que la primera carta de amor de la que se tiene constancia es de una ¡abadesa francesa! Eloïse fue monja y estaba casada. Las cartas datan del siglo XII, y durante los siguientes siglos la historia de estos enamorados fue admirada y convertida en leyenda y sus protagonistas en personas de culto. Y hablando de ella y de su historia se nos pasa el tiempo y estoy tan bien, estamos, que ahora mismo odio que venga más gente. No quiero conocer a nadie, ponerme nerviosa por querer agradar porque en el fondo claro que es una cita, encubierta pero lo es. Cuando Gavin canta «cuando estés lejos de mi piel, te respiraré», me acuerdo de Ricardo, el marido de Mafer, y su forma de decirle te quiero.

Quiero seguir aquí, sentada en este taburete charlando de todo y nada con Oli mientras terminamos una botella y abrimos otra. Estudiar con detenimiento sus ojos, el tono más gris que tiene el aro exterior, el azul central y los rayos que escapan de la pupila llenos de luz. Que sea otra noche de las nuestras, que empiezan sin expectativas y acaban siendo una de las mejores. Cada vez tengo más claro que la vida que quiero está hecha de pequeños momentos que ni se buscan, ni se planifican y no necesitan ningún artificio. Su esencia reside en ser auténtico y curiosamente, y en contra de lo que nos han vendido, repetibles. Porque estos somos nosotros, Oli y Mac, con sus noches de Woody, con sus peleas domésticas, que charlan de todo sin censura. Los amigos que se entienden con miradas, tienen su propio lenguaje y conocen las rarezas y peculiaridades del otro y no les importa. Que se comportan como son frente al otro sin artificios, ni mentiras ni medias verdades para agradar. Dicen que somos de donde no tenemos miedo a mostrarnos como somos.

Y puede que aún me pase unos días así, con un ojo abierto y el otro soñando, pero cada vez tengo más claro que lo nuestro no puede cambiar, porque me importa demasiado.

—Será mejor que vaya a la ducha y me ponga guapa.

Ya estoy saliendo de la cocina cuando lo oigo, y no sé si es consciente de que verbaliza su pensamiento pero mis labios esbozan una sonrisa cuando lo oyen.

—Como si te hiciera falta. Con esos vaqueros hasta yo me casaba contigo.

54 LA CENA DE LOS IDIOTAS

Cuando salgo de mi habitación Cas y mi hermano ya están aquí. Los encuentro a los tres en el sofá, tomándose una copa.

—Guau, estás espectacular —dice Cas—. ¿Vas preparada?

Me pregunta si llevo ropa interior sexy, y debo admitir que me ha costado lo mío encontrarla, pero al final he dado con ella.

—He tenido que rebuscar, pero sí.

Me he puesto un vestido negro, es informal pero sexy porque es muy corto y la parte superior es de plumeti que deja entrever el sujetador y con cuello en V. Le pedí que ella también viniera para matar, para que no se notara tanto y ha aparecido con un mono short de color ciruela con el que está espectacular. Me he recogido el pelo con un moño alto y me he maquillado un poco.

—A ver, dime, ¿qué sabes de este tío? —pregunta mi hermano, sacando su vena protectora.

—Se llama Álvaro, se ha mudado hace poco y vive ahí delante. Tiene treinta y seis años y es psicoanalista forense.

—Y cree que es el que le manda los corazones —añade Oliver.

Le robo la copa y le doy un sorbo, me estoy poniendo histérica. Es ridículo, ni que fuera mi primera cita…

—No estés nerviosa, seguro que lo pasamos genial —intenta animarme Cas, que como buena amiga ha leído mi expresión corporal.

—Pues ha planchado hasta el mantel…

—Deja de burlarte de mí.

Enciendo las velas que hay en la mesa y cambio a la lista de música que he seleccionado para la velada, se llama «bailando en la cocina».

—Hace poco leí en algún lado: No existe casi ninguna actividad ni proyecto que empiece con unas expectativas y esperanzas mas altas, y que fracase tan a menudo, como el amor.

Cierro los ojos porque la noche como tal aún no ha empezado y Oliver ya está mostrando sus cartas y lo odio cuando se pone en este plan de filósofo arrogante.

Y sin darme cuenta nos ponemos a discutir porque se ha dedicado a mover los cubiertos cuando yo los tenía bien colocados y ha dejado solo una de las velas que había puesto, lo que provoca que la decoración no sea homogénea. En su lugar ha puesto el puto búho que por una vez había sido yo quien lo había escondido en mi armario, debajo de los jerséis de invierno. El cabrón se debe haber divertido buscándolo.

—Peleáis como un viejo matrimonio —nos interrumpe mi hermano.

—Pero no se acuestan —puntualiza Cas.

—La mitad de los matrimonios tampoco —sigue Hilario.

—¿Y quieres que me case contigo? Ni soñarlo.

—Creo que eso va a cambiar pronto, y lo sabes.

—Lo sé, pero aun no está todo el pescado vendido.

—Odio cuando hablan en código —murmuro.

—Tendremos que inventar uno nosotros —dice Oli un segundo antes de que suene el timbre.

Álvaro está aquí y es muy puntual. Punto para él.

Está muy guapo. Viste vaqueros y una camiseta negra, muy informal. Se debe haber duchado hace poco porque tiene el pelo aún húmedo, lo noto cuando me da un beso en la mejilla. No huele a nada, ya sé que hay personas que no les gusta el perfume, pero me choca. Estamos demasiado influenciados por los incansables anuncios de perfumes. Mira alrededor algo perdido, sin saber dónde dejar la chaqueta, se la cojo y la cuelgo justo detrás de él. Parece tímido, más de lo que esperaba después de cómo nos conocimos y de la radiografía que me hizo.

Después de las presentaciones, me disculpo un momento y voy a la cocina a por los aperitivos seguida por Cas.

—Con ese vestido estás de infarto.

—¿Tú crees que le ha gustado?

—Nena, está tan *atontao* que si hubiera un incendio en el comedor ni se percataría.

—¿Incendio? ¿Hablas de Oli?

—¿De quién si no? —Suspiro y la miro decepcionada. No sé ni qué responderle, los nervios me tienen el cerebro fundido.

—Esperaba más de ti, la verdad.

Va a responderme, pero cuando ve a entrar a Oli se escaquea y se marcha dejándonos solos.

—¿Quién se presenta a una cena y no lleva nada? —pregunta él.

—Le dije que era en plan informal. —Pero sí, a mí también me ha sorprendido, para qué os voy a engañar. Es un mínimo de educación.

Cojo la bandeja y coloco en ella los cuencos con el pica-pica y salgo, no quiero seguir hablando con él.

—¿Te duelen los pies? —Me pregunta casi pegado a mi espalda.

—No.

—¿Entonces por qué caminas tan raro?

—Ando sexy. Quiero ser sexy.

Me he puesto unas buenas sandalias de tacón para ganar altura y que mis piernas parezcan kilométricas. Pero ya sabemos que en la práctica es todo menos práctico. El vestido está pensado para estar de pie y los zapatos o eres masoquista o cómo mejor vas en ellos es cuando estás sentada. Sabemos de la mala combinación pero seguimos intentándolo sin descanso.

—Eso no se hace, se nace.

—Mira, como los gilipollas.

No soy pitonisa ni necesito la bola de cristal de Aura de Blue para predecir que esta noche va a ser un desastre.

Desastre es quedarse algo corto. Resulta que Álvaro sigue una dieta, bueno él no lo llama dieta, es su forma de comer desde hace un par de años que es la circadiana. Sigue los ritmos biológicos. Es el refrán aquel de desayuna como un rey, almuerza como un príncipe y cena como un mendigo. A la práctica quiere decir que, cuando llego con la cena, como son pasadas las nueve solo toma un poco de sopa y nada más. No hace excepciones, o casi nunca y esta semana ya la ha hecho porque el lunes tuvo una cena de empresa.

—Podías haberlo sugerido cuando te invité. Podíamos haber quedado para comer.

—Casi mejor para desayunar —apunta Oli, que no pierde la oportunidad para meter cizaña. Creo que es el único que se está divirtiendo. No deja de mirarme, de forma tan intensa que me pone nerviosa. Me siento en un examen oral, pendiente de cada palabra, de cada gesto. Ahora me doy cuenta de que quedar todos ha sido una pésima idea.

—Me apetecía verte otra vez. —Sonrío y me levanto a buscarle otra botella de agua.

Oli, como si fuera un perro lazarillo, me sigue de nuevo.

—Mac, en serio... ¿Ese tío?

Saco también otra botella de vino, la vamos a necesitar.

—¿Qué tiene de malo?

El sacacorchos me lleva la contraria y al final, Oli me da un golpe de cadera y me aparta para hacerlo él y demostrar que es tan sencillo que hasta un niño de seis años podría hacerlo.

—Dímelo tú. Pero le falta chispa. No puede ser el de los corazones.

—Porque tú lo digas.

Desde aquí oigo como Cas e Hilario siguen intentado dar con un tema de conversación en el que Álvaro intervenga con algo más que monosilábicos. Quiero creer que es porque es tímido, las veces que hemos tomado café ha ido más rodado. No es que sea el alma de la fiesta, pero había *feedback*.

—*I want you to be my woman, babe, every time you get dressed in black* (Quiero que seas mi mujer, nena; cada vez que te vistes de negro) —murmura.

—¿Qué dices? —pregunto con un nudo en la garganta.

—Eh, ah... nada, solo cantaba la canción. Es *Black moon rising* de Black pumas. Me encanta. —Por su sonrisa endiablada y la forma de mirarme sé que solo me está provocando. Lo que no tengo claro es si sabe que no solo me afecta a los nervios sino que va mucho más allá.

Cojo las botellas de agua y de vino y salgo. Pero me detengo cuando oigo el "frena" de Oliver. Me quedo tan quieta que tengo miedo hasta de pestañear.

—¿Qué pasa? —susurro.

—Tienes la sandalia desabrochada. —Mi cuerpo se estremece al oír su voz profunda pegada a mi pelo. Lo hace penetrando hasta ese hueco que no sabes ni que existe, pero él sí. Y llega y se instala.

Dicen que el amor es ciego, ojalá también fuera sordo. Con una parsimonia que me roba el aliento se agacha, siento sus dedos en mi tobillo, ni me atrevo a bajar la mirada.

—Lista —murmura y su boca está tan cerca de mi pierna que sus palabras rebotan en mi piel haciéndome cosquillas. Se pone en pie, lentamente con la mano aún en mi pierna ascendiendo al paso que se incorpora.

Al final parece que la cosa va rulando, Cas ha conseguido que Álvaro salga del caparazón y se integre un poco más en la conversación. Y lo ha conseguido preguntándole sobre la dieta y esa nueva tendencia de los ayunos intermitentes. Es raro estar comiendo al lado de alguien que sigue con el mismo vaso de agua y que solo ha probado un par de cucharadas de sopa. Aprovecho que están charlando y que Hilario ha ido al baño para despejar la mesa y traer el postre.

Saco los vasitos de la nevera y las frutas. Lavo las frambuesas y selecciono las más bonitas para decorarlos.

—¿Puedo cambiar de música? —propone Oliver, dejando los platos en el fregadero y abriendo el grifo para echar agua y que no se quede pegado. Sonrío porque cuando quiere se sabe la teoría perfectamente.

—¿Qué tiene de malo esta?

—Que es música de folleteo.

Suena *Wiked games*, de Chris Isaak «No, no quiero enamorarme, este amor solo va a romper tu corazón». No me veo follando con esta canción, ahora la letra va que ni pintada.

—Pero, ¿qué dices?

La canción cambia y empieza *Slow dancing in a burning room* de John Mayer. Y en el segundo siguiente estoy pegada a su cuerpo, mis brazos rodean su nuca y sus brazos abarcan mi cintura impidiendo que circule el aire entre nosotros.

«Recuerdo la noche del lunes, en la calle…
Estamos bailando lento en una habitación ardiente.
Yo era el que siempre soñaste,
Tú eres quien yo trataba de dibujar.
¿Cómo te atreves a decir que no es nada para mí?
Cariño, eres la única luz que vi…».

El lunes por la noche, dice, en la calle… joder… parece que habla de nosotros y de nuestra no-cita. Pero mis pensamientos pronto se diluyen al ritmo de la canción. Con un brazo me rodea la cintura, con la otra mano, con la palma abierta, abarca casi toda mi espalda. Me agarra como se agarra uno a los sueños que no quieren que escapen. Como un moribundo a la vida. Como hago yo colgada de su cuello. Me inclina hacia atrás dibujando un medio círculo, sus caderas siguen pegadas a las mías, provocándome.

Apoya la frente en la mía y todo se paraliza. El beso está ahí, esperándonos. Que nos besáramos en la fiesta fue del todo inesperado, pero en contra de todo pronóstico resultó que no era como besar a un hermano, sus labios sobre los míos es magia pura. Y algo tan natural como respirar. Ese beso que te borra del mundo. Que consigue que solo seas piel. Etérea. Flotando.

Quiero besarlo.

Ahora.

Que me arranque a mordiscos estas ansias.

Que me mate con un orgasmo. O varios…

Y quiero irme.

Ahora.

¿Y si el amor es una amistad que explota para convertirse en algo mucho más grande? Estalló, ardió y desde entonces vuelan microcélulas a nuestro alrededor. A nosotros de coger una de esas chispas y pedir un deseo o soplar para que se vaya.

Besarse como el fin de antes, besarse como el inicio de un ahora. Quizás hasta de un mañana.

—¿Qué hacéis? —La voz de Hilario nos sorprende y nos apartamos como si de repente quemáramos. Tampoco estamos tan lejos de arder, siento que estoy a punto de una autocombustión espontánea.

—Mierda —murmura Oli al oír a mi hermano; respira hondo, denso; nunca un "mierda" había escondido un pedazo tan grande de felicidad—. Demostrar a tu hermana mi teoría. Su mano me sostiene por la muñeca, y me acaricia con el pulgar justo donde late el puso.

Sí, sigo viva, tengo ganas de decirle.

—¿Y es? —Entra y mete el dedo en el táper de la crema de ricota. —Dios, esto está riquísimo.

—Que cambie de música, que esta para follar bien, pero para cenar como que no. —Se aparta y se dirige a la ventana para abrirla.

—Estoy de acuerdo, ya se me han pasado un par de ideas de cómo y dónde llevarme a Cas para distraernos un rato.

—Ves.

—Sois tíos, no tenéis ni idea.

—¿De follar? —me replica mi hermano, socarrón.

—De romanticismo.

—Lo que tu digas, pero, *tapón,* este tío es un pelmazo. Además, tiene pinta de ser de los que se peina las cejas con la punta del dedo mojado de baba.

—Eres idiota. —Le doy un puñetazo en el hombro y le quito el táper para terminar de rellenar los vasitos.

—Tienes razón, esto parece la cena de los idiotas —termina Oli, riendo de su propio chiste al que se le suma mi hermano.

Suspiro hondo… Dios, qué larga se me está haciendo la noche. Además tengo la sensación de estar viviendo dos cenas diferentes, una en el comedor, en esa mesa. Y otra en esta cocina que cada vez que vengo me aguarda una sorpresa. Y que cada vez está más concurrida.

—Sois unos críos —digo, terminando de decorar cada vasito con una hoja de menta.

—Sois unos críos —repiten los dos con vocecita, imitándome. Y aunque me cabree, acabo riendo. Era lo que siempre hacían cuando se metían conmigo.

Cuando volvemos a la mesa están hablando de viajes. Y por sorpresa, parece que Álvaro ha viajado bastante y el tema le ha soltado la lengua. Por fin.

—A Maca le encantaría ir a París —dice Oli—. Su peli favorita es *Medianoche en París*, de Woody, ¿a ti te gustan sus pelis? Porque a ella le flipan.

No sé de dónde saca lo de París, ya he ido y me gustó pero en mi lista de destinos está muy por debajo de Vietnam o Tierra del Fuego. Y no nombro Nueva Zelanda porque era donde iba a pasar mi luna de miel. Donde estaría ahora mismo si no… ¡Maca, frena!

—No mucho la verdad —admite Álvaro mirándome por enésima vez, en ese juego de buscar, evitar… como si fuéramos un par de chiquillos sin atreverse a dar el paso.

—Hay que ser raro para que te gusten —añade mi hermano.

—¿Tú has ido a París? —insiste Oli.

Y me viene una imagen, un fogonazo de película. Y es que en *La maldición del escorpión de Jade*, el jefe está liado con una de las trabajadoras y para ellos nombrar la ciudad francesa es decir "estoy pensando en hacerte el amor". Pero Oli seguro que no se refiere a eso, es solo que me he pasado con el vino.

—Fui y la verdad me decepcionó bastante. El metro huele a pis, todo es carísimo, lleno de turistas... Muy mal educados...

—¿Y fuiste a París con una novia? ¿Tu mujer? —Y vuelve. Pero qué cansino...

Cansina mi mente que ahora no puedo quitarme de la cabeza la mañana que desperté en la cama de Oli, cuando se subió encima de mí...

Que no, no puede ser que lo diga en ese sentido, solo lo hace para provocarme. Es Oli, no conozco a nadie más tocacojones que él.

Sí, creo que no debía haber tomado la última copa de vino.

—No he estado casado. Pero sí, fui con mi novia, hará un par de años.

Mi hermano consigue desviar el tema hacia las islas, claro, él es más de calor y pasarse el día en gayumbos, como siempre dice.

Cas e Hilario se van en cuanto terminamos, no quieren ni café. Y Álvaro aprovecha diciendo que él también se marcha que tiene que madrugar. Lo acompaño hasta abajo, por eso de tener un instante solos.

—Lo siento, me cuesta socializar con grupos nuevos.

—No pasa nada, no quería abrumarte.

—¿Te apetece que mañana vayamos al cine o algo? —Ahora mismo no esperaba que me invitara a nada, visto como ha ido la noche. Pero entiendo que llegar a un grupo tan compenetrado como nosotros cuesta, con sus bromas particulares y esas medio frases sin acabar que todos entendemos no es fácil. Comprendo que hay gente introvertida y más taciturna.

—Claro. —Me despido con un beso en los labios, es fugaz, pero no es eso lo que me molesta, es que no siento nada.

55 LAS ILUSIONES TAMBIÉN VUELAN

Hilario no soporta ver películas conmigo porque acepto que soy de esas personas que se pasan el rato comentando, haciendo hipótesis, riendo, suspirando, llorando... Y por lo que se ve a Álvaro tampoco le gusta. A la tercera vez que me ha dicho «*shh*» me he callado y no he abierto la boca ni para comer un conguito más. Hay miradas que atraviesan hasta la oscuridad de una sala de cine. Vemos *Once upon a time*, de Tarantino con Leonardo DiCaprio y Brad Pitt.

—¿Te apetece tomar algo? Y ahora sí hablamos tranquilamente de la peli —me pregunta al salir.

Aunque de lo único que tengo ganas es de irme a casa, resisto y acepto. Miro la hora, son las siete y cuarto, ahora me tomaría una cervecita y un pincho, pero a saber qué va a tomar él.

—¿Dónde quieres ir? Lo digo porque con tu dieta...

—Tomaría bien una infusión caliente.

Y al final no resisto más y me invento un artículo para hacer la pregunta, porque cuanto más lo conozco menos me encaja que alguien como Álvaro mande corazones voladores con declaraciones de amor. No le pega nada.

—Me han pedido que haga un artículo sobre la papiroflexia como terapia antiestrés. Me han invitado a una clase para probar. ¿Tú has hecho?

—No. Nunca he conseguido hacer ni que un avión de papel cruzara la clase mas allá de una mesa. Se me dan de pena todo lo que son manualidades, no me pidas ni que te cuelgue unas cortinas.

Cuando llego a casa encuentro a Oli tumbado en el sofá, leyendo uno de los libros de segunda mano que le traje —*El misterio de Pont-aven*, el primer libro de una serie policiaca que tiene como protagonista al comisario Dupín cuando es trasladado a la costa bretona—. Se ha servido una crema de orujo de la que hace su padre y suena muy bajito *Bottle of waiting whisky* de Racoon. Ahora mismo me da mucha envidia, él aquí tan feliz y yo aguantando muerta de frío una charla sobre la peli que ha durado más que la propia. Quien dice charla dice monólogo.

—¿Qué tal ha ido?

Suspiro, completamente desencantada.

—No es él —digo, sacando el móvil del bolso antes de colgarlo detrás de la puerta.

—¿Te lo ha dicho?

—No exactamente. Pero es un negado en papiroflexia.

Si no es Álvaro… ¿quién es?

Detengo mis pensamientos, me prohíbo darle más vueltas, ha pasado demasiado tiempo, me he cansado de este juego.

—Anda, ven aquí.

Me quito los zapatos y me siento a su lado. Hace un mes me hubiera tumbado con la cabeza en su regazo, pero hoy, ahora… no sé en qué punto estamos y que es normal y qué no en nuestra relación. Cada vez me cuesta más saber dónde acaba la amistad y donde empieza el amor.

—Pero, ¿a ti te gusta?

—Creo que quería que me gustara —admito y me bebo lo que queda en el vaso.

Y oigo esa risita que no llega a salir y que se queda en la garganta. Lo miro y sé lo que va a decir.

—Ni se te ocurra —lo señalo con el dedo.

—¿Me vas a quitar el placer?

—Venga, pero rapidito. Acabemos cuanto antes.

—Yo soy de preliminares, largos.

—Oli… no estoy de humor.

—¿Migraña? Ahora sí que parecemos un matrimonio.

Refunfuño y me pongo en pie. Necesito un baño relajante que me haga olvidar mi maldita existencia. Si es que parece que no puedo salir del hoyo por mucho que haga. Eso seguro que es el puto karma que me está castigando por todos mis pecados.

Al poco rato, cuando el jabón me tapa hasta las orejas, la puerta se abre y aparece Oli con una bandeja, hay una copa de vino, queso y unas uvas de lo que quedó ayer.

—Gracias —balbuceo, evitando que se me note el nudo que tengo en la garganta.

—Mac, por si tienes dudas, mereces más, mucho más. Y nada es tu culpa, los tíos somos unos imbéciles llenos de más miedo e incertezas que las tías.

Odio que nos conozcamos tanto y que conozca mis debilidades.

Veo que se da la vuelta, doy un sorbo al vino.

—¡Te lo dije! —oigo que dice, guasón, antes de cerrar la puerta.

56 PLAN A... PLAN ZZ...

—Buenos días, sol —gruño cuando un rayo de sol me da en plena cara. Otra noche que me olvido de bajar la persiana.

—Pero mira qué eres simpática ya de buena mañana.

Hm... a través de la neblina del sueño me llega esa voz que tanto me gusta, y una de dos, o ahora hasta el astro tienen la voz de Oli o...

Qué gustazo es abrir los ojos y verlo frente a mí, con ese pedazo sonrisa... Lleva una camiseta negra, y está agachado apoyando los codos en la cama.

—¿Ha pasado algo? —pregunto, no es normal que esté aquí a estas horas. Dudo que con esa sonrisa pretenda darme una mala noticia, pero es Oli y puedo esperar cualquier cosa.

—Nada, solo quería decirte hola antes de irme.

—Hola —me estiro y pongo boca arriba. Sus labios tan cerquita... El maldito beso me persigue ya de buena mañana, pidiendo que le ponga un café mientras hablamos de sueños.

—Te he traído el desayuno. —Deja sobre la cama una bandeja con un café y unas tostadas con la mermelada que hace mi madre de frutos rojos.

—Si es que eres el mejor. —Me incorporo y doy un sorbo, está fuerte y dulce como me gusta.

—Y eso que aún no has visto nada.

—No te insinúes. Es raro.

Por suerte, no sigue con la broma y cambia de tema.

—¿Qué planes tienes?

Por un momento, y debo decir la verdad, no entiendo su pregunta. La noche no ha sido muy buena. Vuelve ese sentimiento de estar perdida, como en un velero en alta mar, rodeada de niebla y agua sin saber hacia dónde tirar. Pero hoy sale el artículo y mis nervios despiertan de golpe al recordarlo.

Ladeo la cabeza hacia él y ahogo un suspiro en un bostezo forzado. ¿A parte de arrancarte la camiseta, tumbarte en mi cama y matarte a orgasmos? No creo que me queden fuerzas para nada más.

—Eh… poca cosa.

—Seguro que irá genial.

Se despide con un pico, uno que se alarga unos instantes más de lo normal. Y que me sabe a esa felicidad que se evapora en cuanto eres consciente de ella.

Se levanta y cuando ya ha cruzado la puerta, acompañado de mi mirada, vuelve sobre sus pasos.

—Por cierto, no sé cuál era el primer plan que has pensado, pero parecía muchísimo más interesante.

Consigo emitir un gruñido seco.

—Grr… lárgate. —Le lanzo un cojín, aunque sea mucho más tentador tirarle mi camisón.

A veces no puede ser el plan a, ni el b, ni el c, pero el plan ZZ es mejor que nada.

57 EL ARTÍCULO

Pasan pocos minutos de las nueve de la mañana cuando me llaman mis padres. Han leído el artículo y les ha encantado. Han ido a comprar el periódico y a desayunar al bar de la plaza. Están en la terraza y hacen una videollamada y me enseñan como se están poniendo tibios de churros. Ellos tan vestidos, arreglados, peinados y yo aún en la cama, con la baba reseca en la comisura de la boca.

El artículo se titula: «Los abuelos no temen al oso pelirrojo» y en él hablo de los vecinos del edificio número 3 de la calle Flores. De los que no aceptaron sobornos, ni chantajes. Que han aguantado y denunciado las malas condiciones defendiendo su casa. De los contratos de renta antigua y de los nuevos propietarios que no aceptan seguir con esas condiciones. En España aún hay unos doscientos mil alquileres bajo este tipo de contrato y como muchos de ellos se firmaron en los años cincuenta, afectan sobre todo a ancianos que muchas veces se sienten indefensos. Normalmente son edificios céntricos de las ciudades que con los años se han revalorizado y por eso son un blanco fácil para los que no se detienen ante nada ni nadie.

Cito al *oso pelirrojo* y de cómo su afán por echarlos ideó un incendio, aunque el tiro le salió por la culata y menos mal que no hay que lamentar víctimas. Aparte de intentar sobornar a los bomberos, se encontraron los planos para hacer viviendas de lujo y se pasará buena parte del resto de su vida entre rejas. Pero, ¿qué hay de los ancianos como Mafer que se han quedado sin casa? ¿Sin sus objetos personales? Es por eso por lo que al final del artículo dejo un número de cuenta de la asociación de afectados por este tema. Ayudan en temas legales y como en el caso de Mafer y los otros vecinos, que con el tiempo recibirán una indemnización, mientras tanto les dan ropa y un lugar donde quedarse.

Hablo de Mafer, de su generación. Esa para los que leer y escribir era un lujo, que crecieron sin tiempo para el drama ni autocompadecerse, solo servía el "acepta, traga y sigue adelante". Los que han sobrevivido a guerras, un dictador, a emigrar a países lejanos que a duras penas habían visto en un mapa con nuevos idiomas que aprendieron como todo, viendo y escuchando, mientras trabajaban. Que han visto evolucionar el mundo tanto como para volver atrás, como ir a comprar con el cesto, envases retornables y que sea moderno lo "de toda la vida". Y como si no fuera suficiente luchar contra el paso el tiempo y el deterioro, cuando llega la jubilación y el tiempo para aprovecharse de la vida, llegan las enfermedades viejunas, y malvados como el *oso pelirrojo* para terminar de joder.

Acabo el artículo con una anécdota real:

«Mi abuelo no sabía ni leer ni escribir, pero era el encargado de una cuadrilla que iba al bosque a talar árboles. Cada viernes, cuando tocaba la paga, a su manera hacía las cuentas y luego le pedía a mi padre que lo pasara a un papel para darlo al capataz. Alguna vez se equivocaba con la suma y mi abuelo le pedía que volviera a calcular porque a él le salía otro importe. Siempre tenía razón.

Buscaban soluciones a todo, que fuera analfabeto no le impedía coger un cómic y contárselo a mi padre y a su hermano. No leía, claro, solo se guiaba por las viñetas, creando a partir de ellas su propia historia.

Y eso, queridos, es supervivencia.

Supervivencia, según la RAE:

Del lat.mediev. superviventia, (…)

f. Acción y efecto de sobrevivir.

Pero la gracia de las palabras es que cada uno le da su propia definición.

¿Cuál es la tuya?».

58 ¿Y SI MAÑANA FUERA TARDE?

Dicen que el verdadero amor parte de la amistad.

Dicen que en el amor todo vale.

Dicen que por amor se pierde la cabeza.

Dicen que mejor arrepentirse que no atreverse.

Dicen…

Dicen…

Tengo los ánimos por las nubes y las hormonas tan cachondas que están revolcándose en una lucha de barro.

Como para dormirme…

Llevo todo el día en una nube, me pellizco de tanto en tanto para comprobar que realmente estoy despierta. El artículo ha calado, ha gustado tanto como para llegar a ser TT. Y la asociación está encantada, ha recibido multitud de llamadas de gente que quiere donar ropa, comida, no todos pueden dar dinero, pero quieren ayudar de alguna forma. Hilario también está contentísimo, dice que sabía que iba a funcionar, claro que nadie esperaba esta repercusión. Cuando hablamos al mediodía me ofrece la opción de escribir una crónica semanal, que saldría los domingos. Un espacio donde hablar de alguna noticia de la semana y dándole mi toque personal. Es todo lo que puede ofrecerme de momento. Acepto, me entusiasma la idea. Por fin haré el periodismo que me gusta.

Mis padres se han presentado con los de Oliver, antes de las siete, en casa. Han venido a la ciudad para celebrarlo por todo lo alto, hasta habían encargado mesa en el único restaurante que tiene estrella Michelín de la ciudad. Ni sé cómo la han conseguido ni me lo pregunto. Solo sé que han esperado a que me duchara y luego hemos ido hasta allí dando un paseo. Cas e Hilario se han unido en la puerta y ya con una copa de vino hemos esperado a Oli. Estaba deseando verlo, solo habíamos hablado un poco a media mañana cuando me ha enviado una foto de sus compañeros, todos leyendo el periódico. Sé muy bien que es solo un artículo, pero me siento como si hubiera ganado un gran premio y reconozco sin ninguna vergüenza que es con él con quien quería celebrarlo. Su sonrisa al llegar, el abrazo más largo de lo estipulado y el beso demasiado casto han dado el pistoletazo a la celebración. Cada vez me cuesta más disimular las ganas, evitar mirarlo y perderme en sus gestos, desear besar su sonrisa, acurrucarme en su pecho, rodeada de su olor… ¿Ves? Otra vez me disperso. Y así toda la cena. Por suerte todos estaban disfrutando de la velada y poco han reparado en mí. Menos él, que cada vez que alzaba la mirada ahí estaba la suya. Orgullo, felicidad, hasta ganas he leído en sus pupilas.

Y no sé si es paranoia mía, que ya empiezo a perder neuronas y la locura ya se ha adueñado de mi cordura, pero siento que Oli siente lo mismo. Que de alguna forma él desea lo mismo que yo.

Y recuerdo el sueño del otro día, el que tuve despierta, contra la puerta.

Y me digo que no, que no puedo salir, que es mala idea.

Pero ¿y si mañana fuera tarde?

Y mientras mi cabeza sigue balanceando pros y contras, el corazón toma la delantera y manda la orden al resto de mi cuerpo.

Tantos años viendo su técnica por fin la pongo a prueba y abro su puerta en un sigiloso movimiento. Oli está de pie, con los brazos abiertos y apoyados a ambos lados de la ventana abierta. Se ha quitado la camiseta, aunque aún lleva los vaqueros puestos. Sé que sabe que estoy aquí, pero no se mueve. La silueta de su cuerpo recortada por la luz de la calle es lo más erótico que he visto en mi vida. Supongo que me da tiempo, o se lo da a él.

Camino hasta ahí. Mis dedos vuelan hacia él, hacia los costados.

Tengo tantas ganas de tocarlo, lamerlo, oírlo gemir, gritar mi nombre, recrearme en darle placer y verlo retorcerse bajo mis manos y mi boca que no sé ni por dónde empezar.

—Dime que me vaya, que esto es una locura. —Los nervios me atenazan tan fuerte que tengo las cuerdas vocales agarrotadas.

No contesta. Solo se incorpora y lleva sus manos sobre las mías. Se deja ir hacia atrás hasta pegar su cuerpo con el mío.

—Me siento como Johnny cuando Baby se cuela en su habitación.

Río. A estas alturas ya sabes que *Dirty Dancing* es una de mis pelis favoritas, siempre me ha gustado Baby porque bajo esa apariencia dulce, esconde a una mujer fuerte que no duda en buscar lo que desea. Y como yo, no duda de colarse en la habitación del bailarín cuando el deseo se hace insoportable.

—Me he cansado de esperarte —admito, besando su omoplato.

—Solo te daba tiempo. —Noto el bravo latido bajo mis dedos—. Dime que ya no tienes dudas. Que no te da miedo despertarte mañana en mi cama —murmura.

Se da la vuelta y acuna mi rostro para obligarme a mirarlo.

—Que no es solo sexo. Que esto es lo que quieres —continúa.

Sus ojos se tornan más oscuros al acariciar la curva de mis labios.

Por fin entiendo que es lo que fallaba en mi vida. Edu era un puerto seguro, Bruno fue tormenta. Oli es la mezcla de los dos, es mi puerto seguro, donde siempre podré amarrarme y confiar en encontrar refugio. Pero también es aventura, es esa tormenta que no da miedo donde te lleve.

Me da la vuelta y ahora soy yo la que acabo dando la espalda a la ventana.

—No sé dónde nos llevará esto —declaro—, pero tengo claro que no quiero estar en otro sitio ni con nadie más, que aquí, contigo. Que por ti soy capaz de perder la cabeza y el corazón.

Lo tengo claro. Sin dudas. Soy de quien ve bonita mi locura. Respeta mi complicidad y no me da por imposible. De quien me dio un techo y fue mi rompehielos. Soy de Oliver, donde encuentro refugio en su sonrisa y aire cuanto más fuerte me abraza.

Me pongo de puntillas, intensificando el contacto. Su calidez me resulta más familiar que ninguna otra cosa. Mi cuerpo arde, me cosquillea la piel. No puedo pensar con lucidez.

—Cada vez me resulta más sencillo imaginar una vida a tu lado. Estos meses me he acostumbrado a tenerte en casa. Pensar a dos de una forma tan sencilla, natural y fluida…, sin premeditar. Sin buscarlo he encontrado lo que me faltaba.

De aquella explosión que se formó cuando nos besamos, cada uno cogió una chispa y la hemos mimado, dado cobijo y alimentado hasta que se han hecho mayores, independientes, con una idea clara de qué quieren, cómo lo quieren y cuándo. Esas chispas nos han traído hasta este preciso instante.

Y a pesar del deseo, de que nuestros cuerpos se rozan revelando las ganas, resistimos. Alargando la agonía como si tuviéramos que vaciar todos los pensamientos, poner las cartas sobre la mesa antes de desconectar del todo y sucumbir a la pasión.

No puedo evitar pensar en todo lo que ha tenido que pasar para que llegáramos a este punto. La vida puede cambiar en un solo instante, un semáforo en rojo, perder el tren, equivocarte de pasillo en el super… Mi clic fue por equivocarme de local. Dio un giro que arrasó con todo lo anterior, pero vuelve a cambiar y esta vez el motivo es un beso.

Me quito el vestido quedando frente a él con un sujetador de triangulo de encaje, de color turquesa, a juego con una braguita hípster. Contra todo pronóstico se queda quieto. Pensaba que me quitaría la ropa de un arrebato. Esperaba algo salvaje, un "aquí te pillo, aquí te mato". Temo que le hayan entrado las dudas, pero todas las mías se disipan cuando alzo la vista y veo la respuesta en sus ojos. Me gusta cómo me mira, como si me descubriera por primera vez. No hay torpeza, ni miedo, solo está concentrado, reteniendo el momento, memorizándolo.

Estira mis brazos, atrapa las manos y me las inmoviliza a cada lado de la ventana. Lo hace con fuerza como si me retuviera en contra de mi voluntad, como si esperara resistencia. Con la nariz juguetea con el lóbulo de la oreja, inspira y luego siento su lengua saborear mi piel. Cierro los ojos pero los insto a abrirse, quiero verlo todo, hasta lo que no se ve. Este Oliver me es desconocido. Creí conocerlo; el niño, el adolescente que creció y el hombre en el que se ha convertido. El amigo, el compañero de piso, pero en esta faceta me es un completo extraño.

Aunque me suelta, mantengo la postura, sus dedos se pasean por mis caderas con una suavidad que parece irreal, una que derrite mi cerebro y la realidad se esfuma. Me desabrocha el sujetador y deja que caiga al suelo. Sus labios descienden hasta mis pechos, rodea un pezón y con la lengua lo provoca hasta que gimo en una súplica silenciosa. Lo agarro del pelo para que alce la cabeza y me ofrezca su boca.

—Bésame, joder —imploro, cuando me la niega.

Su risa arrogante choca con mi piel y me estremezco. No me importa mendigar, y menos por un beso suyo. Al final me da lo que le pido, sus labios, calientes, juegan con los míos, es desesperado. Exigente. Provoca con besos cortos, con otros más largos.

A veces los recuerdos distorsionan la realidad. Pero no exageré ni una pizca el beso que nos dimos en el Siete mares. No lo hice ni más bonito ni más solemne. La verdad es que lo infravaloré porque no retuve cómo empezó, solo el final. Porque fue inesperado, porque estaba demasiado afectada por el encuentro con Bruno como para percatarse de lo que en realidad estaba ocurriendo. Pero ahora los dos somos conscientes de lo que hacemos, de lo que buscamos, de lo que sentimos.

Y, coño, qué bien besa.

Quiero esto cada día del resto de mi vida. Quiero dormirme, soñar, cabrearme, despertar, con sus labios pegados a los míos. Quiero plantar mi bandera en la comisura de su boca y reivindicarlo como mi territorio. Quiero hacerle un monumento, tatuármelos, dedicarles una saeta y hasta rezarles cada noche. Estoy dispuesta a lo que haga falta.

Alzo una pierna y rodeo las suyas, necesito más, necesito retenerlo y que no se aleje. Mis manos van hacia su torso, ese que tanto he visto y nunca había admirado ni deseado hasta hace tan poco tiempo. Qué ciega he estado toda mi vida. Cómo han cambiado las cosas en las últimas semanas. Su piel es suave, caliente, busco su olor y me recreo en él. Las suyas me agarran de los muslos y me elevan para rodear su cintura con las piernas. Los vaqueros, por muy bien que le sienten, ahora mismo son una frontera de tela que nos niega la entrada al paraíso. Con las uñas dibujo un camino serpenteante por su espalda, le gusta, lo sé porque contiene la respiración hasta que suelta el aire en un jadeo cuando lo agarro de las nalgas y lo aprieto más contra mí.

En dos zancadas me lleva a la cama y me tumba en ella, él se queda de pie. Se desabrocha los pantalones sin dejar de mirarme, mis ojos se recrean en la visión que me ofrece, en ese estriptis improvisado, sin música sin artificios. En el movimiento de cadera para liberarse con más facilidad hasta que se los quita y los lanza lejos. Y su desnudez. La perfección se materializa frente a mí.

Ardo en deseo, cada rincón de piel enardece con su mirada.

Alargo la mano, como si necesitara una invitación, pero me ignora. Su sonrisa endiabladamente sexy me dice que no va a hacerme ningún caso. Tiene sus propias ideas y mientras me mire así yo me dejaré llevar. Me agarra de los tobillos y me arrastra hasta el borde. Sus dedos me acarician el interior de las piernas en su descenso hasta las caderas, y antes de que lo haga, esa sonrisa arrogante y diabólica se chiva de lo que va a hacer. Agarra un lado de la tela de mis braguitas, da una vuelta de muñeca, pero no las arranca como esperaba, tira de ella para que se ciñan revelando lo que hay debajo y su boca viaja como un relámpago. El encaje es como un visillo que permite que pase el sol y la lluvia. Siento el calor de su aliento antes de que muerda el monte de venus.

—Oliver... —Jadeo cuando pasa la lengua. Y lo repite. Y me agarro a las sábanas para no perder el control. Arqueo la espalda buscando ese punto de fricción en el que empiezas a delirar.

Dios, si ni siquiera hemos empezado y yo ya me siento desfallecer.

—Eres jodidamente sexy. —Su voz suena aterciopelada con un deje ronco al final de la frase.

No puedo evitar soltar una risita cuando una imagen acude a mí.

—Que te rías ahora me desconcierta, ¿es bueno o malo? —Se detiene y me mira desconcertado.

—Bueno. Estoy pensando en Babar. —Mi mano viaja hasta su pelo, y aunque es demasiado cortito para tirar de él, lo acaricio hasta bajar por las mejillas y recorrer su boca. Me muerde el dedo para lamerlo después. Gimo desesperada.

—Babar... ¿el elefante? —Se incorpora cayendo sobre mi cuerpo. Su calor me calma la ansiedad y enaltece el deseo.

Asiento con los labios pegados a su cuello, justo donde bombea la carótida.

—El funcionamiento de tu mente me fascina y me desconcierta —dice y sus pestañas aletean y sé que ahora mismo intenta leerme la mente—, así que estoy deseando saber por qué mientras yo te dejo los dientes marcados en el interior del muslo tú me hablas de elefantes.

—¿Recuerdas cuando os acompañaba a la biblioteca? Yo empezaba a leer y me encantaban aquellos cuentos con las aventuras de Babar —Me incorporo sobre los codos. Su lengua dibuja rombos en mi vientre—. En el fondo siempre he tenido una predilección especial por los elefantes.

Mis manos trepan por sus hombros hasta acunar su cara y tiro para que caiga sobre mí.

—Olvídalo, ya te lo cuento en otro momento. —Busco desesperada su boca, me muevo para poder liberarme de las braguitas, nunca he odiado tanto una prenda.

Con un brazo bajo la espalda me empuja hasta en medio de la cama, pega su frente a la mía y respira hondo. Llevo mi mano entre los dos y lo acaricio.

—Mac… —Mi nombre se retuerce con su lengua y suena a mitad gruñido, mitad súplica.

Alzo las caderas y su erección cae justo en el punto de no retorno. Clavo los dedos en sus nalgas y lo pego todavía más hasta que nuestros cuerpos se confunden, sin saber dónde empieza uno y termina el otro. Entra suave, sin dejar de mirarme, sin querer perderse un instante. Se muerde el labio, conteniéndose. Se hunde hasta el fondo. Encajamos. Siento que cada paso que he dado en mi vida, los aciertos y los errores, las dudas, los temores y los anhelos me han preparado para este momento. Para estar esta noche aquí, con Oliver.

Me besa con devoción, dejando que sean ellos los que hablen, se expresen, digan lo que las palabras no pueden abarcar.

Vuelve a salir para repetir un par de veces más en un ritmo desesperante y placentero. Pero todos los humanos llevamos un animal dentro y el deseo salvaje clama y se apodera de nuestro cuerpo. Clavo las uñas en su espalda. Demanda mi boca y mis labios sacian su sed. Me muerde. Me calma con la lengua. Los jadeos se confunden con la cacofonía de la noche que llega de la calle y se cuela por la ventana.

¿Cómo se explica un orgasmo sin que suene vulgar, banal, vacío, sin que pierda la magia…? Que hable de sentirse tan lleno que llegues a sentirte liviano y etéreo. Que describa a la perfección lo que siento cuando llegamos juntos a esa *petite mort* de la que hablan los franceses, aunque lo que siento tiene más de nacer que de morir. Lo que tengo claro es que de un orgasmo así no vuelves entero, dejas un pedazo de vida en ese instante que dejas de ser y te fundes en un somos.

59 QUERÍA QUE FUERAS TÚ

Oliver

Temo quedarme sin fuerzas.

Temo quedarme sin tiempo.

Para satisfacer su deseo.

Para llevar a cabo todo lo que quiero hacerle.

Me siento estúpido por haber dudado de que esto sea real y nada tiene que ver con un capricho. ¿Quién iba a sospechar que las respuestas estarían en una noche de sexo?

¿Sexo?... *hmmm,* no me convence, le falta alma.

¿Hacer el amor?... Tampoco, le falta piel.

Una mezcla perfecta de los dos, algo que no sabía ni que existía. Un instinto primitivo, animal, que va más allá de buscar el placer, de satisfacer un deseo infatigable, perenne.

Joder, esto sí es el santo grial, alquimia pura y nadie se ha percatado de ello.

La luz rosada del amanecer se cuela por la ventana, le roza el hombro y se derrama por su cuerpo. Me incorporo apoyando la cabeza en el brazo. Enredo un dedo en su pelo y lo huelo. Me pregunto si mi almohada ahora olerá igual. Me doy el tiempo para observarla como me he prohibido hacerlo estas últimas semanas como si al hacerlo cometiera un pecado capital.

¿Sabes esa sensación de ser tan feliz que acojona porque sabes que la vas a cagar tarde o temprano? Pues es lo que siento ahora mismo y me doy el tiempo de saborearla al máximo.

Cuento las pecas de sus mejillas, las memorizo, recorro con la mirada su nariz respingona, esa boquita de piñón que va a ser mi perdición. Sin soltar su pelo, paso el índice sobre sus labios en una sutil caricia que le provoca una sonrisa soñolienta que hace que se dé la vuelta y quede de panza arriba. La sábana se escurre por su cuerpo, dejando a la vista la curva de un pecho y buena parte de su pierna. Joder, quiero despertar el resto de mi vida con esta visión.

Qué idiotas somos los hombres queriendo llevar las riendas, cuando no hay nada más placentero que dejarse seducir. Mac sobre mí, el movimiento envolvente de sus caderas, el balanceo de sus pechos, como se muerde el labio cuando estoy dentro de ella, hondo, muy hondo… Su pelo como una cortina que esconde el paraíso que hay en su mirada.

Parpadea un par de veces, como si sus ojos no se atrevieran a abrirse por miedo a que sea un sueño. Quiero gritarles que pueden hacerlo sin preocuparse de nada. Yo cuidaré de ella y de mostrarle que no hay nada más bonito en la vida. Por mucho que me acojone esa certeza.

—Joder, qué bonita eres. —Ladea la cabeza cuando oye mi voz.

¿Cómo he podido estar tan ciego para no ver cómo brillas hasta ahora?

Alza la mano y me acaricia la mejilla.

—Soy real —digo sonriendo y bajo la cabeza para besarla. Hasta con los labios adormecidos y la boca medio pastosa es mejor que lo experimentado en toda mi vida—. Buenos días, duende.

Y su cuerpo se entumece, se aparta y me mira desconcertada. No me da tiempo a reaccionar, me empuja y se levanta de la cama hecha una furia.

—¿Se puede saber qué te pasa, por qué te vas?

—¿Por qué me has llamado *duende*? —pide sin siquiera mirarme.

—Toda la vida te he llamado así.

Aunque ahora que lo pienso, puede que nunca se lo haya dicho a la cara.

—¿Cómo has podido caer tan bajo? —me grita desde la puerta.

Mierda.

Lo sabe y no he sido yo quien se lo ha contado. No hemos empezado y ya la he cagado. Oliver, eres único.

—Joder… Yo solo… era un juego… —intento excusarme yendo tras ella.

—Un juego —repite. Estamos en su habitación, se ha puesto el kimono—. ¿Por eso te has acostado conmigo?

—No, deja de correr —le pido, persiguiéndola por el pasillo antes de que se meta en el baño—, estate quieta un momento.

—Lárgate. —Intenta hacer fuerza con todo su cuerpo contra la puerta para cerrarla, pero se lo impido con un solo brazo—. No quiero verte.

Está a punto de llorar y me siento el ser más miserable en la faz de la Tierra. Es lo último que esperaba conseguir.

Sin fuerzas se deja caer hasta sentarse en el suelo y me da la espalda. Me siento detrás de ella, hablándole a su pelo. Me encantaría poder decir esto mirándola a los ojos, pero no me deja. Se abraza las piernas y la siento tan menuda y frágil que me doy una colleja mental por imbécil.

—Lo único que pretendía era animarte —empiezo a decir—. Que tuvieras algo que te hiciera levantarte de la cama con una sonrisa.

Quería darte algo, como tú me das con tus periquitos. Todo lo que he dicho en esos corazones era real. Todo.

Sí, me inventé unos corazones; de pequeño siempre me gustaba hacer aviones de papel. No siempre somos conscientes de cómo nace una idea. Solo la llevas a cabo. La libreta con las hojas rojas es de ella, creo que venía con alguna colonia, pero ni se percató; tampoco de mi letra, aunque en eso hice trampa. Desde los trece que soy ambidiestro a la hora de escribir, desde que me caí por un terraplén y me rompí el brazo derecho por dos lados.

—No te creo.

A veces los nervios nos juegan malas pasadas y sin evitarlo suelto una carcajada irónica.

—Claro, es mejor creer que un tipo desconocido como ese Álvaro te quiere…

Gruñe y sé que lo merezco, pero odio que después de la noche pasada no crea nada de lo que le digo.

—Me has engañado durante semanas. Eres odioso. Te odio.

—Me quieres, como yo te quiero a ti.

—No sabes qué es eso —me recrimina.

Y tengo que darle la razón. No, no sabía lo que era el amor hasta hace unas semanas. No creo que haya estado nunca enamorado, me han gustado chicas, puede que llegara a quererlas, pero nada se asemeja a esto.

—Sé que quiero estar contigo. Tan sencillo, tan complicado como eso. Me gusta saber que estarás en casa cuando llegue y contarte qué tal me ha ido el día. Que me hables de tus artículos, tus investigaciones, ver la ternura con la que hablas de Mafer o cómo te emocionas hablándome de un libro. Que una botella no nos dé ni para media charla porque siempre se queda algo por decir. Me encanta cómo te involucras en lo que haces, quiero que tu locura gobierne mi vida. Vuélveme loco y seré el hombre más feliz. Lo sé todo de ti, igual que tú de mí. Lo peor, lo mejor. Sé que soy un puto arrogante y tú una loca sensiblera, pero joder, bienvenidas sean las peleas, porque esa misma pasión la mostramos en la cama. Porque me he dado cuenta de que me encanta mi vida, pero más desde que estás aquí. Que contigo nunca me aburro y eso es un privilegio. — Hago una pausa, me tapo la cara con las manos y aspiro una bocanada de aire, me frustro. Las palabras no son lo mío—. No te voy a engañar, estoy aterrado. Esto es nuevo para mí. Quiero estar a la altura de lo que mereces, nada me da más miedo que decepcionarte. Nos queda mucho por aprender juntos, en este nuevo nosotros, y sé que la voy a cagar más de una vez, pero ten claro que lo último que quiero es hacerte daño. —Suspiro hondo y con miedo a que me rechace, alargo la mano hasta rozar su hombro—. Por favor, mírame.

Sé que la vida que he llevado no es muy buena carta de presentación a cuanto creerme cuando hablo de amor, pero os juro que las pocas veces que me he imaginado confesando mi amor, nunca fue en un sitio tan poco romántico como el suelo de un cuarto de baño.

Duda, su cuerpo sigue tenso, lo percibo.

—Ni una sola vez se me pasó por la cabeza que los corazones no volaran, que simplemente los dejabas allí —dice en un hilo de voz.

—Ahora veo que fue una estupidez, pero en ese momento me pareció una buena idea. Y siento haberte hecho daño y que no me dieras tiempo a decírtelo, pero no me arrepiento. A veces hacemos algo sin saber que será un inicio. Como tampoco pensé que besarte me gustaría tanto como para que desde entonces esté deseando repetir.

Hace un movimiento y por fin creo que estoy rompiendo esa barrera que ha creado a su alrededor. Y me vuelve loco que quiera ser de piedra, mantenerse en pie, pero con un solo roce se me deshaga en los dedos.

—Mac, por favor, déjame decirte esto a la cara, mirándote a los ojos.

Su respiración se detiene en un jadeo. Y cede. Se deja caer un poco hacia atrás, la atrapo de la cintura y le doy la vuelta, para sentarla a horcajadas sobre mis piernas.

—Quería que fueras tú, pero ni me permití pensarlo. Me parecía tan improbable —confiesa, mirándome al pecho.

—¿Tan improbable como que nos enamoráramos?

Alza la vista y por fin sonríe. Y yo vuelvo a respirar con normalidad.

—Igual.

—Nunca he estado más seguro de nada. Quiero más de esto. Quiero más de ti. Te quiero.

—Dios, esto es una locura pero yo también te quiero.

No se puede querer de este modo sin perder un poco la cordura.

60 LA LOCURA QUE TODO LO CURA

Oliver.

Mi admirador era Oliver.

Sigo sin creerlo del todo.

¿Es igual de válido un amor que empieza como un juego? Claro que sí. El amor no es más que felicidad y Oliver con esos corazones solo buscaba subirme la moral. Pero en medio de ellos nos besamos y nuestra amistad sufrió una metamorfosis.

—¿Cuándo te diste cuenta? —le pregunto.

Estamos en la cocina desayunando. Bueno, yo estoy sentada en la encimera de madera mientras Oli se mueve de un lado para el otro haciendo el desayuno.

Da un sorbo a la taza de café que compartimos y se sitúa entre mis piernas, que lo rodean apresándolo. Se apoya con las manos a cada lado de mis caderas y roza su nariz con la mía. Me gusta este Oliver mimoso, me encanta verlo pasearse en calzoncillos, me vuelve loca ver en su mirada un sinfín de promesas que estoy deseando que ocurran.

—Supongo que cada uno tiene su propio sueño erótico. El mío, el que más se repite, es que es de noche y voy conduciendo un descapotable por una larguísima recta, hay una chica cabalgándome y por los altavoces se escucha *Sex on fire,* nunca llego a verle la cara.

La noche de la fiesta de Hilario, cuando llegué y tuve que rescatarte de caerte de la escalera... sonaba esta canción y te vi. A ti. En mi sueño. Me descolocó tanto que lo omití. —Joder, quiero hacerlo realidad porque solo con imaginarlo vuelvo a sentir fuego en mi sexo...—. Luego te besé y joder... Me repetí hasta la saciedad que la culpa de todo era el alcohol, cuando los dos sabemos que ninguno iba tan borracho como para ello. Después de eso, provocarte era una necesidad. Sentir ese escalofrío, el sí pero no... Cada vez que te miraba solo veía tu boca... Los corazones se volvieron una forma de decirte lo que sentía. *Júpiter* solo fue para quitarte de mi cabeza. Intenté con todas mis fuerzas que me gustara, empezar algo... pero me di cuenta de que las ganas que sentía de dar el siguiente paso no era por edad sino solo por ti. Tú me haces desear cosas que ni siquiera me había planteado. Pronto me di cuenta de que tú ibas a otro ritmo, por eso he esperado a que estuvieras preparada. Te lo dije, no quiero dudas, arrepentimientos.

Se me escapa una sonrisa en medio del suspiro que escondo al apoyar la cabeza en su pecho. La sensación es de ser por fin libre para sentir. Ni dudas, ni prejuicios. Nada. Solo Oliver y yo.

—Y tú, ¿cuándo lo supiste?

Me tomo un instante, buscando la mejor forma de explicarlo.

—Fue como si al besarnos despertara. Desde aquella noche te vi más allá del Oliver tocapelotas. Vi tu atractivo y te deseaba. Contigo tenía todo lo que buscaba en un hombre: amistad, humor, vivir contigo era mejor de lo que nunca hubiera imaginado. La noche que salimos a cenar... al encerrarme en mi cuarto deseé salir e ir a buscarte.

—Yo también me lo planteé, no tienes ni idea de cuánto me costó no dejarme llevar en medio de la calle. Cuando Magnum me ofreció cuidar de Marilyn no lo dudé. Necesitaba salir de casa, tomar distancia.

Mis manos suben y bajan por sus brazos, se entretienen en la nuca para después deslizarse por su torso, juguetean con la goma de sus calzoncillos para provocarlo. Oli acerca las caderas para que sea consciente de las consecuencias de mi juego.

—Pues esa distancia me hizo darme cuenta de lo mucho que te eché de menos y luego pensé en Júpiter, os imaginé juntos siendo la parejita feliz y me pudieron los celos. —Le hablo de la comida con las chicas, los comentarios de Cas sobre que creía que él siempre había estado enamorado de mí...

Me aparta el pelo de la cara y lo coloca detrás de la oreja. Su mirada me atrapa y cuando me pregunto qué estará pensando las verbaliza consiguiendo que me estremezca de pura felicidad.

—¿Cuántas veces me he enamorado de ti sin saberlo? ¿Cuántas veces he sentido esto y no he prestado atención?

—Estos días me he preguntado a menudo donde está la línea que separa la amistad del amor —digo con un nudo en la garganta, porque lo último que esperaba era que Oliver tuviera un lado tan romántico.

La tostadora hace el clic avisando de que las tostadas están listas pero parece que ninguno de los dos está dispuesto a hacerle caso, pero las tripas de Oli reclaman alimento. En cuanto se aparta echo de menos el calor de su cuerpo.

—Para ti he sido "Maca la marciana" —canturreo esa vieja canción con la que me provocaba cuando era enana—, me has llamado loca, y un sinfín de cosas más pero nunca duende.

Vuelve sobre sus pasos y le ofrezco una uva. Con la lengua recojo una gota que se le ha escapado, más que a propósito, por la comisura.

—Puede que no delante de ti, pero siempre te he llamado así —murmura como si fuera un secreto y con un dedo dibuja el contorno de mi cara—. Tu rostro tiene algo místico, salvaje, despierta curiosidad, simpatía... Tu hermano se burlaba de mí, decía que cuando lo pronunciaba parecía adorar a una diosa pagana. —Sonríe antes de morderme el labio inferior que consuela después con un beso.

Lo empujo, quiero seguir hablando, tengo miles de preguntas y sus besos consiguen que me olvide de todo.

—¡Por eso puso aquella cara rara cuando fui a verlo con los corazones! Él lo sabía. —Entonces recuerdo las prisas que tenía Hilario para que me marchara—. ¿La llamada urgente eras tú?

—Sí. Más que llamar, me amenazó. Pero tranquila, que con lo de la apuesta tenemos su aprobación.

—¿Apuesta? —Y mi voz suena a gallo estrangulado.

—Te lo voy a contar con la condición de que cuando ellos te lo cuenten te hagas la sorprendida

—Vale, suéltalo.

—Larios y Cas hicieron una apuesta. Hablaron de casarse, sabes que ninguno de los dos tenía esa intención, y no sé ni cómo surgió porque ni él lo recuerda, pero al final acordaron que solo lo harían si nosotros terminábamos juntos.

—Pero, ¿qué dices?

—Eso, haz eso exactamente cuando te lo cuenten —bromea—. Prometí guardarle el secreto. Aquella misma tarde, la que fuiste a su despacho, fuimos a comprar el anillo.

—¡¡No me lo puedo creer!!

—Pues créetelo porque somos los padrinos. Y ahora que se ha decidido no creo que tu hermano tarde mucho en hacerlo. Sabes lo poco que le gusta perder el tiempo cuando toma una decisión.

Asiento y esta vez soy yo la que busca su boca, ya no me tengo que reprimir las ganas de besarlo. ¡Madre mía, dónde hemos acabado! Estoy acojonada porque ya hemos vivido suficientes primaveras para saber que la felicidad hay que disfrutarla al instante pero siento que el mundo, el mío, ha enderezado su rumbo.

—Cuando nuestras madres se enteren... —digo sobre su boca.

—¿De la boda?

—De lo nuestro —digo pellizcándole el pezón solo para oírlo reír de esa forma que me agita desde dentro.

—Van a ser felices porque nosotros lo somos. En esto somos dos. No le des a nadie la potestad de opinar sobre ello, que no nos quiten la posibilidad de ser como cualquier pareja.

—Al final hemos acabado siendo un cliché, enamorada del mejor amigo de su hermano.

—Duende, el amor es amor, sin etiquetas sin clichés. Sin prejuicios, sin tabús.

—Tienes razón, el amor es la locura que todo lo cura.

¿FIN?

¡Pero si solo es el principio!

EPÍLOGO

3 meses después

—¿Estás segura de esto?

—Muy segura —asiento con la cabeza para enfatizar aún más mis palabras.

—Mac, sé que me quieres...

—Cállate —lo interrumpo—, te creía más valiente.

—Pues adelante —Xurxo se ríe y me invita a tumbarme.

Son pasadas las siete de la tarde de un sábado de diciembre. Después de echarnos la siesta, en la cama, hemos pasado a ver a Mafer. Oli me acompaña de tanto en tanto a verla y me gusta ver cómo interactúan. Ya ha recuperado casi toda la movilidad y parece estar contenta de estar ahí, aunque a veces me confiesa que echa de menos su casa, sus cosas. Lo echa de menos a él y dice que la vida ya se le hace cuesta arriba.

Después hemos decidido ir hasta el centro a dar una vuelta, pero con la historia de las luces navideñas estaba a tope de gente y nos hemos agobiado enseguida, así que a la mínima que hemos podido nos hemos escabullido por uno de los laterales. Hace un frío de mil demonios, por eso he aceptado cuando Oli ha propuesto ir a merendar a una crepería que conoce. Justo antes de llegar, en la esquina, se ha detenido a hablar con un tipo todo tatuado que estaba fumando en la puerta de un local. Después de las presentaciones y mientras los oía hablar—por lo que entiendo han escalado juntos—, he tenido una idea.

Y aquí estoy tumbada en una camilla con la mano de Oli sujetándome las braguitas hacia arriba porque he decidido tatuarme un elefante en la cadera.

Cuando le he contado a Xurxo la idea, ha hecho un asentimiento con la cabeza y se ha metido para dentro para empezar a dibujar. El resultado es perfecto. Un elefante. Es minimalista, la cabeza es un corazón, otro símbolo muy nuestro, y con una de sus puntas hacia arriba como la trompa. El cuerpo son cuatro líneas.

Los corazones ahora decoran el cabecero de la cama —lástima que tirara el primero, no sabes cómo me arrepiento— en la habitación de Oliver que ahora es la nuestra. También hemos movido la cama, para dejarla en el medio, nimiedades que hablan de convivencia. De amor. De compromiso.

—No sé cómo lo haces, pero cada día consigues sorprenderme. No dejes de hacerlo nunca —me pide antes de darme un beso que se ve interrumpido con el ruido de la pistola.

Es el primer tatuaje que me voy a hacer, porque no soy muy amiga de las agujas y menos de lo permanente, pero Oli ha hecho que el significado de muchas palabras cobren un significado distinto al que les daba hasta ahora.

—Te quiero —murmuro, perdida en esa galaxia que tiene por mirada.

—Vosotros a lo vuestro, como si no estuviera —murmura socarrón Xurxo—. He visto cosas peores con tal de desconcentrarse del dolor.

Suelto una carcajada, medio risa medio alarido. No es que duela, pero el cosquilleo me descentra, hasta que Oliver vuelve a besarme y el mundo desaparece.

EPÍLOGO 2

5 meses después, San Valentín

Hoy es la boda de Hilario y Cas. Coincidiendo con el cumpleaños de la pelirroja y que hace justo un año de la apuesta. La boda se celebrará en un pazo en la aldea donde nació su madre. Llevamos aquí desde el viernes y a pesar del frío y de la niebla sé que va a ser un día perfecto.

También hace casi un año que mandé a la mierda mi vida, y si lo hice fue porque tenía la esperanza de conseguir lo que ahora tengo.

Llevo desde principios de año trabajando en el periódico de la ciudad, y contribuyendo cada mes en el mensual de Es noticia. Por fin estoy haciendo el periodismo que me gusta.

Estoy enamorada de Oli, y el sentimiento crece a medida que nos vamos conociendo como pareja.

Soy feliz, como siempre quise ser.

Bueno, ahora mismo no, que estoy sentada en el suelo del wáter sin querer ni poder moverme porque siento una nueva arcada.

—¿Estás bien? —me pide Oliver poniéndome con suavidad una toalla mojada en la frente.

Nunca lo había visto vestido de smoking —ha bromeado diciendo que la ocasión lo merece; yo creo que lo ha hecho solo para poner a prueba mi corazón y ver lo cerca que estaba del infarto—, está tan jodidamente irresistible que cuando lo he visto me he vuelto a enamorar de él. Y no me ha dado un infarto, pero sí he notado como mi corazón se detenía un instante para observarlo atentamente.

—Sí, no es nada. Los nervios. Creo que me ha sentado mal el desayuno.

Intento ponerme en pie, solo faltaría que arrugara el vestido. Oli me tiende la mano y me sujeta de la cintura. Cierro los ojos y me concentro en la respiración.

—A ver, sé que soy un año más viejo y puede que mis dotes culinarias se vean afectadas, pero… ya van tres veces esta semana que digamos te sienta mal el desayuno. Hoy es por los nervios de la boda, ayer era por el viaje…

—No lo digas. —Alzo la cabeza y lo reto con la mirada.

—¿Para qué? Si los dos sabemos el motivo de tu malestar, sin mencionar a estas —dice señalando mi pecho que últimamente está mucho más sensible y como más lleno.

—Hoy es el día de ellos. —Me muerdo el labio y Oli tira de él para liberarlo y besarlo—. Ya si eso mañana… —murmuro interrumpiendo el beso.

—Ya si eso cuando notes que está saliendo la cabeza. —Le doy un puñetazo en el hombro.

Su risa es contagiosa, claro que los dos sabemos que estoy embarazada. Que no es algo buscado pero que tampoco hemos tomado ninguna precaución para evitarlo. Cas dice que estamos en el ciclo estral, yo tuve que buscarlo para saber que se refería a un ciclo biológico reproductivo bajo control hormonal. En definitiva que parece que estamos en celo. Ahora veo que tenía toda la razón. Y una parte de mí está aterrada al pensar en ser madre, pero luego lo miro a él, a este hombre que me quiere, que hace tan bonito mi día a día que sé que sea cual sea el futuro que nos espera, a su lado me siento capaz de todo.

AGRADECIMIENTOS

Llegado este punto solo queda dar las gracias, y es una de las partes más complicadas porque cuesta poner en palabras cuánto les agradezco a cada una de ellas que formen parte, no solo de esta aventura literaria, sino de mi vida.

A mis fieles sevillanas (Lorena y Tamara), os adoro.

A Ester, Lore y Yoli, gracias por seguir ahí, por vuestro cariño.

A mi querida Blas, Norma Estrella, no imagino este mundo de las letras sin poder compartirlo contigo.

A María Cabal, gracias por tu entusiasmo y tu aportación para mejorar esta historia.

A May Boeken, qué bonito es compartir este mundo con personas como tú.

Y sobre todo a ti, gracias por escogerme para compartir un ratito de tu tiempo y dar vida a este montón de palabras.

Un abrazo enorme,

Dona

OTROS LIBROS DE LA AUTORA

SEMANAS DE SIETE MARTES

Dicen, se habla, se comenta que las novelas románticas son muy previsibles, que desde el inicio se sabe cómo van a terminar. La boda suele ser el recurso utilizado en el noventa por ciento de los casos y esta no va a ser la excepción. Pero ¿para qué esperar?

Por eso he pensado que lo mejor será que te cuente mi historia mientras nos tomamos una copa de champán (o las que surjan) y damos buena cuenta de la tarta nupcial.

Querid@ lector@, ponte guap@ porque nos vamos de boda ya desde el prólogo.

Tres días en un cottage en los Cotswolds para asistir a una boda.
¿Qué puede salir mal? Mejor ni pensarlo.
¿Qué puede salir bien? Todo... y algo más.

KIKI

Me llamo Victoria, aunque todos me conocen como Kiki.

El plan era sencillo: aprovecharse de una despedida de soltera de alto standing, porque la novia rusa al final no se iba a presentar. Además, quien lo proponía era Angie, la más sensata de las cuatro, eso nos era garantía suficiente. Cogí un vuelo a Mallorca para fingir ser la novia y así empezó un fin de semana que recordaré toda mi vida.

¿Te vienes de despedida de soltera?

Una noche en la que nada es lo que parece y nadie es quien dice ser.

CRASH BOOM BANG

Manuela tiene veintiocho años, es grafóloga forense y vive en Barcelona con su prima Nerea.

Manuela, como todos, tiene sueños y secretos que nunca deberían ver la luz. Entre ellos está que, encerrada en su habitación y bajo seudónimo, escribe exitosas novelas eróticas.

Un día, su prima organiza una cena con sus amigos para presentar a su nuevo novio, y a partir de esa noche la vida de Manuela se volverá un caos absoluto y ya nada volverá a ser igual.

En la amistad hay leyes no escritas que nunca se deberían traspasar, pero lo prohibido seduce, y más si se trata de él, Abel.

ÍNDICE

Printed in Great Britain
by Amazon